황자, 네 무엇이 되고 싶으냐?

황자, 네 무엇이 되고 싶으냐? 5(완결)

초판 1쇄 인쇄 2018년 6월 22일
초판 1쇄 발행 2018년 7월 2일

지은이 목감기
발행인 오영배
기획 박성인
책임편집 김규영
디자인 권지연
제작 조하늬

펴낸곳 (주)삼양출판사 · 피오렛
주소 서울시 강북구 도봉로 173
대표 전화 02-980-2112 **팩스** / 02-983-0660
편집부 전화 02-980-2116 **팩스** / 02-983-8201
블로그 blog.naver.com/dan_gul
출판등록 1999년 3월 11일 제9-00046호.

ISBN 979-11-283-9362-4 (04810) / 979-11-283-9357-0 (세트)

fio ret 은 (주)삼양출판사의 로맨스 판타지 문학 브랜드입니다.

황자,
네 무엇이
되고
싶으냐?

V

목감기 장편소설

fio
ret

Contents

Chapter 21
악역을 위한 완벽한 조연

"휴우."

낡은 별채 앞. 도리스는 한숨을 내쉬며 퉁퉁 부어 버린 다리를 주물렀다.

"뭔 놈의 성이 이렇게 쓸데없이 넓어?"

일개 하녀로서 감히 황제가 계신 곳을 이리 말한다는 건 매우 불경한 짓이었다. 하지만 벌써 사흘째 계속되는 이 끝도 없는 수색에 그녀는 심신이 지칠 대로 지쳐 있었다. 하지만 결과는 이번에도 허탕. 도리스는 쉴 틈도 없이 다음 별채를 향해 무거운 걸음을 움직였다.

길은 점점 험해져만 갔다.

벌써 몇 년째 관리하지 않았는지 무성한 잡초들이 허벅지 근처까지 빽빽하게 자라 있었다.

"카이트 님께서 이런 데일수록 그 통로가 있을 확률이 크다고 하셨지."

달려드는 날벌레들을 손으로 휘휘 쫓으며 도리스가 혼잣말을 중얼거렸다.

길가를 뒤덮은 억센 풀들과의 사투 끝에 그녀는 이윽고 다 쓰러져 가는 또 다른 낡은 별채 앞에 도착할 수 있었다.

"앗, 열쇠 구멍이다!"

문손잡이 아래 나 있는 조그마한 홈을 발견한 도리스가 흥분해서 외쳤다.

그녀는 지체 없이 휘파람을 불었다. 그리고 대략 십 분 정도가 흘렀을까. 어디선가 조그마한 울음소리가 들려왔다.

"깩."

"어디 가지 말고 이 근처에 있으라고 했잖아."

도리스는 제 발 밑에서 꼬리를 흔들고 있는 새끼 마물에게 퉁명스러운 목소리로 핀잔을 준 후, 녀석의 목에 걸려 있는 조그마한 열쇠를 떼어 냈다.

"이번에는 제발 맞았으면 좋겠다, 그치?"

어느덧 이 괴 생명체에 꽤나 익숙해진 도리스는 마물의 까맣고 자그마한 머리를 쓱쓱 쓰다듬어주며 이렇게 속삭였다. 하지만 결과는 실망스러웠다. 열쇠는 조금도 들어가지 않았다.

"이번에도 허탕이네."

힘이 빠지고 만 도리스는 결국 그 자리에 주저앉아 버렸다.

이게 벌써 몇 번째인지.

낡고 거미줄 쳐진 별채들 중에는 처음부터 아예 열쇠 구멍이 나 있지 않은 것들도 있었다. 그런 건물이 많은 것은 차라리 다행이었다. 그저 쓱 보고 지나치면 그만이니까. 하지만 이렇게 굳건히 잠금장치가 달려 있는 문을 마주할 때면, 도리스의 심장은 어김없이 뛰어댔다.

혹시나 하는 기대감 때문이었다.

하지만 기대가 크면 실망도 큰 법.

양손에 풀물이 가득 든 줄도 모르고 도리스는 피곤한 눈 밑을 비볐다. 아침부터 벌써 몇 개의 별채를 확인하고 다녔는지 모른다. 그러나 결과는 번번이 실패였다.

"다음 별채로 가 보자."

자기 자신을 독려하며 또다시 수북한 잡초를 발로 툭툭 걷어내던 도리스의 입에서 끙, 하는 소리가 흘러나왔다.

쉴 새 없이 움직인 탓에 발바닥에 불이 나는 것 같았지만 그렇다고 쉴 수는 없었다. 그래도 자신은 요 사흘간 최소한 쪽잠은 잘 수 있지 않았던가.

"하지만 카이트 님은 잠은커녕 정말 조금도 쉬지 않고 계시잖아."

도리스는 두 주먹을 꽉 쥐고 스스로를 타일렀다.

그녀의 말대로였다. 카이트는 열쇠를 손에 넣은 이후, 정말 미친 사람처럼 황제의 성 구석구석을 샅샅이 훑고 다니는 데에만 몰두했으니까. 그리고 그런 그를 도와 페라트와 도리스 등도 눈코 뜰 새 없이 바빴다.

물론 이 신성한 황제의 성을 멋대로 쑤시고 다니는 그들을 곱지 않은 시선으로 보는 자들도 적지 많았다.

1황자를 따르는 신하들이나, 황제에게 충성을 맹세한 호위 기사들이 특히 그랬다. 하지만 황제가 허락했다는데 누가 감히 시비를 걸 수 있겠는가? 그러니 사람들의 불편한 눈초리는 감내하면 그뿐, 그리 큰 문제는 아니었다.

게다가 마물들도 운반책 노릇을 톡톡히 해 주고 있으니 얼마나 다행인지 몰랐다. 따라서 카이트 일행을 가장 괴롭게 만드는 것은 딱 하나밖에 없었다.

그건 바로 이 황제의 성은 정말이지 너무나 크고 넓다는 거였다.

서로 모이기로 약속한 시간이 되자 카이트 황자를 비롯해 모두가 곧 속속들이 모습을 드러냈다.

"제가 맡은 구역에서는 총 여섯 채 정도가 열쇠 구멍이 있었습니다만 문이 열리지는 않았습니다. 그러므로 다음 구역의 조사를 시작하겠습니다."

여기저기 거미줄과 풀씨 따위를 잔뜩 묻히고 돌아온 도리스와는 달리 여전히 단정하고 깨끗한 차람의 페라트가 담담한 음성으로 보고를 마쳤다.

"그런데 페라트 님은 설마 그새 목욕이라도 하시고 온 건가요? 게다가 벌써 맡은 구역을 다 확인하셨다니 엄청 빠르시네요."

그의 말을 유심히 경청하던 도리스가 혀를 내두르며 이렇게 물었다.

"저는 이틀 내내 모든 풀을 깨끗이 베어놓았습니다. 덕분에 수월히 확인할 수 있었지요. 물론 시간도 많이 절약할 수 있었고요."

그 말에 도리스는 입술을 쭈욱 내밀었다.

'나도 저렇게 할걸. 흥, 페라트 님은 늘 혼자서만 좋은 생각을 독차지한단 말이야.'

사실 몰골이 온통 엉망인 것은 도리스뿐만이 아니었다. 렌틸리히와 미셸, 심지어는 프롤라인 황녀까지 구두에 풀물이 가득했다. 아무 말 없이 보고를 듣고만 있던 카이트가 조용히 고개를 끄덕였다.

"……그렇군. 뭐, 좋아. 이렇게 하다 보면 곧 발견될 거다."

애써 담담한 척했지만, 카이트의 표정에는 이미 실망감이 숨길 수 없이 드러나 있었다.

그런 그의 안색을 살피던 프롤라인이 조심스럽게 물었다.

"오라버님, 오늘은 이만 조금 쉬시는 게 어때요? 벌써 날이 어두워져 가고 있고…… 또 그동안 정말 한숨도 주무시지 못했잖아요."

그러자 렌틸리히와 미쎌도 그녀의 말을 거들었다.

"맞습니다. 카이트 님. 게다가 식사도 제대로 안 하고 계시지 않습니까?"

"사실 저도 이러다 황자님이 쓰러지실까 봐 걱정입니다."

하지만 그는 여전히 고개를 가로저었다.

"아니, 그럴 수는 없지. 지금은 한시가 급한 때다."

결국 아무도 그의 고집을 꺾지 못하자, 프롤라인이 남몰래 한숨을 내쉬었다. 제 오빠가 벌써 며칠째 제대로 먹지도 자지도 못한 것을 그녀도 잘 알고 있었다.

[난 잘 버티고 있으니 괜찮아요. 그러니까 나 대신 황녀가 오빠를 좀 잘 챙겨줄 수 있을까요? 그 성격이라면 보나마나 침식을 잊어버릴 테니까.]

프롤라인은 윤수가 제게 보내온 서신을 떠올리며 주름진 미간을 문질렀다. 사실 마물을 통해 윤수와 자유롭게 소통할 수 있는 것은 카이트뿐만이 아니었다. 갇혀 있는 동안 이런저런 생각이 많은지 윤수는 도리스와 페라트, 그리고 프롤라인 황녀에게도 틈만 나면 연락을 취해 왔다.

물론 카이트 황자에 대한 염려와 걱정이 대부분이었는지라 프롤라인은 자신이라도 대신 오라버니를 챙겨야 한다는 사명감에 불타올라 있었다.

"오라버니, 그렇다면 식사라도 먼저 하시지요."

"뭐?"

"아무튼 지금은 식사를 하시든지, 잠을 좀 주무시든지, 둘 중 하나는 꼭 하셔야 할 것 같습니다."

프롤라인이 자신의 의견을 강하게 밀어붙이는 건 전례 없는 일이었다.

"가당치도 않은 소리. 난 지금 마음이 급하다고 말하지 않았나?"

그런 황녀를 향해 카이트가 낮게 혀를 찼다.

하지만 그의 미간은 곧바로 더욱더 구겨지고 말았다.

밖에서 하녀가 이렇게 외친 탓이었다.

"카이트 님, 라우 님께서 뵙기를 원하십니다."

"황자, 오늘도 나의 저녁 식사 제안을 무시하는 건가요?! 세상에, 어떤 자식이 어미를 이리 박대한단 말입니까!"

그와 동시에 라우의 울음 섞인 목소리가 분하다는 듯 이어졌다.

황제가 카이트에게 포상을 내렸다는 사실 때문일까?

그의 어머니는 하루에도 몇 번씩 카이트를 찾아와서 자신과 함께 식사를 하지 않겠냐며 줄곧 성화였다. 황제의 요리사들을 동원해 멋대로 호화로운 음식을 차리기도 했다.

물론 머릿속이 온통 윤수 생각으로 가득 찬 카이트는 그런 라우의 초대를 번번하게 거절했지만, 오늘만큼은 그럴 수 없었다. 프롤라인을 필두로 모두 은근히 카이트의 등을 떠밀었기 때문이었다.

"황자님께선 이렇게라도 뭘 좀 드셔야 해요, 저러다 진짜로 쓰러지시면 어떡해요. 아휴, 오늘만큼은 잠도 꼭 주무시게 해야지."

카이트와 프롤라인을 만찬장으로 보내고 난 뒤 도리스가 고개를 절레절레 흔들었다.

"맞습니다. 바서 님도 몇 번이고 신신당부하시지 않았습니까. 제대로 먹고, 부디 제대로 잠도 자라고요."

큼지막한 빵과 구운 고기, 그리고 과일과 채소가 산더미처럼 쌓여 있는 식탁 앞에서 입맛을 다시던 렌틸리히가 도리스를 거들었다. 사흘 만에 제대로 된 식사를 하게 된 건 그들도 마찬가지였다.

하지만 방금 전 렌틸리히가 입에 올린 그 이름 덕에 도리스의 커다란 눈망울에서 금세 눈물이 주르륵 흘렀다.

"바서 님도 참…… 그런 상황에서까지 우리들을 걱정해 주시다니……."

늘 곁에 있었던 사람의 부재. 게다가 언제 일이 들통 날지 모르는 조마조마한 상황.

또한 점점 변해 가는 윤수의 모습을 떠올릴 때면 가슴이 터질 것처럼 아픈 건 사실 카이트뿐만이 아니었다.

"……곧 다시 만날 수 있겠죠……?"

어느새 미셸의 양 뺨도 소리 없이 젖어 갔다.

"이런, 미셸! 너는 왜 또…… 하필이면 식사 전에……!"

렌이 큰 목소리로 나무랐지만 그의 눈가도 어느새 붉게 물들고 말았다.

"흠, 흐음."

그는 헛기침으로 눈물 고인 눈가를 재빨리 감추며 슬그머니 화제를 돌렸다.

"참, 얼마 전 보내놓은 전서에 답신이 왔는데 행방불명된 2황자님은 아직도 그 동태가 파악이 되지 않았다고 합니다."

그러면서 렌은 일부러 커다란 빵을 집어서 기세 좋게 덥석 베어 물었다.

모두가 조금이나마 입맛이 돌기를 바랐기 때문이었다.

"하지만 2황자님의 성에 있는 측근들 중 남몰래 연락하고 있는 자가 있지 않을까요?"

렌의 건너편에 의자를 빼고 앉으려던 미셸이 묻자 그가 가볍게 고개를 저었다.

"아니, 사실 지금 나와 연락이 닿아 있는 자는 그중에서도 내부 사정을 상당히 잘 아는 사람이야. 뭐니 뭐니 해도 그는 바인 황자님의 지하를 지키던 병사 중 하나였으니까."

렌이 자신 있게 말했다.

그의 말대로였다. 바인 황자의 성에서 줄곧 근무를 했던 탓에 렌은 지금도 그곳에 아는 동료들이 많았다. 따라서 바인 황자에 대한 소식을 캐내는 건 그에게 주어진 또 다른 임무였다.

"근데 정말 바인 황자님은 대체 어딜 가신 거지? 카이트 님에게 대패하신 것이 그리 큰 충격이었던 걸까? 그도 아니면 슈타티스트 공주님이 거의 끌려가다시피 미틀러렌으로 돌아간 게 아쉬운 걸지도 몰라."

혼잣말로 중얼거리는 미쉘에게 도리스가 물었다.

"슈타티스트 공주님이 가버린 건 왜요?"

"정말로 서로 사랑했을지도 모르잖아요."

그러자 도리스는 기다렸다는 듯이 웃음을 터뜨렸다.

"사랑? 아이고, 그분이 잘도 그러시겠네요."

도리스는 한숨을 길게 내쉬며 곧바로 이렇게 말을 덧붙였다.

"아무튼 참 신경 쓰이는 일임에는 틀림없어요. 하지만 미쉘님, 지금은 그게 문제가 아니라고요."

"그건 그렇죠. 일단은 무엇보다 빨리 벽을 찾는 게 급선무라는 걸 잘 알고 있습니다. 카이트 황자님도 수시로 지시하고 계시고……."

"맞아요. 그리고 바인 황자님이 카이트 님께 또 이상한 수작을 걸어온들 이젠 아무것도 무섭지 않아요. 꽃의 기사 때는 심복이라고는 페라트 님뿐이었지만 지금은 다르잖아요?"

도리스의 의기양양한 목소리에 렌이 눈을 크게 떴다.

"어? 그러고 보니 페라트 님은 어딜 가셨습니까? 그분도 식사를 못 하셔서 무척 배고프실 텐데."

그러고 보니 페라트가 보이질 않았다. 그 말에 도리스가 앉으려다 말고 다시 몸을 일으켰다.

"의리 없이 우리끼리 먹을 순 없죠. 제가 얼른 찾아서 모셔올게요."

그녀는 재빠르게 밖으로 걸어 나갔다. 끊임없이 음식을 나르던 하녀들이 도리스를 향해 꾸벅 묵례를 했다.

"죄송하지만 혹시 페라트 님 못 보셨나요?"

"페라트…… 님이요?"

고개를 갸웃하는 하녀들에게 도리스가 답답하다는 듯 손을 휘저으며 부연 설명을 곁들였다.

"네, 은발의 잘생긴 젊은 남자분 있잖아요!"

그러자 젊은 하녀 한 명이 볼을 붉히며 환하게 웃었다.

"그분이라면 방금 전 뒤뜰 쪽으로 나가셨습니다."

"어머, 그래요? 거긴 또 왜 가셨을까?"

도리스는 의아한 목소리로 중얼거리며 고맙단 인사와 함께 종종걸음을 옮겼다.

하녀의 말대로 그곳에는 페라트가 있었다.

새까만 어둠이 내려앉은 시간. 그의 찰랑거리는 은빛 머리카락이 마치 달처럼 밝았다.

"페라트 님!"

도리스가 큰 목소리로 그의 이름을 외치자 페라트가 어깨를 움찔하며 뒤를 돌아보았다.

"도리스?"

"아이 참, 여기서 뭐하세요. 얼른 식사하러 가요."

페라트의 곁으로 다가온 도리스가 다소 막무가내로 그의 팔을 잡아끌었다.

"우리도 든든히 먹어둬야죠. 내일부터 다시 열심히 수색을 시작하려면요."

"……그래야겠죠."

대답하는 페라트의 입가에 어딘가 어색한 미소가 지어졌다.

그런 둘의 뒤로 작고 조그마한 새 한 마리가 푸드덕거리며 날아갔다.

"어머, 야행성 새들이 벌써 깨어날 시간인가?"

그 소리에 도리스가 뒤를 돌아다보며 혼자 이렇게 중얼거렸다. 하지만 사방에 빛이라고는 없었기 때문에 그녀는 새의 날갯죽지에 매달아져 있는 작은 두루마리를 미처 보지 못했다.

*   *   *

"세상에, 어쩜 이리도 멋지실까! 나이 들어 주책일지는 몰라도, 카이트 님 곁에 있으니 가슴이 두근거려 음식이 넘어가질 않는군요……!"

나이 든 부인이 그렇게 말하며 입을 가리고 간드러지게 웃었다. 예쁘게 칠해진 그녀의 붉은 손톱 끝을 가만히 바라보고 있으니 더욱 무거운 피로감이 몰려왔다.

카이트는 힘을 주어 눈 주위를 꾹꾹 눌렀다.

"라우 님, 괜찮으시다면 다음번 저희 남작가에서 여는 무도회에 카이트 님과 함께 꼭 한 번 참석해 주시지 않겠습니까? 외람된 말씀이지만 옆에 있는 우리 딸아이가 몹시 간절히 청하는군요. 허허."

그러자 남자의 옆에 서 있는 화려한 드레스 차림의 처녀가 수줍게 얼굴을 붉혔다. 그들은 아까부터 카이트의 눈에 들지 못해서 안달이 난 또 다른 귀족 부녀였다.

"호호, 무도회라고요?"

"네, 그렇습니다. 만약 와 주신다면 정말 큰 영광이 될 것입니다."

그러자 라우의 입꼬리가 점점 더 위로 올라갔다. 지금 그녀는 만찬장에서 오래간만에 마음껏 기를 펴고 있었다.

이 모든 게 카이트 덕분, 아니, 황제가 손수 나서서 그의 공을 치하했다는 소문이 널리널리 퍼진 덕분이리라.

그동안 줄곧 소외당하기만 했던 3황자가 다시 황제의 마음에 든 것이라고 믿게 된 귀족들은 재빠르게 눈치 싸움을 시작했다. 특히 황제의 최측근도 아니고, 그렇다고 해서 오튼 황자의 편이라고 말할 수도 없는 애매한 위치의 자들이 앞다투어 카이트 곁으로 몰려왔다. 그리고 그의 어머니 라우는, 이 상황을 몹시 즐기고 있는 듯했다.

안 그래도 꽤 긴 편에 속하는 그녀의 목이 더욱 길게 늘어났다.

"난 어미로서 카이트 황자가 다시 폐하의 신임을 살 것을 믿어 의심치 않았답니다. 게다가 황자는 이곳에서 어린 시절을 보냈으니, 옛집으로 돌아온 거나 마찬가지죠."

라우의 거만한 목소리에 귀족들이 지지 않고 두 눈을 반짝였다. 카이트 황자가 어릴 때는 황제의 편애를 듬뿍 받던 아들이었다는 것은 모두가 알고 있는 사실이었다.

"그렇군요! 이제부터 무척 바빠지시겠지만 반드시 저희 성에 걸음해 주시길 청하옵니다, 카이트 님."

"아니, 잠깐. 황자님을 초대한 건 우리가 먼저였소!"

"백작가보다 남작가의 초대가 먼저라면 그건 오히려 황실에 누를 끼치는 일 아닙니까?"

그런 귀족들의 행태를 바라보던 카이트의 미간이 걷잡을 수 없이 구겨졌다.

지금 한시가 아까운 상황에 이 무슨 시간 낭비인가.

그는 한숨을 내쉬며 몸을 돌렸다. 그러자 순간 머리가 어지러웠다.

"으음."

테이블에 몸을 기댄 채 카이트가 이마를 감싸 쥐었다.

며칠째 잠을 거의 못 잔 데다가, 라우 때문에 계속해서 술을 들이켰기 때문이었다. 아들을 마음껏 자랑할 수 있다는 사실에 들떴는지 라우는 쉴 새 없이 술을 권했다. 그의 술잔이 빈 것을 주위 시종보다 빠르게 눈치챌 정도로 말이다. 게다가 카이트가 좋아하는 음식을 손수 접시에 놓아주는 등, 그녀는 누가 봐도 너무나 사이좋은 모자지간의 모습을 연출하느라 여념이 없었다.

카이트의 눈꺼풀은 점점 더 무거워져만 갔다. 피로에 절은 몸속으로, 적당한 포만감과 함께 취기가 퍼져 내렸다.

"오라버니, 괜찮으세요?"

그의 곁에 다가온 프롤라인 황녀가 걱정스러운 목소리로 물었다.

"……잠깐 쉬면 괜찮아질 거다."

프롤라인의 걱정스러운 눈빛을 눈치챈 카이트가 그녀의 어깨를 다정히 토닥였다.

"어머, 그러고 보니 황자의 안색이 좋지 않군요. 황족의 몸 관리를 소홀히 하다니, 안 되겠어요. 그쪽 신하들을 불러 벌을 내리든가 해야지!"

라우가 혀를 차며 수선을 떨자 주위의 귀족들이 얼른 화제를 바꿔 동조했다.

"게다가 해적들을 소탕하고 난 뒤에 바로 수도로 오셨으니 그간 별로 쉴 틈이 없으셨을 테죠."

"피로에 잘 듣는 약이라면, 우리 가문의 전속 약사가 제조한 것이 아주 기가 막힌 효과를 자랑한답니다. 그걸 가져오라 할까요?"

아첨을 떠는 자들의 목소리를 더 이상 참을 수 없었던 카이트는 거칠게 숨을 내뱉었다. 한계까지 내몰린 몸의 상태 역시 곧 기절한다 해도 이상하지 않을 정도로 좋지 않았다.

"죄송하지만 먼저 들어가 좀 쉬어야겠습니다."

창백한 안색으로 그렇게 말하고 급히 몸을 돌릴 때였다.

"황자, 기다려요. 이걸 마시고 가지 않겠습니까?"

그런 카이트를 잡고 라우가 내민 것은 짙은 자줏빛 음료였다.

유리가 아닌 자기로 된 우아한 컵에 담긴 그것은 알맞게 데워진 듯 모락모락 김을 뿜어내고 있었다.

"이제 술은 그만하겠습니다."

카이트가 손을 들어 그 잔을 가볍게 거부하자 라우가 상냥한 목소리로 그를 타일렀다.

"이건 술이 아니라 약으로 먹는 겁니다. 특히 피로할 때 아주 좋죠. 그러니 이 어미 말 들어요."

결국 그는 어머니의 성화에 못 이겨 그 잔을 받아 들었다. 지금은 이런 식의 실랑이조차 벌이기 싫었다.

달콤한 향기를 지닌 술이 식도를 따라 부드럽게 흘렀다.

아무리 달짝지근해도 술은 술이기 때문일까. 그의 얼굴이 뜨거운 물에 장시간 앉아 있었던 사람처럼 붉게 변했다.

또한 안대로 가려지지 않은 멀쩡한 눈동자에 실핏줄이 섰다. 그것을 확인한 라우가 또다시 큰 소리로 시종을 불렀다.

"황자님께서 피로를 호소하시는구나. 어서 방으로 황자님을 안내하거라!"

휘청거리는 카이트를 하인들이 냉큼 부축했다. 여러 손길에 이끌려 커다란 침대에 몸을 눕히니, 어쩐지 사지가 나무뿌리처럼 굳는 것 같았다.

하지만 카이트는 본능적으로 상체를 일으켰다.

'내가 지금 이럴 때가 아니다.'

제아무리 몸이 가라앉아도 머릿속에는 여전히 윤수에 대한 생각만이 가득했다.

"황자, 여긴 시종들이 준비해 놓은 만찬장 옆의 침실입니다. 그러니 안심하고 쉬세요. 그런데 왜 이렇게 몸을 혹사시킨 겁니까? 대체 무엇이 그리 바쁘기에?"

라우가 짐짓 걱정하는 목소리로 그를 나무랐다.

"……오라버니, 어머니 말씀대로 오늘은 일단 눈 좀 붙이세요. 제가 페라트 님께는 이야기해 놓을게요. 별채 수색은 내일 아침에 재개하겠다고요."

줄곧 곁에 붙어 있었던 프롤라인 황녀가 그에게만 들리도록 작은 목소리로 속삭였다.

"그렇지만……."

카이트는 계속해서 입술을 달싹였다. 그러나 이미 정신은 비몽사몽간을 헤매고 있었다.

왜 이렇게 몸이 말을 안 듣는 거지?

"황녀, 넌 이제 그만 가 보거라."

이불을 끌어다 덮어주는 다정한 손길과는 상반되는 차가운 목소리로 라우가 프롤라인에게 명령했다.

"하지만 어머니, 저도 오라버니가 걱정되어서요. 오늘은 제가 간호해 드리고 싶어요."

"어서!"

한없이 쌀쌀한 눈초리. 황녀는 저도 모르게 어깨를 움츠렸다.

"이 어미가 있어 줄 테니 너는 걱정할 필요 없다."

"알겠습니다. 어머니……."

결국 라우의 고집을 꺾지 못한 프롤라인은 그들을 향해 크게 허리를 숙였다. 그러고는 최대한 조용히 방문 밖을 빠져나갔다.

"황자, 어릴 때는 늘 이렇게 내가 재워줘야지만 잠이 들었지요. 후후, 그때가 기억납니까?"

땀에 축축하게 젖은 붉은 머리카락을 쓸어주며 라우가 낮게 웃었다.

"별로 기억나진…… 않습니다."

아직 완전히 수마에 짓눌리지 않은 카이트가 고개를 가로저으며 대답했다. 또다시 이마에 땀이 솟았다. 라우는 하얀 손수건을 꺼내 그것을 자상한 손길로 닦아 주었다.

"그랬답니다. 사실 어릴 때의 황자는 요구가 참으로 많은 아이였지요. 책을 읽어달라는 둥, 노래를 불러 달라는 둥 하면서 말입니다."

카이트의 숨소리가 점점 더 잦아들었다. 계속해서 힘을 주고 있던 미간도 어느새 스르르 풀려 있었다.

그것을 확인한 라우의 입꼬리가 위로 말려 올라갔다.

"……기억이 안 나는 것도 당연하겠죠. 왜냐하면 난 그런 귀찮은 걸 한 번도 해 준 기억이 없거든요. 다만 사람들 앞에서만큼은 그 어떤 요구도 무조건 다 들어주었어요. 왜냐하면 그대는 황제의 계승자가 될 아들이었으니까."

"……."

카이트는 더 이상 아무런 대답을 하지 못했다.

쉼 없이 오르락내리락하는 그의 단단한 가슴팍을 토닥여주며 라우는 말을 이어 갔다.

"사실 이곳에는 이 어미를 위해 남몰래 눈과 귀가 되어 주는 고마운 자가 몇 명 있답니다. 예전에는 훨씬 더 많았지만…… 아무튼 그자들의 말에 따르면 폐하가 이번에 황자에게 상을 내린 것은 마지막 선심을 쓴 것이나 다름없다 하더군요?"

홀로 중얼거리는 그녀의 손길이 점점 더 거칠어졌다. 누구보다 부드러운 미소를 지었던 얼굴도 험상궂게 변해 있었다.

"결국 황자는 내처지고, 차기 황제는 아무래도 오튼이 될 모양입니다. 게다가 그 마녀! 정체를 알 수 없는 계집애도 결국 황제의 측근이 될 테죠."

라우는 그의 귓가로 얼굴을 숙였다.

"내가……."

한참 동안 뜸을 들이던 그녀는 결국 이 짧은 한마디를 던졌다.

"……."

카이트는 이미 세상모르고 잠들어 있었다. 그런 그의 얼굴과, 또 그의 허리 부근에 매달린 검집을 번갈아 보며 라우는 잇새로 한 자 한 자 씹어 먹듯이 말을 뱉었다.

"……이러려고 그 고생을 하면서 황자를 낳은 건 아닌데 말입니다."

웃는 건지, 아니면 화를 내는 건지 모를 표정.

아니, 어쩌면 이루지 못한 탐욕밖에는 사랑하지 못했던 자의 추한 절망일지도 몰랐다. 그녀는 자신이 어떤 얼굴을 하고 있는지는 전혀 아랑곳 않은 채 카이트의 허리께로 천천히 손을 뻗었다. 그곳에는 그가 늘 지니고 다니는 장검 이외에도 작은 단도가 하나 더 매달려 있었다.

고작 한 뼘 정도 되는 길이의 칼인데도, 라우에게는 그 무게가 무척이나 무거웠다.

*　　*　　*

"뭐지?"

오늘따라 아침부터 바깥이 몹시 소란스러웠다.

줄곧 창문가에 붙어 있었던 윤수도 무언가 심상치 않은 분위기를 눈치채고는 고개를 갸웃거렸다. 그녀는 지금 새 서신을 가져다줄 마물을 목이 빠져라 기다리고 있는 중이었다.

그러고 보니 이미 녀석이 도착할 시간이 훌쩍 지났는데. 오늘은 왜 이렇게 늦는 거야?

윤수의 입술이 바짝 말라왔다. 불안에 잠식된 마음속, 거친 파랑이 일었다. 초조한 것은 그뿐만이 아니었다.

사실 바깥에 있는 일행에게 티는 내지 않았지만 황제의 압박은 나날이 심해져만 갔다. 아니, 그는 이제 윤수를 조금씩 의심하기 시작했다.

"왜 이렇게 아무런 변화가 없는가! 그나저나 내가 준 열
   쇠는 대체 어디에 있느냐?!"

그 증거로 황제는 어제 저렇게 묻지 않았는가.

'그러므로 적어도 내일까지는 무언가 결단을 내려야만 해. 최악의 경우에는 몰래 도망이라도 치는 수밖에.'

손톱을 잘근잘근 씹던 윤수는 저도 모르게 침을 꿀꺽 삼켰다.

동시에 문밖에서 요란한 구둣발 자국 소리가 들려왔다. 누군가가 쉴 새 없이 뛰어다니고 있는 게 틀림없었다.

그뿐만 아니라 갑옷을 착용한 호위 기사들의 무거운 발걸음도 일사불란하게 울려 퍼졌다.

"……설마 여기 갇힌 새 카이트에게 무슨 일이라도 생긴 걸

까?”

윤수는 결국 참지 못하고 몸을 일으켰다.

사실 그녀는 황제의 허락 없이는 방에서 함부로 나올 수조차 없었다. 수많은 감시인이 문 앞을 지키고 선 것도 그러한 연유에서였다. 하지만 계속해서 이렇게 불안감을 떠안은 채로 기다리고만 있기는 싫었다.

게다가 이제는 윤수도 슬슬 한계였다.

빨리 카이트를 만나고 싶어.

그를 떠올리자마자 커다란 그리움이 가슴을 가득 채웠다. 서로 두루마리를 주고받는 것만으로는 이 애틋함을 견디기 힘들었다. 다시 한 번 침을 꿀꺽 삼킨 윤수는 땀이 밴 손을 옷에 아무렇게나 문질렀다. 그러고는 귀한 보석들이 가득 박힌 방문 손잡이를 살그머니 쥔 순간.

쾅!

갑자기 큰 소리를 내며 문이 열렸다.

“앗, 깜짝이야!”

화드득 놀란 나머지 윤수가 꽥 소리쳤다.

쏟아져 들어오는 눈부신 빛을 등지고 누군가가 서 있었다.

“누, 누구세요?!”

하지만 그는 대답 대신 성큼성큼 걸어와 그녀를 세게 껴안았다.

“여기서 나가자, 빨리.”

남자의 품 안에 더운 기가 가득했다. 또한 진정되지 못하고 격하게 헐떡이는 숨은 그가 얼마나 뛰어왔는지를 나타내주는 증거였다.

그럼에도 불구하고 너무나 익숙한 목소리.

윤수의 눈가에 눈물이 차올랐다.

"……카이트? 카이트야?"

그러자 그가 떨리는 그녀의 어깨를 더욱 힘주어 안았다.

"그래, 맞아."

"이게 대체 무슨 일이야? 어떻게 여기 올 수 있었어? 문밖의 병사들은 어떻게 하고?"

쉴 새 없이 많은 질문이 터졌지만, 이 모든 걸 설명하기에 지금은 시간이 턱없이 부족했다.

카이트는 두 손으로 윤수의 양 볼을 감싼 채 천천히 시선을 내렸다. 죽도록 보고 싶었던 얼굴을 눈에 담으니, 그것만으로도 숨이 트였다. 그 상태로 그는, 현재 일어난 가장 큰 사건만을 빠르고 간결하게 이야기했다.

"황제가 칼에 찔렸다. 덕분에 온 성이 발칵 뒤집혔어. 그러니 이 틈을 타서 빨리 이 방에서 나가야 해."

그 순간 카이트는 절 향해 고정되어 있었던 그녀의 까만 두 눈동자가 새하얗게 부서지는 것을 목격했다.

물론 착각이었겠지만, 마치 꼭 그런 것만 같았다

심각한 부상을 입은 운켄트니스 황제는 정신을 잃은 채 혼수 상태에 빠져들었다. 그의 곁에서 시중을 들었든, 그도 아니면 심부름을 했었을 뿐이든 간에 아주 잠깐이라도 황제와 접촉이 있었던 모든 자들이 용의선상에 올랐다.

외부에서 자객을 보내온 것일지도 모른다는 의견도 적지 않았다.

이번 사건 때문에 마찬가지로 목이 간당간당해진 근위대장이 커다란 검을 휘두르며 성 안팎을 이 잡듯이 뒤졌다. 덕분에 '온 성이 발칵 뒤집혔다'라는 표현이 부족할 정도로, 성 안에는 뒤숭숭하고도 살벌한 분위기가 지속되었다.

황실에 소속되어 있는 의원들 외에도 페어라센에서 꽤나 유명하다 싶은 의원들이 속속들이 불려왔다.

"밤낮 할 것 없이 폐하의 곁을 지켜라! 만약 치료에 있어 조금의 실수라도 하는 자는 용서치 않을 것이다!"

오튼의 입에서 고함이 쉴 새 없이 터졌다.

그 말에 흰 로브를 입고 있던 자들이 겁먹은 표정으로 고개를 조아렸다. 웬만해서는 큰 소리를 내지 않는 오튼이 이토록 흥분하다니. 보기 드문 모습이었다. 하지만 사실상 할 일은 그다지 많지 않았다. 이미 황실 소속 의원들에 의해 완벽한 처치가 끝난 뒤였기 때문이었다.

그러나 그들은 여전히 운켄트니스 황제의 곁을 떠나지 않고 지켰다. 물론 오튼의 명령을 따르기 위해 그런 것이기도 하지만,

그 외에 또 다른 이유가 있었다.

"하지만 어찌해서 아직 숨이 붙어 계신 걸까요."

아직 방 밖으로 나가지 않은 오튼 황자의 눈치를 슬쩍 살피며 한 의원이 조심스럽게 입을 열었다. 그러자 허연 수염이 인상적인 노인이 멍한 표정으로 대답했다.

"……혹시 황제 폐하께 신의 가호가 내린 것인지도 모르겠소."

그도 의술을 평생의 업으로 삼아온 자신이 이런 허무맹랑한 말을 하게 될 줄은 몰랐다. 하지만 그만큼 놀라운 일이었다. 심장을 깊숙이 찔리고도 여전히 숨이 붙은 채로 누워 있다니. 그것도 일흔이 넘은 노인이. 의원들은 함께 머리를 맞댄 채 이 있을 수 없는 현상에 답을 내보려 혼신의 노력을 다했다. 하지만 결국 부질없는 짓이었다.

수군거리는 의원들과 창백한 얼굴로 누워 있는 황제를 번갈 아가며 바라보던 오튼의 눈썹이 꿈틀거렸다.

"오튼 님."

그때 누군가가 그의 이름을 불렀다. 그림자처럼 언제나 곁을 지키고 있는 집사였다.

"왜 그러는가?"

"뵙기를 청하는 분이 계십니다."

그러자 오튼이 거칠게 혀를 찼다.

"대체 이 판국에 누가? 그자는 눈과 귀가 없는가? 적어도 이

성 안에 있는 자라면 지금이 어떤 상황인지 잘 알 텐데. 거절해라."

"……하지만 제 느낌에는 만나보시는 게 좋을 것 같습니다. 성 안에서 일부러 비밀스럽게 전서구를 날린 것을 보면 말입니다."

"뭐?"

그 말에 오튼이 뒤를 돌아다보았다. 집사의 손 안에는 정말로 작은 새 한 마리가 들려 있었다.

"대체 누구냐?"

그러자 집사가 더욱 목소리를 낮췄다.

"라우 여사입니다."

*　　*　　*

석굴 안으로 들어서자 축축한 공기가 전신을 감쌌다. 사방에서 뿜어져 나오는 냉기에 피부에는 어느새 소름이 돋았다.

"오튼 황자."

축축한 이끼가 가득한 벽 근처에서 누군가가 그의 이름을 불렀다. 커다란 망토를 뒤집어쓴 여인의 피부가 마치 죽은 사람처럼 창백했다.

그녀를 알아본 오튼의 입에서 불쾌한 목소리가 흘러나왔다.

"……현재 폐하께서 위중한 상태인데 이런 불길한 곳을 서성이다니."

그곳은 선대 황제들의 유골을 보관하는 장소였다. 하지만 라우는 전혀 상관없다는 듯이 그저 옅은 미소를 지을 뿐이었다.

"할 말이 있어 불렀습니다."

"나는 당신의 얼굴을 보는 게 소름 끼치도록 싫은데, 그건 라우 님도 마찬가지 아니었습니까?"

하지만 오튼의 냉대에도 불구하고 라우의 볼에 팬 보조개는 더욱 짙어져만 갔다.

그 모습을 바라보던 오튼은 습관처럼 뒷짐을 지었다.

도무지 이유를 알 수 없는 저 당당함. 대체 무슨 속셈이지?

"이걸 먼저 보시지요."

그의 마음을 읽은 듯 라우는 망토의 안쪽에서 하얀 주머니를 꺼냈다. 그 안에 들어 있는 것은 피가 묻어 있는 단검. 손잡이에는 익숙한 자의 이름이 새겨져 있었다.

순간 오튼의 눈이 다 타고 남은 숯처럼 새카맣게 굳어졌다.

"이제 나와 이야기할 마음이 좀 생겼습니까?"

"……설마 카이트가 한 짓인가? 당신이 시켜서?"

스스로 말한 거긴 했지만 전혀 설득력이 없었다. 카이트의 이름이 새겨진 것으로 보아 그의 검은 틀림없지만, 그가 한 짓이라고 하기엔 석연찮은 점이 있었다.

"이런 짓을 해줄 자를 위해 나의 전 재산을 털었지요."

"뭐……?"

믿을 수 없다는 듯 반문하는 오튼을 향해 라우가 작게 웃었다.

그녀의 말대로, 황제의 침실에 몰래 숨어든 자는 따로 있었다. 노르덴 숲에서 카이트를 습격한 무리 중 하나였다. 언제나 돈만 주면 그녀를 위해 기꺼이 은밀하고 위험한 일들을 도맡아 주던 사람이었으나 이번에는 달랐다.

평소보다 훨씬 많은 금액을 제시했지만 그는 고개를 절레절레 흔들었다. 대상자가 운켄트니스 황제라는 것에 간이 졸아든 건 당연하다면 당연한 일. 그래서 라우는 황실 생활을 하며 평생 모아온 재산을 전부 내밀었다.

꿈에도 상상하지 못했던 돈을 만지게 된 남자는 결국 그녀의 계획에 동참할 것을 약속해 주었다.

순식간에 빈털터리가 되었지만 그녀는 전혀 개의치 않았다.

황태후가 될 수만 있다면 더 많은 것을 손에 쥘 수 있을 테니 이 정도의 손실쯤은 아무것도 아니었다. 게다가 라우는 황제의 곁을 지키는 병사들의 경계가 가장 느슨해지는 때를 잘 알고 있었다.

자칫 잘못하면 성의 보안이 위험해질 수 있는 일이었으나 그녀는 그 모든 정보를 거리낌 없이 건네주었다.

그리고 수면제를 탄 술을 마신 카이트가 깊은 잠에 빠진 틈을 타 그의 검을 몰래 빼냈다. 이것이 자신에게 있어 마지막으로 찾아온 커다란 기회라고 생각하니 못 할 것은 아무것도 없었다.

오튼 황자는 2황자 이상으로 카이트에게 경쟁의식을 느끼는 자였다. 그런 그가 이번의 해적 소탕에서 카이트에게 완패를 당했다. 라우는 오튼이 그것을 얼마나 자존심 상해하는지도 잘 알고 있었다.

"이제 와 숨길 것이 뭐가 있겠습니까. 황자의 말대로 나는 지금껏 바인과 손을 잡은 것이 사실입니다. 하지만 그는 이제……."

거기까지 말하고 라우는 한숨을 쉬었다.

"지금 바인 황자가 어디로 사라졌는지는 맹세코 나도 모르는 일입니다. 그러니 그 부분은 나를 믿어주시오."

오튼의 입가에 비릿한 미소가 떠올랐다.

"그래서 이제는 바인 대신 내 손을 잡겠다? 하지만 당신에게는 친아들 카이트가 있지 않습니까? 게다가 그는 이번에 공을 세워 포상까지 받았는데, 도무지 이해할 수가 없군요."

"나를 바보로 생각하지 마십시오, 오튼 황자. 황제가 포상을 내린 것은 그저 선심을 쓴 것 그 이상도 이하도 아니라는 걸 내가 모를 줄 알았나요? 카이트는 어차피 곧 내쳐질 겁니다. 게다가 폐하의 마음속에도 나를 향한 감정 따위 더 이상 남아 있지 않을 테니, 나 역시 아들과 비슷한 수순을 밟게 되겠죠."

"그래서 나보고 이 단검을 가지고 단번에 황제로 올라서라는 거군요. 카이트는 분명히 매장당하고도 남을 테니."

계속해서 오튼의 눈치를 살피던 라우가 비로소 환하게 웃었다. 그녀는 방금 전 반짝이는 그의 눈동자를 놓치지 않고 보았다.

"그렇습니다. 지금까지 우리의 관계가 무척 좋지 않았던 건 사실이지만…… 어차피 과거의 일이니 서로 깨끗하게 잊는 것이 좋지 않겠습니까? 이건 내가 주는 화해의 선물이라고 생각해 주시오, 오튼 황자."

살가운 표정을 한 라우가 오튼의 곁으로 바싹 붙어 섰다.

"이 검을 증거로 내민다면 당신은 단숨에 차기 황제가 될 겁니다. 다만 그 공의 절반은 나에게 있다는 것을 잊지 말아 주세요. 나는 황태후가 되고 싶습니다."

"하지만 난 당신이 이런 짓을 벌이지 않아도 차기 황제가 될 텐데. 어차피 카이트가 경쟁에서 밀려날 처지라면…… 남은 건 나밖에는 없지 않습니까?"

"설령 그렇다 한들 먼 훗날의 일이 되겠지요. 게다가 지금 황제 곁에 붙어 있는 이상한 여자 또한 문제입니다. 난 그 계집이 얼마나 무서운 여자인지를 잘 알아요. 황제가 정말 마법이라도 써서 계속 권좌를 차지해 버리면 어찌합니까?"

마법이라니. 정말 그런 게 가능할까?

오튼의 심장이 불규칙하게 뛰었다. 물론 그도 지금까지 있었던 일을 모르는 건 아니었다.

투루니어 경기 당시 미틀러렌의 슈타티스트 공주가 본국의 마법사들을 송환했었다는 것도 전부 보고받았다.

게다가 카이트 곁을 맴도는 이상한 여자. 그녀의 정체가 무언지 아직 확실하게는 모르지만 어딘가 묘한 구석이 많다는 건 잘 알고 있었다. 무엇보다 자신도 그 여자가 마물을 불러내는 모습을 두 눈으로 똑똑히 보지 않았던가.

그러므로 라우의 이야기가 완전히 허무맹랑한 것은 아니었다.

"하지만 그러면 친아들이 대역 죄인이 되고 말 텐데."

한참 동안 생각에 빠져 있었던 오튼의 입에서 생각 외로 담담한 목소리가 흘러나왔다.

"물론 죄인이 된 아들을 보는 것은 몹시 안타까운 일이지만…… 평생 그토록 소망하던 황태후가 되지 못하는 내 자신의 모습도 정말로 끔찍하기 그지없습니다."

그걸 떠올리는 것만으로도 라우는 분이 차오르는 모양이었다. 아직 주름 하나 없는 그녀의 얼굴을 바라보며 오튼은 천천히 주머니를 받아 들었다.

그가 생각하기에도 계획은 실로 완벽했다. 그 기색을 눈치챈 그녀는 계속해서 달콤한 말을 귓가에 속삭였다.

"당신의 검을 훔쳐 똑같은 일을 벌였을 수도 있습니다. 내 아들이 당신을 황제를 해친 범인으로 모는 거죠. 하지만 나는 그렇게 하지 않았어요."

그는 속으로 조용히 혀를 내두르며 대답했다.

"그렇다면 우리의 화해를 위한 선물이라는 그 단어가 꼭 들어

맞는군요."

"그렇습니다. 그러니 황제가 되십시오, 오튼 황자. 나를 황태후로 만들어 줄 수 있는 건 그대뿐입니다. 권력 싸움은 이제 지긋지긋하지 않습니까?"

그 말에 오튼이 부지불식간에 어금니를 꽉 물었다.

그래, 이러한 다툼은 정말로 지긋지긋했다. 무엇보다 전생에서부터 수도 없이 봐 온 싸움이었다.

그는 마지막으로 크게 심호흡을 했다.

그러고는 곧 망설임 없이 큰 소리로 외쳤다.

"밖에 아무도 없느냐! 운켄트니스 황제의 암살을 기도한 범인이 바로 여기 있다!"

"화, 황자!?"

라우는 순간 자신이 환청을 들은 것이라 믿었다.

난리가 날 일은 더 이상 없을 줄 알았는데 또 한 번 성이 발칵 뒤집혔다.

사건의 전말은 일파만파 퍼져 나갔고 라우브루스트는 전례 없는 대역 죄인이 되었다. 그리고 그녀의 검은 유혹을 뿌리친 오튼 황자에게는 커다란 찬사가 쏟아져 내렸다.

황제의 군사들은 물론이요, 모든 신하들이 입을 모아 그를 칭송했다.

"카이트."

줄곧 싸늘한 눈빛을 풀지 못하고 있는 카이트 곁에서 또다시 윤수가 걱정 가득한 목소리로 그의 이름을 불렀다.

페라트와 도리스 등은 여전히 별채를 찾아다니느라 바빴지만, 카이트는 오늘만큼은 잠시 방 안에 머물러 있는 상태였다.

윤수는 그가 받았을 상처가 너무나 걱정스러웠다.

어머니가 자신을 궁지로 몰아넣는 음모를 꾸몄을 줄은 아마 상상도 하지 못했으리라. 물론 그녀에게는 그리 놀랍지 않은 일이었지만, 카이트는 굉장히 충격이 컸을 것이다. 심지어는 프롤라인 황녀조차 심란함을 이기지 못해 진정제를 먹고 겨우 잠이 들었으니까 말이다.

"나는…… 괜찮다."

저를 찾는 목소리에 퍼뜩 정신이 돌아온 그가 윤수를 거세게 껴안았다.

"걱정하지 마라."

하지만 숨이 턱 막힐 정도로 강한 힘이 너무나 서글프다.

윤수는 속으로 애써 울음을 삼키며 이렇게 말했다.

"너한텐 내가 있잖아."

"내겐 너만 있어주면 돼."

그와 동시에 카이트의 입에서도 절박한 고백이 쏟아졌다.

두 사람은 한동안 말이 없었다. 그러다 차츰, 그의 두 팔이 떨려 왔다.

그리고 곧 이마 위로 부서져 내리는 뜨거운 무언가.

"크……흑."

그가 숨을 삼키며 울고 있었다.

윤수의 두 눈에도 또다시 눈물이 고였다.

한참 만에 눈물을 그친 카이트는 자신이 그녀의 앞에서 아이처럼 울었다는 사실이 부끄러운지 좀처럼 시선을 마주치지 못했다. 어느새 해가 져서 방 안은 캄캄하기 그지없었지만, 윤수는 일부러 불을 켜지 않았다.

"……그래도 이곳에서의 기억이 아주 나쁜 것만은 아니야. 분명 사랑받았을 때도 있었으니까. 너도 잘 알고 있겠지……?"

그녀의 허벅지를 베고 누워 있던 카이트의 입에서 쓸쓸한 음성이 흘러나왔다.

"그래, 잘 알고 있어."

윤수는 손가락 사이로 그의 붉은색 머리카락을 흩트리며 대답했다.

그 말은 사실이었다.

라우가 아직 하녀 신분이었던 때. 운켄트니스도 카이트를 몹시 귀엽게 여겼다. 아무런 음모도 위험도 없던 행복한 시절이다.

"대부분은 다 잊었지만, 어머니와 작은 방에서 함께 지냈던 기억만큼은 아직 남아 있다. 덕분에 황제도 그땐 으리으리한 본성보다 허름한 별채에서 보내는 시간이 더 많았었지. 넓은 뒤뜰에서 아버지와 자주 놀곤 하던 기억이……."

옛 추억을 더듬어 가던 카이트가 무슨 연유에서인지 갑자기 입술을 황급히 다물었다.

"아!"

동시에 윤수도 나지막한 탄성을 터뜨렸다.

두 사람은 곧바로 누가 먼저랄 것도 없이 벌떡 몸을 일으켰다.

＊　　＊　　＊

"정말 여기가 별채였을까요?"

거의 쓰러져가다시피 하는 건물 앞에서 도리스가 울상을 지었다. 그 정도로 낡은 곳이었다. 하지만 카이트는 아무 말 하지 않은 채 그대로 문을 밀었다.

끼이익―

우거진 잡초들 사이로 하얀색의 커다란 기둥이 보였다. 세어 보니 정확히 좌우로 세 개씩 세워져 있었다.

"세상에. 정말 바서 님의 설명 그대로…… 아아."

차마 끝까지 말을 잇지 못한 채 감탄사를 연발하는 도리스의 목소리를 들으며 윤수는 저도 모르게 두 눈을 질끈 감았다.

아무것도 남지 않은 텅 빈 복도 사이사이로 달빛이 쏟아져 들어왔다. 뒤뜰로 향하는 길, 알 수 없는 긴장감이 모두를 감싸고 있었다.

"이 뒤에 있는 벽이 정말로 통로라면, 그것은 사실 우리들 아주 가까이에 있었던 거군…….”

침묵을 깬 것은 카이트였다. 알 수 없는 말을 중얼거리는 그의 얼굴에는 무슨 연유에선지 그늘이 짙게 드리워져 있었다.

“그게 무슨 소리야?”

무언가 심상치 않은 분위기를 느낀 윤수가 불안한 목소리로 물었다. 하지만 카이트는 대답 대신 복도의 끝에 달려 있는 커다란 휘장을 손으로 가리켰다.

“앗!?”

윤수의 입에서 짧은 비명이 터졌다.

“문이 어디로 갔어?”

원래대로라면 그 앞에는 잠겨 있는 문이 있어야 했다.

“……아무래도 예전의 나 때문에 설정이 바뀐 거 같다.”

카이트는 의미심장한 말을 흘리며 휘장을 걷었다.

“어어?”

드러난 광경에 도리스가 놀라서 소리쳤다.

그리고 윤수는 그마저도 하지 못한 채로 그저 입을 벙긋거릴 뿐이었다.

“……벽은 애초에 여기 없었어. 왜냐하면 아주 오래전에 누군가가 떼어갔기 때문이지.”

카이트의 낮은 음성이 마치 꿈처럼 몽롱하다.

눈앞에 보이는 건 이제는 다 말라 버린 작은 연못과 무성한 잡초뿐.

벽이 있어야 할 자리가 휑하니 뚫려 있었다.

바람이 불자 넓은 공터를 가득 메운 잡초들이 우수수 소리를 내며 흔들렸다.

"누군가가 떼어 냈다니…… 설마……."

윤수는 여전히 혼란스러운 눈길로 아무것도 없는 주변을 다시 한 번 살폈다.

동시에 페라트의 목소리가 그녀의 귓전을 강타했다.

"카이트 님 방에 있는…… 그것이로군요."

"앗!"

도리스도 짝, 하고 손뼉을 쳤다. 북쪽 성에서 하녀 일을 하던 도리스의 머릿속에도 선명하게 그려진 것이 하나 있었다.

그리고 가장 뒤늦게 상황 파악을 한 건 윤수였다.

"카이트의 방이라고……?"

자신도 예전에 카이트의 방에서 딱 한 번 잠을 잤던 적이 있었다.

그녀는 그때를 회상했다.

바로 북쪽 성에 엄청난 수의 마물이 내려온 날이었다. 카이트가 성벽 위에서 잠이 들어버린 윤수를 그의 방으로 옮겨다 준 날.

가구라고는 그저 커다란 침대 하나뿐인 살풍경한 방.

그래서 그것이 더욱 인상 깊게 남았는지도 모른다.

족히 몇백 년의 세월을 견뎌 냈지만, 여전히 환상적인 빛을 내

뽐고 있는 그 아름다운 벽 말이다.

"그저 특이한 장식이라고만 생각했는데……."

파르르 떨리는 입술로 윤수가 말을 더듬었다.

"하지만 그때 네 방에 있었을 때는 아무 일도 일어나지 않았어."

그러자 카이트가 그녀의 손을 톡톡 두드리며 대답했다.

"'열쇠'는 '잠겨 있는 곳'을 여는 것이지."

윤수는 대번에 그가 생각해 낸 것이 무엇인지를 눈치챌 수 있었다. 특정 단어에 유독 힘을 주어 말했기 때문이었다.

"문이 잠겨 있어 아무도 나갈 수 없는 후원이었지만, 사실 이 복도에는 아주 예전부터 작은 개구멍이 하나 나있었지. 몸집이 작은 어린아이라면 충분히 드나들 수 있을 만한."

오랫동안 잊고 있었던 기억이었다. 그것을 찾아서 떠올린 카이트의 눈빛에도 그리움이 가득 일렁였다.

"어렸을 때부터 황제가 되고 싶었던 내게 최초로 찾아온 절망은 바로 내가 하녀의 아들이라는 점이었다. 사람들은 종종 내 앞에서 그런 이야기를 했었고, 그것이 서러울 때면 구멍을 통해 몰래 빠져나가 그 벽을 한참 동안 바라봤지."

또다시 바람이 불었다. 구름이 수도 없이 드리워졌다가, 걷혔다.

"어쩔 때는 하루 종일 넋을 놓고 바라본 적도 있었다. 이 세상의 것이 아닌 것처럼 아름다운 벽을 보고 있노라면, 신기하게도 마음속에 다시금 희망이 샘솟았다. 아무리 힘들어도 이겨 낼 수 있을 거라는 용기도."

"그래서 벽을 떼어 온 거야? 대체 언제……?"

"아버지에게 쫓겨나던 날."

거기까지 말하고 카이트는 허리에 찬 검 손잡이를 꾸욱 쥐었다.

"내가 황자라는 긍지를 잃지 않게 해줄 수 있는 무언가가 필요했다. 아니, 어쩌면 그 벽만이 유일하게 날 위로해 주던 것이라 그랬을지도 모르지. 나는 문을 부수고 황제 몰래 벽을 떼어내어, 북쪽 성으로 운반했다."

카이트는 몸을 돌려 아직도 멍하니 입을 벌리고 있는 윤수의 얼굴을 천천히 쓰다듬었다.

"생각해 보면 그때부터 널 불렀던 건지도 모른다. 그 벽 너머에는 네가 있었을 테니."

그의 다정한 눈빛이 그녀의 얼굴을 남김없이 훑었다. 애달픈 숨결이 정수리 끝을 스쳤다.

"네가 처음으로 끌려왔던 그곳, 북쪽 성으로 돌아가자."

카이트는 당장이라도 흩어질 듯한 미소를 지은 채로 말을 이었다.

"이제는 정말로…… 집에 돌아갈 시간이다."

*   *   *

"길을 비켜라!"

아직도 뒤숭숭함이 가라앉지 않은 성 안에서 또 한 차례 소란이 일었다. 한밤중에 말을 타고 달려가려던 카이트 일행의 발목을 잡은 건 바로 호위 병사들이었다.

"감히 누구의 앞길을 막는 거지!?"

카이트는 지체 없이 검을 빼내며 소리쳤다. 그러나 그들은 꿋꿋했다.

"오튼 황자님의 명령 없이는 비킬 수 없습니다."

성 안의 모든 신하들은 이미 오튼을 황제처럼 따르고 있었다.

"그럼 너희들을 베고서라도 갈 수밖에."

한순간에 싸늘해진 카이트의 눈빛은 그 말이 진심이라는 것을 대변해 주고 있었다.

"카이트 님."

난처한 기색이 역력한 페라트가 그의 이름을 불렀다. 이 사태에 윤수의 얼굴도 점점 창백해져만 갔다.

"멈춰라."

일촉즉발의 상황, 뒤에서 누군가의 조용한 음성이 들려왔다. 바로 오튼이었다.

"오튼 황자님."

병사들이 검을 내린 채 황급히 무릎을 꿇었다.

"대체 무슨 일이지?"

"우리를 보내주십시오. 북쪽 성으로 돌아가야 합니다."

카이트의 입에서 절박함이 흘러나왔다.

그의 시선 끝에는 검은 로브를 뒤집어쓴 윤수가 있었다.

"흐음."

그것을 눈치챈 오튼이 묘한 탄성을 흘렸다.

말고삐를 쥔 여자의 손끝이 또다시 투명하게 변했다.

"이 여자 때문이냐?"

오튼의 질문에 카이트가 순순히 대답했다.

"그렇습니다. 그녀를 집에…… 돌려보내줘야 합니다."

그 말을 끝으로 카이트는 말에서 내렸다. 그러고는 스스럼없이 오튼의 발 앞에 한쪽 무릎을 꿇고 앉았다.

"카이트 님!"

페라트가 또다시 놀라서 소리쳤다. 하지만 카이트는 아랑곳 않고 말을 이어 나갔다.

"황제 따위 되지 않아도 좋습니다. 두 번 다시 이곳에 발을 들여놓지 못한다 해도 상관없습니다. 그러니 제발 가게 해 주십시오."

그 말에 오튼도 두 눈썹을 크게 치켜 올렸다.

"호오, 무슨 일이 있어도 차기 황제에 대한 꿈만은 내려놓지 않았던 네가? 어째서냐?"

"지금은 그것보다 더 중요한 것이 생겼기 때문입니다."

단호하지만 순수한 대답이었다. 오튼은 믿을 수 없다는 듯 한

동안 밭은 숨을 내쉬었다.

"난 네 녀석이 죽도록 싫다. 널 기필코 누르는 것이 나의 꿈이
지."

이윽고 다시 입을 연 오튼의 입에서 냉정한 말이 쏟아져 나왔
다. 하지만 카이트는 아무렇지 않은 목소리로 그의 말을 받아넘
겼다.

"그것도 알고 있습니다."

그러자 오튼의 미간에 가벼운 주름이 지어졌다. 그의 날카로
운 눈빛이 카이트의 구석구석을 아프도록 찔렀다.

그 누구도 섣불리 깰 수 없는 얼음 같은 긴장감이 두 사람 사
이에 지속되었다.

"좋아."

계속해서 제 발밑에 무릎을 꿇은 채로 있는 카이트를 바라보
던 오튼의 입가에 이내 옅은 미소가 떠올랐다.

"널 보내주지. 대신, 네 검을 나에게 놓고 가라."

"……뭐?"

오튼의 제안에 윤수가 두 눈을 깜박였다.

카이트의 검에는 많은 것이 담겨 있었다.

제아무리 손가락질을 당해도 홀로 고고히 지켜 왔던 황자로
서의 긍지, 그리고 이 나라 최고 검사로서의 자부심.

그뿐만 아니라 한때는 다정했었던 아버지에 대한 추억도.

그런데 그런 검을 놓고 가라니.

그것은 카이트가 지닌 모든 것을 내려놓으라는 것과 마찬가지였다. 하지만 카이트는 조금의 망설임도 없이 검집을 끌러내기 시작했다.

"카이트 님……!"

이번엔 렌틸리히가 울먹이는 목소리로 부르짖었다.

하지만 그의 손길은 거침이 없었다.

쟁그랑!

이내 커다란 검이 요란한 소리를 내며 바닥을 굴렀다.

"흐음."

오튼은 더할 나위 없이 만족한 표정으로 그것을 주워들었다.

"훌륭한 검이로군. 정말 애지중지 다룬 티가 나는구나."

"이제 보내주십시오."

카이트가 무뚝뚝한 얼굴로 다시 한 번 채근하자 오튼이 웃음을 터뜨렸다. 그는 검을 쥔 손을 천천히 폈다. 날카로운 쇠붙이가 카이트의 코끝을 겨눴다.

"카이트, 네 스스로 한 말을 기억해라. 황제가 되고 싶다는 꿈을 포기하겠다는 그 말을 말이다. 만약 네가 그것을 잊고 내 눈앞에 다시 나타나는 날에는……."

오튼은 잠시 말을 멈추고 그에게로 가까이 다가갔다. 뾰족한 검이 점점 더 카이트를 위협해 왔다.

"그땐 나도 망설임 없이 널 처단하겠다. 그러니 살고 싶으면 절대로 내 눈에 띄지 말거라. 이게 마녀라고 불리는 저 여자를 순순히 보내주는 것에 대한 조건이다."

카이트는 가만히 고개를 끄덕였다. 그걸 바라보는 페라트의 두 눈에 뜨거운 눈물이 고였다.

"길을 열어줘라!"

오튼은 카이트의 검을 손에 쥔 채 큰 목소리로 명령했다. 꼼짝 않고 있었던 병사들이 그제야 일사불란하게 몸을 움직였다.

"가자."

다시금 말에 오른 카이트도 일행에게 신호를 보냈다.

그의 허전한 허리춤을 바라보던 렌이 비통한 표정으로 고개를 돌렸다. 페라트는 아예 어깨를 떨며 흐느끼고 있었다. 담담한 것은 오로지 카이트, 본인뿐이었다.

"오튼 황자님."

그런데 그 순간, 윤수가 갑자기 말에서 내렸다.

"왜 그러지?"

당황한 병사들이 다시 그녀의 주위를 에워쌌다. 하지만 윤수는 주저 없이 말을 이어 갔다.

"왜 카이트 황자를 도와주었습니까? 그의 친모가 꾸민 짓에 동참했었더라면 분명 황제를 해쳤다는 죄를 뒤집어씌울 수 있었을 텐데요."

그녀에게는 아직 풀리지 않은 의문이 남아 있었다.

"뭐?"

"사실 난 라우와 손을 잡고 카이트를 곤경에 빠트린 건 틀림없이 당신이라고 생각했습니다. 그래서 그녀를 이곳 황제의 성에 불러들인 거라고 말입니다."

그 말에 오튼의 인상이 일그러졌다.

"난 그런 여자와 절대로 손을 잡지 않는다."

"하지만 줄곧 카이트를 감시하셨겠죠. 당신은 매사 빈틈없이 정확한 것을 좋아하는 성격이니까."

"허어."

윤수의 허를 찌르는 말에 오튼이 저도 모르게 감탄사를 내뱉었다.

그 누구도 이렇게 정확히 그를 꿰뚫어 보는 사람이 없었다.

마녀라더니, 정말 신통력이 있는가 보군.

게다가 그녀의 눈빛에는 무언가 거역할 수 없는 힘이 있었다. 어쩐지 무거운 위압감을 느낀 오튼은 저도 모르게 천천히 입술을 열었다.

"사실 라우를 이 성으로 부른 건, 그녀를 내 시야에 두고 감시하기 위해서였다. 그 여자가 자신이 낳은 친아들을 해코지하려는 정황을 포착한 이상 그냥 둘 수는 없었지."

"하지만 당신은 카이트 황자를 싫어하지 않습니까."

윤수는 그 말을 하면서 오튼의 손에 들린 카이트의 검에 가만히 시선을 고정시켰다.

"물론 싫어하지."

"그러면 그대로 가만히 놔두어도 되었을 텐데요. 라우가 알아서 일을 벌여준다면 더 편하지 않습니까?"

그러자 오튼이 길게 한숨을 내쉬며 단언했다.

"나는 그런 게 싫다."

"네?"

"친어미가 욕심에 눈이 멀어 아들을 해치고, 혹은 아들이 권력을 잡고자 아버지를 독살하고 하는 것들 말이다. 나는 아주 먼 곳에서부터 그런 것들을 수도 없이 봐 왔다. 넌 이해 못 할 테지만."

물론 그녀가 이해하지 못할 리가 없었다. 그러나 윤수는 계속되는 그의 말을 가만히 경청했다.

"물론 카이트에게 절대로 차기 황제 자리를 내줄 생각은 없다. 그래도 라우의 편을 들지 않았던 건 계속해서 반복되는 이 지긋지긋한 일을 바라보고만 있기 싫었기 때문이다. 이유라면 그저 그것뿐, 절대로 카이트의 편을 들었던 것이 아니다."

그제야 그녀는 오튼에 대해 지니고 있었던 모든 의문이 풀렸다.

페어라센의 1황자가 되기 이전에 그는 당파 세력의 중심이었던 어느 양반가의 자제였다. 한양을 주름잡던 집안의 아들로 태어난 것이 오튼의 예전 생이었다. 그러니 권력을 두고 일어나는 암투를 어렸을 때부터 지긋지긋하게 봐왔을 것이리라.

"그렇군요. 당신의 전생은 확실히 그런 일들이 끝도 없이 일어났던 시대였었죠. 이제 잘 알겠습니다."

"……뭐?"

윤수의 말에 오튼이 마치 귀신이라도 본 듯한 표정을 지었다. 하지만 그녀는 이미 재빨리 말에 올라탄 뒤였다.

"안녕히 계십시오, 오튼 황자님. 앞으로 두 번 다시 볼 일은 없을 겁니다."

윤수는 하얗게 질린 오튼을 바라보며 또박또박 인사를 건넸다. 그러고는 그의 얼굴을 마치 머릿속에 각인시키듯 다시 한 번 뚫어져라 쳐다보고는 저 앞에서 줄곧 자신을 기다리고 있는 카이트를 향해 말을 돌렸다.

*   *   *

"히이이잉!"

고삐가 느슨해지자 본능적으로 질주하던 다리가 멈췄다.

말들의 입에서는 허연 거품이 섞인 침이 뚝뚝 흘러내리고 있었다. 그리고 그 위에 탄 사람들도 모두가 똑같이 지쳐 있었다. 조금도 쉬지 않은 채로 먼 길을 달리는 것은 짐승에게나 사람에게나 힘든 법이다.

결국 카이트가 고집을 꺾었다. 웬만하면 휴식 없이 밤새 박차를 가할 셈이었지만, 사실은 그가 탄 말이 제일 많이 지쳐 있었다.

훈훈한 실내로 들어와 몸을 녹이고 맛있는 음식과 술로 가득

배를 채우고 난 뒤에야 모두 조금씩 기운이 돌아왔다. 마구간에서 쉬던 말들도 꾸벅꾸벅 졸기 시작하는 어스름한 시각.

하늘 위로 먹구름이 몰려왔다.

"지금 우리가 하루 종일 달려온 이 거리를 불과 몇 시간 만에 주파할 수 있다고요? 세상에 그런 게 가능합니까?"

커다란 잔에 든 술을 마구 들이켜다 말고 렌틸리히가 두 눈을 동그랗게 뜨며 물었다.

그 말에 윤수는 고개를 끄덕였다. 이제는 정말로 마지막으로 함께하는 여정. 그녀는 아무것도 숨기고 싶지 않았다.

"언니가 사시는 세계는 정말 굉장한 곳이군요……."

프롤라인이 창백한 얼굴로 중얼거렸다. 아직도 어머니가 저지른 짓에 대한 충격이 가시지 않은 그녀는, 심신이 매우 나약해진 상태였다. 그래도 황녀를 오른 황자의 곁에 남겨 두고 올 수는 없었다. 그런 그녀를 렌틸리히가 곁에서 지극정성으로 보살피고 있었다.

"정말 믿을 수 없는 말입니다. 으음, 말보다 더 빠른 동물이 뭐가 있을까요?"

"에이, 그게 꼭 동물이라는 보장이 어디 있어요? 사람이 만들어낸 걸 수도 있죠. 바서 님을 봐요. 실로 못 하는 게 없으시잖아요."

연신 고개를 갸웃거리며 눈동자를 도록도록 굴리는 미쉘을 도리스가 가볍게 타박하고 나섰다. 그리고 윤수는 그런 도리스에게 새삼 혀를 내두를 수밖에 없었다.

기차나 자동차, 그리고 비행기 같은 것을 전부 설명할 수는 없지만 그녀는 특유의 영민함으로 현대의 발전된 과학 기술에 대해 어렴풋이 짐작하고 있음이 틀림없었다.

물론 그 짐작이라는 것이 대부분 윤수를 향한 찬양심에서부터 나온 거라는 게 좀 쑥스럽긴 하지만.

그들이 머물고 있는 곳은 조금 낡긴 했지만 제법 호화로운 침실을 보유하고 있는 크고 쾌적한 여관이었다.

원래는 선대 황제와 그의 병사들을 위해 지어진 별장으로, 그 유서가 꽤나 깊다고 했다. 여관 주인은 고풍스러운 응접실이 돋보이는 최상위 층을 그들에게 통째로 제공했다. 방도 열 개가 넘었고, 층 아래에서는 전담으로 수발을 들 시종들이 줄곧 대기하고 있었다.

대접이 이리 융숭한 것을 보니, 일반 군중들에게는 아직 라우브루스트가 저지른 짓이 알려지지 않은 것 같았다.

카이트와 라우의 관계가 실제로 어떠했든지 간에 그의 친모가 그런 일을 계획했다는 것은 카이트의 평판을 또 요동치게 만들 것이 틀림없었다.

하지만.

윤수는 유난히 가벼워 보이는 카이트의 허리춤을 뚫어지게 바라보았다.

잘 때도 곁에 세워두었던 그 근사한 검과 맞바꾼 것.

그걸 떠올리자 또다시 여러 가지 생각이 가슴속에 차올라, 그녀는 어금니를 꾸욱 물었다. 윤수는 필요 이상으로 감정적이 되지 않기 위해 필사의 노력을 하는 중이었다.

카이트는 절 보내주기 위해, 아니 자신이 이 세계에서 사라지는 것을 막기 위해 그야말로 모든 것을 내려놓지 않았는가. 서로 잠시 헤어지게 된다 하더라도 언젠가는 만날 수 있다는 굳건한 믿음이 아마도 카이트의 마음 안에 자리 잡고 있기 때문이리라.

그러니 이제는 윤수, 그녀의 차례였다.

그가 빼앗긴 모든 것을 제자리로 돌려놓을 수만 있다면 뭐든지 할 수 있을 거다. 예전에는 그저 단순히 헤어지기 싫어 주저했었던 마음이 이제는 조금 달라져 있었다.

더 이상 아무런 사건 없이 카이트가 평온한 삶 속에서 행복하게 살아갈 수만 있다면, 그것만으로도 많은 힘이 날 것이다. 또 그런 힘이 있어야 다시 이곳으로 어떻게든 그를 만나러 돌아올 궁리도 짜낼 수 있을 테고.

물론 그 벽을 이용해 곧바로 다시 카이트를 만날 수 있기를 누구보다 소망하고 있지만, 자신은 작가고 카이트는 그 속의 등장인물이었다는 사실로 미루어 짐작해 볼 때 어쩌면 수백 권의 책을 다시 써내야 할지도 몰랐다.

물론 어디까지나 최악의 경우에 그렇다는 이야기다.

하지만 윤수의 마음속에 또다시 그 어느 때보다도 반짝반짝 빛나는 용기가 솟았다.

스스로도 생각할 수 없을 만큼 강인한 에너지.

이것은 그녀가 자신의 책 속에서 받은 가장 큰 선물 중 하나였다.

커다란 벽난로에서는 계속해서 타닥타닥 소리를 내며 검은 장작이 붉게 타올랐다. 창문 밖에는 어느새 희끗한 눈발이 흩날리고 있었다. 그들이 머물고 있는 마을은 북쪽 영토의 경계선에 걸쳐져 있는 곳이었다.

"눈이 많이 오네요. 내일 새벽부터 길을 나서야 하는데, 무사히 갈 수 있을지 걱정입니다."

"이 정도는 문제없답니다, 황녀님. 내리는 모양새를 보니 많이 쌓이진 않을 거 같네요."

여전히 걱정이 많은 프롤라인을 도리스가 의젓하게 달래주었다. 남쪽에서 줄곧 생활하던 황녀이니 툭하면 눈발이 내리는 북쪽 기후에 대해 잘 모르는 것도 당연했다. 하지만 그럼에도 불구하고 프롤라인은 계속해서 작게 한숨을 내쉬었다. 그녀의 마음속을 계속 짓누르고 있는 건 한두 가지가 아니었다.

"그런데 폐하는 괜찮으실까요? 저 사실 이상한 이야기를 들었습니다. 황실 의원이 그러는데, 급소를 찔리셨는데도 아직 숨을 쉬시는 게 참으로 신묘한 일이 아닐 수 없다더군요."

프롤라인은 여러 가지 걱정 중 머릿속을 가장 크게 차지하는 하나를 입에 올렸다.

사실 그녀는 가능하면 운켄트니스 황제가 살아 있기를 바랐다. 아버지를 사랑해서가 아니라, 황제가 정말로 목숨을 잃는다면 어머니 라우브루스트의 죄가 이루 말할 수 없이 무거워지기 때문이었다. 그렇게 되면, 자신은 물론이고 오빠인 카이트의 앞날도 정말로 불투명해지고 만다.

황녀는 워낙 있는 듯 없는 듯 조용히 살아왔으니 상관없지만, 카이트는 아니었다. 프롤라인은 그런 카이트의 안위를 진심으로 걱정하고 있었다.

"아마 황제는 쉬이 죽지 않을 거다."

그녀의 마음을 읽기라도 한 듯 카이트가 조용한 음성으로 툭 말을 꺼냈다.

"네? 하지만 그리 단언하시기에는……."

"물론 이건 내 추측이긴 한데, 정말로 우리의 목숨을 끊을 수 있는 사람은 따로 있는 것이 아닌가 하는 생각이 들어서 말이다."

그러자 모든 사람들의 눈이 약속이나 한 듯 윤수에게로 향했다.

눈치 빠른 도리스가 떨리는 목소리로 그 말을 받았다.

"……어째서요? 제가 생각할 수 있는 건, 음…… 여기가 바서 님이 만든 세상이기 때문인가요? 즉, 우리들은 바서 님 손에서 탄생한 사람이니까?"

"생각해 보면 절대자란 명칭에 가장 잘 어울리는 수식어는 바로 탄생과 죽음이지요. 각자 다른 목적을 가지고 살아 움직이게 해 주었으니, 그걸 다시 빼앗는 것도 오로지 한 분밖에는 없다는 가설이라면……."

줄곧 입을 다물고 있었던 페라트도 조용히 첨언했다.

카이트 황자님의 추측이 맞는 것 같습니다.

페라트는 윤수를 물끄러미 바라보는 것으로 못다 한 마지막 말을 대신했다. 여러 가지 복잡한 감정들이 듬뿍 담겨 있는 수많은 시선을 감내하며 윤수는 관자놀이를 긁적였다.

사실 본인도 어렴풋이 느끼고는 있었다.

특히나 황제는 그래도 꽤나 큰 비중을 차지했던 조연에 가까웠으니 정말로 목숨을 끊어버리느냐 아니냐 하는 건 전부 자신의 손끝에 달린 일일지도 모른다고 말이다.

한없이 깜빡이는 그녀의 예쁜 두 눈을 가만히 바라보고 있던 카이트가 몸을 일으키며 이렇게 말했다.

"밤이 깊었다. 다들 이만 자리를 파하도록 하지. 내일도 추위 속에 먼 길을 이동해야 할 테니 푹 쉬어 두는 게 좋을 거다."

카이트는 윤수가 조금이나마 곤혹스러워하는 눈빛을 띠는 게 싫었다. 제아무리 찰나라 하더라도, 그저 매 순간 지켜 주고만 싶었다.

적어도 그녀가 이 세계에 머무르고 있을 때만큼은.

*　　　*　　　*

새카만 어둠 속. 시종들도 소등을 마치고 전부 방으로 돌아가 아무도 없는 현관 앞에서 카이트는 줄곧 팔짱을 낀 채로 조용히 눈 내리는 것을 바라보고 있었다.

귀를 기울이면 사락사락하는 소리가 들릴 정도로 고요하고 조용한 밤이었다. 그는 가만히 눈을 감았다. 그리고 속으로 작게 숫자를 세었다.

하나, 둘, 셋.

정확히 셋까지 세었을 때, 작고 가녀린 팔이 자신의 허리를 뒤에서부터 껴안았다.

"모두 방으로 보내놓고서 너는 왜 이러고 있어?"

윤수였다.

그의 입가에 은은한 미소가 걸렸다. 사실은 한참 전부터 그녀의 발걸음 소리를 눈치채고 있었다.

그것을 언제 제게 다가와 줄까, 다소 달뜬 마음으로 인내심 있게 기다리고 있었을 뿐이었다.

확 끌어안고 거칠게 입 맞춰 버릴까?

그럼 틀림없이 놀랄 테지.

"게다가 추운데 왜 이렇게 옷을 얇게 입었어. 그러다 감기 걸릴라."

하지만 그녀는 그런 음흉한 속내는 아무것도 눈치채지 못했는지, 그저 순진한 얼굴로 그의 어깨 위에 검은색 망토를 둘러줄 따름이었다.

"와, 눈 내리는 거 너무 예쁘다."

그뿐만 아니라 제 곁에 손을 잡고 서서 정말로 아이처럼 순수한 감탄사를 연발하고 있으니, 이쯤 되면 오히려 카이트가 머쓱해질 차례였다.

"네가 사는 곳에도 눈이 내리나?"

"그럼. 당연하지. 아마도 곧 추워질 텐데."

윤수는 그렇게 말하며 호— 하고 입김을 내뿜었다.

새하얀 숨이 어둠 속에서 사르르 일었다 금세 사그라졌다.

그처럼 평범한, 별것 아닌 모습인데도 카이트는 그녀에게서 도무지 눈을 뗄 수가 없었다.

그는 그녀가 뭘 하든지 좋았다. 어머니가 저지른 짓이나, 오튼에게 검을 빼앗긴 것 등을 모두 잊을 만큼.

"……카이트."

하지만 그녀는 곧 울먹거리는 목소리로 그의 이름을 불렀다. 그러곤 다시 한 번 아무것도 달려 있지 않은 허리를 두 팔로 꼭 껴안더니, 결국 참지 못하고 울음을 터뜨렸다.

"내가 다 찾아줄게."

"그래."

절절한 심정이 그의 코끝에도 시큰하게 흘러들어왔다.

카이트는 그런 윤수의 어깨를 가만히 토닥여 주었다.

"눈도 낫게 해 주고, 빼앗긴 검도 되찾아 줄 거야. 아버지의 홀대나 어머니의 비정함 같은 건 하나도 기억나지 않도록, 널 행복하게 만들어 줄게."

"그래."

"그리고 꼭 다시 돌아올 거야."

끅끅거리며 흐느끼는 그녀와는 달리 그의 입에는 또다시 미소가 걸렸다. 카이트는 제 자신이 이토록 아무렇지 않은 것에 대해 스스로도 놀라고 있었다.

"내 손으로 널 반드시 행복하게 해 줄 거니까."

그는 분한 듯 중얼거리는 윤수의 귀에 참지 못하고 낮은 웃음을 터뜨렸다.

"그런 말은 남자인 내가 너한테 해 줘야 하는 것 아닌가?"

"뭐 어때, 누가 먼저 하든 상관없는 거잖아……!"

윤수는 작게 항의하며 눈물 콧물로 얼룩진 얼굴을 바짝 들었다. 그녀는 밖에 내리는 하얀 눈 덕분에 자신의 얼굴이 환하게 보인다는 것을 미처 모르고 있었다.

그러나 제아무리 엉망인 얼굴이라 하더라도, 카이트의 눈에는 세상 어느 것보다 예뻤다.

"……황제의 성에 있을 거라고 믿었던 그 통로가 사실 내 방에 있는 벽이었다는 것을 뒤늦게 깨달았을 때는, 솔직히 조금 부아가 치밀었다. 여태까지 괜한 고생을 했다 싶어서."

카이트는 엄지손가락으로 그녀의 말랑말랑한 아랫입술을 쓱 튕기듯이 문지르며 말했다.

별것 아닌 작은 행동이었지만, 어쩐지 평소와는 달랐다. 그의 손끝에는 진득한 소유욕이 잔뜩 묻어나 있었다.

그걸 느낀 윤수는 저도 모르게 숨이 턱 막혔다.

"그, 그래도 결국 통로를 제대로 찾았잖아. 그게 중요한 거지."

못나게 말까지 더듬으면서.

그러자 카이트가 살짝 흰 치아를 드러내며 웃었다.

그 미소에 또다시 심장이 반으로 쪼개질 것처럼 요동을 쳤다. 그뿐만 아니라 귓가를 아예 녹여 버릴 것만 같은 차분하고 단정한 웃음소리.

그가 이렇게 섹시한 남자였던가?

윤수는 뜨겁게 변한 호흡을 들키지 않으려 안간힘을 썼다.

자신은 미친 게 틀림없었다. 그야말로 대업을 이루느냐 마느냐 하는 중요한 날이 내일로 다가왔는데, 이런 상황에서 몸이 달아오르다니. 게다가 방금 전에는 행복하게 해 주겠노라며 엉엉 소리 내어 울기까지 하지 않았는가.

하지만 그런 윤수의 마음을 아는지 모르는지 카이트는 점점 더 가깝게 몸을 붙여왔다. 그는 따듯한 스웨터를 입고 있는 그녀의 허리 속에 슬쩍 손을 집어넣어 보드라운 맨살을 매만지며 계속해서 입술을 움직였다.

"하지만 지금 생각해 보면 그 벽이 내 방에 있다는 게 참으로 다행이라는 생각이 든다."

"……왜, 왜?"

당황할 때면 꼭 이렇게 두 번씩 묻게 된다.

또 한 차례 얼굴이 불타올랐다.

카이트는 천천히 고개를 아래로 숙여 귀 가까이에 바짝 입술을 붙인 뒤 이렇게 속삭였다.

"…… '내 방'이라고 말했다. 만약 네가 그 통로를 계속 사용하게 된다면, 어찌 되었든 넌 내 침실을 거칠 수밖에 없단 이야기지. 이 세계에 들어올 때나, 나갈 때나."

숨길 수 없는 욕망이 진하게 묻어나는 음성.

윤수의 발이 뒤로 몇 걸음 주춤주춤 물러났다.

"그 언젠가 내가, 내 침대에 널 하루 종일 묶어 둘지도 모른다는 이야기를 했던 것 같은데…… 혹시 잊었나?"

등이 곧 차가운 대리석 벽에 닿았고, 카이트가 기다렸다는 듯 윤수의 어깨 옆으로 두 팔을 짚었다.

"잊었어?"

또다시 그가 웃었다. 매우 아찔한, 아니 위험한 미소였다.

"큰일이군. 어쩌면 앞으로 정말 그렇게 해 버릴지도 모르는데."

"하지만 그, 그건 내가 뭔가를 잘못했을 때 그럴 거라는 이야기였잖아!"

꼼짝 않는 그의 팔을 풀어보려고 괜한 수고를 곁들이며 윤수가 항변하듯 외쳤다. 물론 기억하고 있었다. 기억하고 있었지만, 왜 지금 이런 이야기를 꺼내 자신을 난처하게 하는지가 궁금할 따름이었다.

"그러니까 내일 여기를 나가는 것보다, 나중에 다시 돌아올 때를 걱정하라는 소리다."

동시에 카이트가 그녀의 몸을 숨이 막히도록 안았다.

"……그때가 되면 정말 널 한시도 놔주지 않을 테니까. 아무 데도 갈 수 없게, 진짜 묶어서라도 내 곁에 둘 생각이다."

그러니 그걸 각오하고 와.

그는 귀에 마지막으로 그 말을 읊조린 뒤, 그녀의 입술을 거칠게 머금었다.

찬 공기를 가르고 가파른 호흡이 쉼 없이 오르내렸다.

두 사람 모두, 사랑하는 사람과 함께 보는 첫 눈이었다.

"카이트 님."

억지로 윤수를 들여보내고 난 뒤, 뒤에서 또다시 누군가의 목소리가 그를 조용히 찾았다.

페라트였다.

"네가 안 자고 있을 줄은 몰랐군."

언제부터 거기 서 있었던 걸까?

의아함을 감출 수 없었던 카이트의 미간이 슬쩍 구겨졌다.

"잠이 안 오나?"

그러고 보니 페라트와 이렇게 단둘이 있게 된 것도 실로 오랜만이었다. 바인 황자의 성에 온 이후 카이트의 주위에는 날로 사람이 늘어갔으니까.

"……."

하지만 페라트는 여전히 아무런 대답이 없었다. 그뿐만 아니라 늘 빛나던 눈빛마저 어쩐지 몹시 어둡다.

대체 무슨 일이지?

카이트의 눈에도 의아함을 넘어선 걱정이 차올랐다.

페라트는 자신의 가장 오래된 심복으로서 굳이 말을 하지 않아도 늘 제 마음을 누구보다 잘 헤아릴 줄 알았다. 그리고 그건 카이트도 마찬가지였다.

그가 아는 한 이토록 복잡한 표정을 하고 있는 페라트는 지금껏 본 적이 없었다.

"도대체 무슨 일……."

"카이트 님, 드릴 말씀이 있습니다."

두 사람은 거의 동시에 입을 열었다.

"그게 뭐지?"

카이트가 부드러운 목소리로 물었다. 하지만 페라트는 그 후에도 한참 동안을 입술을 달싹이다 다시 꾹 깨무는 것을 반복하기만 할 뿐이었다.

카이트는 인내심 있게 기다렸다.

예전 같았으면 몇 번이고 재촉했겠지만, 이제는 더 이상 그러지 않았다. 남아 있는 한쪽 눈으로 그를 가만히 응시하자, 페라트는 더욱더 좌불안석인 것처럼 보였다.

도대체 그 안에 무엇이 있는지 계속해서 안쪽 주머니에 손을 넣었다 뺐다 하던 페라트가 드디어 결심이 선 듯 그의 이름을 또 한 번 불렀다.

"카이트 님."

"그래."

"정말 후회하지 않으십니까?"

꼭 감고 있었던 눈꺼풀이 천천히 뜨였다.

"뭐?"

"황제가 되지 않아도 좋다는 그 말씀 말입니다. 게다가 오튼 황자님께 순순히 검까지 넘기시고……."

아름다운 바다색을 지닌 그의 눈에는 어느새 숨길 수 없는 물기가 배어 있었다. 그런 페라트의 모습에 카이트는 저도 모르게 씁쓸한 웃음을 지었다. 늘 냉정하던 자신의 부하가 오늘따라 대체 왜 이러는가 싶었는데, 그 이야기가 퍽이나 충격적이었던 것이 틀림없었다.

페라트는 자신이 황제가 되길 본인만큼이나 바랐던 사람이었다. 그러니 모든 것을 포기하겠다는 선언을 했을 때 그 심정이 어떠했을까.

"물론 후회하지 않는다."

그것을 미처 헤아려주지 못했음에 미안함을 느끼면서도 카이트는 확신에 찬 목소리로 다시 한 번 자신의 마음을 건넸다.

그러자 페라트의 얼굴에 더욱 짙은 절망의 그늘이 차올랐다.

"어째서입니까? 늘, 황제가 되길 그토록 원하셨잖습니까! 그리 쉽게 포기를 하시다니, 제가 알던 카이트 님이 아닌 것 같습니다……!"

제아무리 큰일이 일어난다 해도 늘 담담한 자세를 잃은 적 없었던 페라트가 이리 격한 감정을 내보인 것은 너무나도 놀라운 일이었다.

"쉽게 포기한 것이 아니다."

하지만 카이트는 시종일관 초연한 자세를 유지했다.

"그저 내게 더 소중한 것이 생겼기 때문이다."

그녀에 대한 자신의 마음이 얼마나 커다란 것인지를 다른 이에게 털어놓는 것도 처음이었다.

하지만 페라트에게는 모두 다 솔직히 꺼내보여도 좋으리라. 그는 자신이 정말로 아끼는 자이기에.

"……바서 님을 말씀하시는 겁니까?"

"그렇다."

따라서 말하기 곤란하거나 어려운 것도 없었다. 카이트는 페라트가 묻는 게 무엇이든지 간에 모두 다 진솔히 털어놓기로 마음먹었다.

"그럼 만약에 바서 님이 원래 세계로 돌아가신 후 다시 돌아오지 못하게 되면 어떻게 하실 겁니까? 최악의 경우에는, 우리들은 바뀌는 게 아무것도 없을 수도 있습니다. 즉, 황제의 자리를 오른 황자에게 빼앗긴 후, 평생을 은둔자, 아니 도망자 신세로 사셔야 할 수도 있단 말입니다!"

"그때는……."

카이트는 잠시 턱을 쓰다듬으며 생각에 잠겼다. 그러나 곧 거침없이 입을 열었다.

"그녀를 언젠가는 다시 만날 수 있을 거라는 희망으로 기꺼이 살아갈 수 있겠지."

조금도 흔들리지 않는 붉은색의 눈동자가 페라트를 향하고 있었다.

"너도 알겠지만, 이곳에서 역할이 끝나감에 따라 그녀의 존재 자체가 점점 희미해져가고 있어. 그러므로 그녀를 기필코 원래 살던 곳으로 돌려보내야만 한다. 그 후엔 그저…… 재회의 기쁨을 기대할 뿐이다."

페라트는 그만 말문이 막히고 말았다.

대부분의 인생을 바쳤다 해도 과언이 아닐 정도로 원대했던 그 꿈보다 더 소중한 것이 생겼노라고 스스럼없이 말하는 카이트를 도무지 이해할 수 없었기 때문이었다.

게다가 일부러 제시해 본 최악의 사태에서조차 절망보다는 희망을 찾아 살아갈 수 있다니.

누군가를 사랑하는 마음이 이토록 대단한 거였나?

이유를 알 수 없는 묵직한 가시가 페라트의 마음속에서 커다랗게 자라났다.

두 사람을 가장 가까이에서 보좌한 페라트는 처음부터 황자가 윤수를 마음에 두고 있었음을, 그리고 그녀도 어느샌가 황자를 사랑하게 되었다는 것을 잘 알고 있었다.

인정하고 싶지는 않았지만 페라트 본인도 윤수에게 남다른 마음이 존재했다. 하지만 그건 일반적인 연애 감정 같은 게 아니었다. 저를 만들어 준 사람에게 조금 더 특별한 존재가 되기를 바랐던 것은 정말 나만의 욕심이었을까.

페라트는 이제야 자신의 안에는 늘 인정받고 싶었던 욕구가 가득했음을 깨달을 수 있었다. 3황자의 심복으로서 황제를 꿈꾸는 그를 누구보다 응원했던 것도 어쩌면 일맥상통한 것일지 모른다. 그랬기에 지금까지 들였던 이 모든 노력은 정당했다, 헛되지 않았다. 자신은 카이트에게 특별했고, 누구보다 필요한 존재였다. 적어도 과거에는.

"후우."

페라트는 노골적으로 크게 한숨을 쉬었다.

그런 제 앞에서 사랑을 말하는 카이트의 마음을 온전히 이해하기란 굉장히 어려운 일이었다. 그게 정말로 일생의 꿈이었던 황제를 포기하면서까지 이룰 만한 가치가 있는 것인가?

그의 마음 안에서 솟구친 가시가 점점 더 크게 자라났다.

그리고 그것이 꿰뚫고 지나간 자리에, 무엇으로도 채울 수 없는 커다란 구멍이 생겨나기 시작했다.

"……늘 내 곁에서 날 위해 살아준 네게는 누구보다도 고마운 마음뿐이다."

계속해서 침묵을 고수하는 페라트에게 카이트가 순수한 고마움을 표했다. 사실은 늘 이런 말을 건네고 싶었다. 그것은 너무나도 당연한 수순이었다.

페라트는 이 모든 일을 최초부터 거들어온 동료이자, 가족 같은 사람. 특히 윤수가 지니고 있던 커다란 비밀을 처음부터 함께 공유했던 자였다. 그 길고 길었던 신뢰의 시간을 카이트는 믿어 의심치 않았다.

"카이트 님……."

페라트는 그의 이름을 다시 한 번 부르더니 놀랍게도 눈물을 쏟아 내었다. 좀처럼 볼 수 없는 그의 여러 가지 모습에 그만 머쓱해지고 만 카이트는 페라트의 어깨를 두어 번 툭툭 두드려 주었다.

"걱정하지 마라. 다 잘될 테니까."

하지만 그럼에도 불구하고 그는 좀처럼 눈물을 멈추지 못했다.

"……그만 들어가 쉬십시오."

한참을 말없이 있더니, 결국 꺼내는 이야기가 이거였다.

그러나 카이트는 아무 대꾸도 하지 않고 그저 고개를 끄덕였다.

늘 이성적이고 냉철한 사람이었으니, 감정이 이토록 격하게 북받친 모습을 보여주기 싫을 테지.

"너도 너무 늦게까지 있지 말도록 해라."

그렇게 믿은 카이트는 그 대답을 마지막으로 조용히 몸을 돌렸다. 끝까지 다정한 음성이었다.

*　　　*　　　*

카이트가 돌아간 뒤에도, 페라트는 떨리는 어깨를 좀처럼 멈출 수 없었다. 그러나 그의 머릿속을 가득 메운 것은 정작 카이트 황자가 아닌 윤수였다. 그 언젠가 그녀가 해준 이야기가, 계속해서 그의 귓가를 맴돌았다.

이곳과는 전혀 다른 삶이 펼쳐져 있는, 또 다른 세상에 대한 이야기 말이다.

"이미 정해진 이야기 속에서 펼쳐지는 인생이 아닌, 스스로의 생각대로 살아 볼 수 있는 삶……."

하얀 입김과 함께, 소리 없이 쌓이는 눈만큼이나 처연한 목소리가 흘러나왔다.

그런 꿈같은 곳에서 단 한 순간이라도 좋으니 나 역시 살아볼 수 있다면. 그렇다면 달라질 수 있었을까? 누군가를 보좌하는 역할로서 만들어진 존재가 아닌, 내 자신을 위한 삶을 과연 꾸릴 수 있었겠는가.

페라트의 달아오른 두 눈가에 다시금 눈물이 맺혔다.

다른 차원의 세상이 존재한다는 것은 그에게도 큰 충격이었다. 게다가 모두가 원하는 대로 살아갈 수 있다는 것도 몹시 부럽기 그지없는 일이다.

기절초풍할 만한 비밀에 대한 감상치고는 몹시 빈약하긴 하지만, 상상할 수 있는 건 거기까지였다.

왜냐하면 자신은 이 책 속에서 언제나 카이트밖에는 몰랐으니까.

그의 곁에서 그를 따르는 것.

그것도 황제라는 큰 꿈을 향해 온갖 역경을 헤쳐 나가는 카이트를 돕는 것이 자신의 삶의 목적이자, 전부였다.

그런데 이제는 그것조차도 무너지고 말았다.

카이트 황자는 예전과는 달리 황제가 되는 것보다 더 소중한 것이 생겼다고 했다. 그 대답을 곱씹을수록, 마치 채찍질이라도 당한 것처럼 속이 쓰렸다.

"……그럼 나는 대체 뭘 위한 존재였을까?"

페라트의 입에서 가쁜 숨과 함께 끝도 없는 한탄이 흘러나왔다.

숨길 수 없는 열등감과 질투, 그리고 죽었다 깨어나도 본인의 것이 될 수 없는 허상과도 같은 욕심이 한데 어우러져 마치 악마처럼 빙글빙글 춤을 췄다.

두 손이 마치 주술에 걸린 것처럼 움직였다. 아까부터 만지작거린 것은 주머니 속에 들어 있었던 작은 두루마리였다.

실은 아무에게도 말하지 못했던 비밀이 하나 있었다.

매우 대담하게도 황자의 최측근인 페라트에게 은밀한 접촉을

시도한 자가 있다는 거였다. 원래대로라면 카이트에게 이 사실을 즉시 고했어야 하리라. 물론 아직 잘못한 것은 없으므로 떳떳하다고 생각하지만, 사실 따지고 보면 이 음침한 비밀을 남몰래 간직하고 있기로 마음먹었을 때부터 이미 이런 결과를 예상했어야 했는지도 모른다.

"흐윽……!"

흐느끼듯 신음하며 주저앉는 순간, 페라트의 손 안에서 곧 작은 새가 날아갔다.

푸드덕.

밤눈이 밝고 추위에 강한 부엉이였다. 녀석의 하얀 날개가 아름다운 청색 눈동자 속에 가득 펼쳐졌다.

페라트는 짙은 후회감에 아랫입술을 피가 나도록 깨물었다. 하지만 아무리 휘파람을 불어보아도 눈바람을 뚫고 날아오른 새가 부메랑처럼 되돌아오는 일은 없었다.

Chapter 22
피와 심장의 맹세

"드디어 도착했다……!"

눈에 익은 첨탑이 보이자 렌틸리히가 반갑게 소리쳤다.

다들 기진맥진해 있었지만 말의 옆구리에 박차를 가하는 동작만큼은 모두 거침이 없었다. 연락도 없이 들이닥친 주인을 맞이하는 신하들의 얼굴에 의아함이 가득 서렸다.

하지만 카이트 일행은 아무것도 신경 쓸 틈이 없었다.

"열쇠는?"

복도를 뛰듯이 걷던 카이트가 윤수를 향해 마지막으로 물어왔다.

"여기 있어."

그녀가 손을 들어 보이자 짤랑거리는 소리가 났다. 점점 희미해지는 팔목 아래로 빛나는 열쇠가 보였다.

드디어 그 시간이 다가왔다.

그토록 바라 마지않았건만 어느새인가부터는 제발 찾아오지 말기를 소망했던 그때가.

윤수는 마음속에 고인 두려움을 털어 내기 위해 두 눈을 깜박이고 또 깜박였다.

'그를 만나러 반드시 다시 돌아올 거야.'

그 강렬한 염원을 담은 손끝으로 윤수는 카이트의 방문을 활짝 열어젖혔다.

그러나―

퍼억!

"악......!"

둔탁한 소음과 함께 갑자기 뒤에서부터 목이 졸렸다.

생각지도 못했던 커다란 움직임이 그녀를 덮쳤다.

그것이 누군가의 단단한 팔이란 것을 알기까지는 그리 오랜 시간이 걸리지 않았다.

"......다시 만나게 되어 정말이지 눈물 나게 반갑다."

희미한 웃음소리가 귓가를 스쳤다.

"아니, 나를 만들어 준 창조주에게 다시 한 번 예를 갖춰 정식으로 인사를 드려야겠지?"

그렇게 말하는 남자의 팔에는 자잘한 소름이 돋아 있었다.

　　　　　　＊　　　　＊　　　　＊

　"나를 주인공으로 만들어 줘서 정말이지 너무나 감사하군그
래."

　남자의 갈라진 음성이 귓가를 때렸다.

　"어쩐지 이상하다고 생각했지. 마물을 부리는 거부터, 내 지나
온 과거를 모조리 알고 있는 것까지. 정말 감쪽같이 속을 뻔했지
뭐야."

　못내 분할 때면 바득 이를 가는 것까지 너무나 익숙했다.

　바로 2황자 바인이었다.

　줄곧 행방불명 상태라던 그가 눈앞에 나타났다. 그것도 어마
어마한 이야기를 서슴없이 폭로해가며.

　윤수의 뒷목이 바짝 섰다. 모골이 송연해진다는 것은 아마 이
런 느낌이리라. 그러나 불행은 거기에서 그치지 않았다. 그는 경
악을 금치 못할 이야기들을 연신 풀어냈다.

　"원래는 내가 주인공이었다면서? 그래서 날 만나 본 소감이
어땠어, 응?"

　그녀의 얼굴은 점점 더 창백하게 질려갔다.

　오로지 극소수만이 알고 있는 비밀인데 이자가 그것을 알고
있다는 것은…… 설마.

　아직까지 섣불리 믿을 순 없었지만 기분 나쁜 의심이 마음속
불안을 타고 쓰윽 기어 올라왔다.

"이거 놔······!"

윤수는 반사적으로 발버둥을 쳤다. 하지만 뒤에서 자신의 목을 휘감은 남자의 팔은 단단했다. 능력을 잃지만 않았어도 이까짓 힘쯤은 금세 떨쳐 낼 수 있었을 텐데.

"움직이지 마."

온 힘을 다해 벗어나려 애쓰는 윤수의 목에 차갑고 날카로운 것이 대어졌다. 고작 한 뼘 정도 길이의 단도였지만, 피부를 파고드는 촉감은 충분히 위협적이었다.

"카이트 님!"

동시에 렌틸리히가 다급히 외치며 자신의 검을 카이트에게 던지는 것이 보였다. 그것을 받아 든 카이트의 눈빛에는 어느새 냉철함이 돌아와 있었다. 그의 붉은 눈동자가 소리 없이 이글거렸다. 커다란 불꽃이 피어오르는 것은 아닌지 착각이 들 정도로 매서운 눈빛이었다.

"내가 움직이지 말라고 했을 텐데?"

하지만 바인은 굴하지 않았다. 그의 또 다른 손에는 기다란 창이 들려 있었다.

갖가지 무기를 몸에 지닌 그 용의주도함으로 보건대, 그는 처음부터 작정하고 이 성에 침입한 것이 분명했다.

그것을 겨누자 앞으로 성큼성큼 발을 내딛던 카이트의 움직임이 거짓말처럼 우뚝 멈췄다.

"그래, 거기 꼼짝하지 말고 그대로 있으라고. 이 악역 녀석아."

바인은 입가에 미소를 띠며 다시 한 번 뽐내듯 창을 휘둘렀다.

가소롭기 짝이 없는 몸짓이었지만, 그때마다 윤수의 목을 겨 냥하고 있는 단도에 힘이 실리는 것을 카이트는 놓치지 않고 보 았다. 카이트의 시선은 처음부터 지금까지 바인의 팔에 잡혀 있 는 윤수에게 줄곧 고정되어 있었다. 그녀의 능력은 이제 대부분 이 소실되었다. 즉, 다치기 쉽다는 이야기다.

그걸 아는 카이트는 섣불리 움직일 수가 없었다.

"이봐, 작가 양반. 뭐 하나만 물어보자. 아무리 머리를 굴려 보 아도 도무지 이해할 수가 없어서 말이지."

모든 상황을 제 손아귀에 넣고 쥐락펴락할 수 있게 된 것이 퍽 이나 즐거운지 바인이 웃음 띤 목소리로 또다시 입을 열었다.

"넌 대체 왜 저 녀석 편을 드는 거지? 이야기 말미에 그저 자연 스럽게 버림받으면 그만인 지독한 악당을 말이야."

"이거 놔, 이 미친 자식! 놓으란 말이야!"

윤수는 다시 한 번 악을 쓰며 그의 발을 마구 밟았다. 정강이 를 걷어차기도 했다.

그 격렬한 몸짓에 바인이 더욱더 그녀의 목을 거세게 조였다.

"흐……윽!"

"내가 한 번은 몰라도 두 번은 안 당하지."

그 언젠가 제게 정강이를 걷어차인 일을 그도 똑똑히 기억하 고 있음이 확실했다. 단단한 보호구로 다리까지 감싼 것을 보면 말이다.

"네가 쓸데없이 악역의 편을 들어주는 바람에 이런 사태가 생긴 것 아니냐. 애써서 쓴 책이었을 텐데, 이왕이면 주인공인 날 위해 힘을 써 줬어야지. 이 멍청한 계집."

바인은 태연한 목소리로 욕설을 내뱉었다. 덕분에 빠르게 돌아가던 윤수의 머릿속이 거기서 딱 멈추고 말았다.

더 이상 숨길 게 없었다.

그는, 모든 사실을 알고 있는 것이 분명했다.

바인의 팔을 움켜쥐고 있던 그녀의 손에서 스르르 힘이 풀렸다.

한동안 알 수 없는 침묵이 맴돌았다. 거기 있는 사람 모두가 마치 약속한 것처럼 일제히 입을 다물었기 때문이었다.

주인공이라니? 악역이라는 건 또 무슨 소리지?

렌틸리히는 녹조가 낀 것처럼 혼탁해진 눈동자를 위아래로 바삐 움직였다. 그는 의아한 표정으로 카이트와 바인을 번갈아가며 쳐다보았다.

그리고 그건 도리스와 프롤라인도 마찬가지였다.

"뭐 이젠 아무래도 좋다. 이봐, 카이트."

의기양양한 표정을 고수하고 있긴 하지만 바인의 목소리에도 희미한 떨림이 가득 차 있었다.

"이 여자의 정체가 사실은 우리들을 만들어 낸 창조주였다는 기가 막힌 이야기를 들은 이상, 가만히 있을 수가 없게 되었지 뭐냐. 아, 내게 빼앗겼다고 해서 억울하게 생각하진 말아라! 평생을 '악역'으로 살아온 네게는 어차피 과분한 존재잖아?"

바인은 일부러 '악역'이란 단어에 힘을 주어 말했다.

카이트의 입에서 서늘한 숨이 흘렀다.

"······그걸 대체 어떻게 알았지?"

하지만 그뿐. 조롱기 섞인 도발에도 불구하고 카이트는 별다른 동요를 보이지 않았다. 그는 악당 운운하는 바인의 유치한 언사에 귀 기울일 틈이 없었다. 대신 정수리 끝을 강타한 이 충격을 감내하는 것에 모든 정신을 집중했다.

커다란 배신에 대한 예감이 마음속을 아프게 도려냈다.

"내가 어떻게 이 모든 것을 다 알게 되었는지 궁금한 것도 무리는 아니겠지. 좋아, 기꺼이 말해 주겠다. 평생의 운을 다 써도 절대 가질 수 없는 게 있다는 걸 깨닫는 것이, 얼마나 사람을 괴롭게 만드는지 아냐?"

"알아듣기 쉽게 이야기해라."

"오늘따라 머리가 무거운가 보구나, 바보 같은 놈!"

바인이 또다시 킬킬댔다.

"나는 누군가의 밑에서 굽실거리며 산다는 것이 어떤 기분인지를 누구보다 잘 안다. 전생에서 겪었던 그 잠깐의 경험조차도 몸서리 쳐질 정도로 싫은데, 하물며 평생을 그래야 한다면······."

그의 갈색 두 눈이 어디로인가를 향해 천천히 움직였다.

그곳에는 아까부터 얼음처럼 굳어 있는 한 남자가 서 있었다.

"이루 말할 수 없이 괴롭겠지. 분명 벗어나고 싶었을 때도 많았을 거야. 하지만 2황자인 채로는 그에게 영 접근하기 힘들었어. 왜냐하면 내 말을 들어줄 기미가 조금도 보이지 않았으니까."

"그래서?"

카이트는 마비가 된 것 같은 입술을 억지로 움직여 그의 말을 받아쳤다.

그 모습에 바인이 더더욱 신명나게 이야기했다.

"그래서 나는 2황자를 벗어던지기로 결심했다! 줄곧 비밀로 해 왔던 이전의 삶에 대해 모두 솔직하게 이야기해 주었지. 은밀한 사이가 되려면 비밀을 공유하는 것만큼 효과적인 게 없으니까. 그런데 의외의 곳에서 성과가 있더구나."

그런 바인의 말을 그 당사자가 다시 조용히 받았다.

"……제가 줄곧 동경하던 또 다른 삶에 대한 이야기에, 저도 모르게 귀를 기울이고 말았습니다. 원하는 공부를 했고, 원하는 직업을 구했던 나날들의 이야기를 꿈처럼 듣다 보니……."

격한 호흡과 숨길 수 없는 울먹거림.

평소의 그라면 도무지 상상조차 할 수 없는 모습이었다.

하지만 그 목소리의 주인공은 페라트가 맞았다. 두 눈을 제아무리 몇 번이고 감았다 떠봐도 그였다. 언제 봐도 차분하고 냉철하기 그지없었던 은발머리 청년.

윤수의 두 눈에도 눈물이 차올랐다.

"……죄송합니다. 카이트 황자님. 제가 약속을 깼습니다."

예감은 현실이 되었다.

힘껏 맞물린 카이트의 입술 속에서 묵직한 음성이 새어 나왔다.

"그래서 네가 그 비밀을 폭로해서 얻는 이익이 뭐지? 무언가 큰 대가를 바랐다고는 상상할 수 없다. 왜냐하면 내가 아는 너는, 절대로 탐욕스러운 자가 아니니까."

예상 외로 담담한 어조 속에 비난이라고는 없었다.

카이트는 페라트를 누구보다 잘 알고 있었으니까.

대신 믿었던 만큼의 아픔이 숨길 수 없이 배어나올 따름이었다. 그 마음을 눈치챈 페라트는 주먹을 불끈 쥔 손으로 스스로의 가슴을 마구 쳤다.

"원래의 바인 황자였다면 일고의 가치도 없었을지 모릅니다. 다만 전생의 이야기들을 실감나게 듣고 있자니, 그저 부럽고, 한편으로는 괴로웠을 따름입니다! 저는, 저는 그저 누군가의 곁을 지키는 것밖에는 못 하는 사람인데……!"

결국 페라트는 자리에 주저앉아 고개를 떨구었다.

소리 없는 오열에 그의 두 어깨가, 그리고 반짝이는 은빛 머리가 거세게 흔들렸다.

"카이트 님, 왜 황제를 포기한다 하셨습니까? 너무나 이기적인 생각이었습니다. 왜냐하면 오로지 그 하나의 명제만을 위해 존재했던 저는, 그 순간 아무것도 아닌 자가 되어 버리고 말았으니까요!"

마음의 괴로움을 이기지 못해 사지로 바닥을 헤집으면서도, 페라트는 끈질기게 말을 이어 나갔다.

"물론 누군가가 절 지워 버리면 그만이라는 것도 잘 압니다.

여긴 그저 이야기 속 세상일 뿐이니까……! 하지만 제아무리 그렇다 해도, 제 가치를 마냥 사라지게 하기는 싫었습니다……!"

피를 토해내는 것 같은 절규. 잔뜩 힘이 들어간 카이트의 턱 아래로, 무겁고 느린 호흡이 흘렀다.

그는 이제야 모든 것을 온전히 이해할 수 있었다.

내가 꿈꾸었던 또 다른 소망이 그의 유일한 존재 이유를 말살시켰다는 건가.

모든 피가 다 빠져나간 것처럼 가슴속이 싸늘해짐과 동시에 손아귀의 힘이 빠지기 시작했다. 모든 것을 앗아가는 이 거센 파도는 과연 비관일까 혹은 체념일까.

거기까지 생각한 카이트는 곧 고개를 가로저었다. 지금 이 순간 그런 것은 아무래도 좋았기 때문이었다.

저더러 지독한 이기주의자라는 페라트의 비난이 어쩌면 맞을지도 모르겠다. 왜냐하면 지금 그에게는 평생을 믿어 왔던 심복의 배신보다도 더 중요한 게 있었으니까.

바로 바인의 팔 안에 갇힌 윤수였다.

사고가 정지된 와중에도 카이트의 눈에는 오로지 그녀만 보일 뿐이었다.

아까부터 온갖 발버둥을 치다가 결국 괴롭다는 듯 페라트에게서 얼굴을 돌린 채 두 눈을 질끈 감아 버린 그녀가.

이런 상황에 조금 뜬금없을지는 몰라도 사실 윤수는 자신이 처음 책을 쓰던 순간을 떠올리고 있었다.

그중 아직도 기억나는 것은 의미심장한 뜻이 담긴 특정 단어들을 여러 개 찾아내느라 꽤나 많은 공을 들였다는 사실이었다. 예를 들면, 악역이었던 아인젠 카이트의 이름은 '외로움'이란 뜻이고, 여주인공인 에어리베 도른은 '명예', 또 운켄트니스 황제는 '무지함'을 지칭했다.

윤수는 그런 식으로 캐릭터들을 만들어 내는 게 좋았다.

그리고 페라트의 이름에 담긴 뜻은 바로.

'배신'이었다.

악역의 곁을 지키는 인물로서 그야말로 손색없는 이름 아닌가. 그 이름을 붙여준 당시에는 확실히 이런 식의 비열한 변절을 그에게 기대했었다. 바로 그게 원인이었는지도 몰랐다. 작가가 지닌 마음은 언제고 책 안에서 표출되기 마련이니까.

비릿한 웃음을 머금은 채 바인이 조금씩 걸음을 움직이기 시작했다. 계속해서 버둥거리는 그녀를 끌고서.

손 안에서 축축한 땀이 배어 나왔다.

카이트는 숨을 쉬는 것도 잊었다.

"이 배신자 새끼!"

그 순간 격분을 이기지 못한 렌틸리히가 페라트에게 갑자기 달려들었다.

"윽!"

픽! 소리가 나도록 얻어터진 입술 끝에 짙은 선홍색 피가 흘렀다.

하지만 렌은 주먹질을 멈추지 않았다.

"아악!"

잔인하게 얻어터지는 페라트의 모습에 도리스가 저도 모르게 비명을 내질렀다.

"어어, 진정들 해."

실신할 정도로 얻어터진 페라트를 지켜보던 바인이 작게 휘파람을 불었다.

"듣다보니 뭔가 오해가 있는 것 같아서 말이야. 나는 차기 황제 자리 따위에는 더 이상 아무런 관심이 없어."

뭐?

정수리 위에서 들려오는 음성에 윤수의 두 눈이 휘둥그레졌다. 엎치락뒤치락하며 소동을 벌이던 페라트와 렌틸리히가 잠잠해진 것도 그 말 덕분이었다.

"생각해 봐. 뭐든지 가능한 절대적 존재를 손에 넣었는데, 페어라센의 황제 따위에 만족할 수야 없지."

윤수를 끌어안은 바인의 손에 더욱 거센 힘이 실렸다.

기뻐서 들썩이는 몸짓 또한 고스란히 전달되어져 왔다.

"나는 원래 이 나라보다 더 크고, 더 화려한 세상에서 살았던 사람임을 잊지들 말라고. 물론 예전에야 좋은 것 하나 없었다지만 만약 창조자와 함께라면 이야기는 달라지지. 뭐든지 할 수만 있다면 거기만큼 천국인 곳도 없어."

바인은 그렇게 말하며 윤수를 끌고서 다시금 발걸음을 옮겼다. 그들이 다가가면 다가갈수록, 아름답고 화려한 무늬가 새겨진 벽 하나가 이루 말할 수 없이 반짝거리기 시작했다.

"자, 잠깐!"

바인의 속셈을 알아챈 윤수는 최대한 힘을 주어 버텼다.

그는 자신이 가공된 인물이라는 것을 알게 된 이후 더욱 위험한 꿈을 꾸고 있었다.

페어라센보다 더 크고 화려한 세상.

그건 아마도 현대 사회를 지칭하는 것이 틀림없었다.

물론 전생에 현대인이었던 바인이 그녀와 같은 세계를 체험한 사람이었던 건 맞지만 그것도 어디까지나 책 속의 이야기일 뿐이었다. 즉 현대의 배경을 차용한 것뿐, 그녀와 그의 세상이 똑같을 리 없었다.

게다가 아무리 작가라지만 이미 책 밖으로 벗어나 버린 캐릭터를 잘살 수 있게 해줄 리도 만무했다.

"지금 네가 뭔가를 단단히 착각하고 있는가 본데, 우리는 애초에 서로 다른 곳에서 살았던 사람들이야. 즉, 네 전생이었던 현대의 삶은 내가 본떠서 만든 가짜라고!"

하지만 상상할 수 있는 모든 탐욕에 반쯤 미쳐 버린 바인은 아무것도 귀에 들어오지 않는 상태였다.

"글쎄, 진짜인지 가짜인지는 직접 가 봐야 알지 않겠어?"

윤수도 지지 않고 마지막 경고를 날렸다.

"내 말 명심해. 이 세상 밖으로 나가면 너는 아무것도 아니야!"

"닥쳐!"

그 경고가 효과가 있었는지, 바인의 얼굴이 금세 시뻘겋게 달아올랐다. 두려움과 흥분이 내재된 눈으로 그는 윤수를 죽일 듯이 노려보았다. 그러나 덕분에 바인은 카이트가 제게 서서히 다가오는 것을 미처 깨닫지 못하고 있었다.

"우리 둘 사이에 드디어 유일한 공통점이 하나 생겼군."

왼쪽 관자놀이 부근에 서늘한 냉기를 뿜어내는 무언가가 닿았다. 아연실색한 얼굴로 슬쩍 눈동자를 돌리자, 어느새 카이트가 커다란 검을 깊숙이 겨누고 있는 것이 보였다.

"……으윽!"

화들짝 놀란 바인이 입술을 깨물며 어깨를 떨었다.

"나도 마침 황제가 되는 것에 별 흥미를 느끼지 못하던 참이거든."

카이트는 더욱 힘을 주어 검 손잡이를 잡았다. 손등 위로 푸르게 솟은 핏줄을 말없이 내려다보며 천천히 발을 떼었다. 점점 가까워지는 거리에 바인이 한 발자국 뒤로 물러서며 나지막이 경고했다.

"카이트, 내가 분명히 경고했다."

하지만 카이트는 아랑곳 않고 또다시 발걸음을 앞으로 쓰윽 내디뎠다.

"넌 악역이었던 나와는 달리 누구보다 즐거운 삶을 살았다. 그거면 충분하지 않나?"

"다가오지 말라고 했어."

"그러니 욕심은 그만 부리고 그녀를 어서 놔줘. 너와 내가 있어야 할 세상은 여기다. 그 밖으로 나가게 되면…… 우린 그저 허상일 뿐이야."

"개소리하지 마!"

차분한 목소리로 정곡을 찌르는 카이트의 말에 결국 바인이 격분했다.

"허상? 허상이라고?! 정말이지 어이가 없을 정도로 나약한 생각이로군."

"나약한 생각이 아니라 그저 있는 사실 그대로를 말하는 거다. 너와 나는 어차피 가공된 이야기 속의 주인공과 악역 사이 아니었나."

"닥쳐, 닥치란 말이다!"

바인은 가슴을 들썩이며 격한 숨을 토해 냈다.

카이트의 말을 계속해서 들으면 들을수록 마음속 깊은 곳에 숨겨놓았던 공포가 고개를 내밀었기 때문이었다.

힘들고 괴로웠던 전생의 기억을 지닌 채 페어라센의 2황자로 다시 태어난 것은 기적과도 같은 일.

그래서 그는 제게 주어진 두 번째 삶에 몹시 집착했었다.

하지만 이 모든 게 지어낸 이야기라니.

자신은 그저, 책 속의 인물에 불과했다니!

바인은 눈꺼풀을 느리게 떴다 감았다.

너무나 무섭고, 또 무척이나 두렵다.

페라트의 고백으로 인해 이 모든 사실을 알게 된 이후 바인은 벌써 며칠 동안을 조금도 잠들지 못했다.

차라리 그 비밀을 몰랐더라면 좋았을 것을.

이것이 그의 솔직한 속마음이었다.

크고 둥근 갈색 눈동자가 카이트를 마주했다.

마치 구원을 바라는 듯한 눈동자였다.

그것을 바라보며 카이트는 생각했다.

눈앞에 주어진 운명을 마냥 부정하는 것이, 그것을 수긍하고 받아들이는 것보다 더 괴로운 일이 아닐까 하고.

다만 어떤 것이 더 옳은지는 아직 그도 몰랐다.

그건 아마…… 평생에 걸쳐 알아가야 할 문제이리라.

"그래도 그녀 덕분에 우리가 존재할 수 있는 거다. 심지어 넌 행복한 주인공이었지. 그 사실에 조금이라도 고마운 마음이 있다면, 그녀를 그냥 놔줘."

여전히 담담한 음성이었지만 카이트의 검 날 방향이 어느새 미세하게 틀어져 있었다.

이게 마지막 설득이라는 증거였다.

"난 이미 전혀 다른 두 번의 삶을 겪었다. 알겠어?! 고작 한 번밖에 없는 생에서 허덕이는 너와는 급 자체가 다르단 말이야!"

그러나 소용없었다. 바인의 착각―아니, 어리석음은 생각보다 컸다. 그 모든 것들을 다 제가 해낸 것도 아닌데.

카이트의 입에서 한숨이 흘렀다.

"날 기다리고 있을 세 번째의 새로운 인생을 방해하지 말아라."

"정말이지 이렇게까지 아둔한 남자였을 줄이야."

카이트가 혀를 차며 이렇게 비난하자, 바인의 얼굴에 또다시 뭉근한 열이 올랐다.

"젠장!"

정신적 수세에 몰린 바인의 행동이 이루 말할 수 없이 거칠어졌다. 그는 윤수의 머리채를 아프게 움켜잡았다.

"아악!"

그러고는 그녀를 강렬한 빛을 뿜어내고 있는 벽 쪽으로 지체 없이 휙 밀었다.

"안 돼!"

갑작스러운 그의 몸짓에 카이트가 다급히 손을 내밀었다.

쿠웅!

"악!"

벽에 부딪혀 나동그라진 윤수의 입에서 짧은 비명이 흘렀다.

그리고 그 후.

모두의 눈앞에 펼쳐진 광경은 실로 너무나 경악스러웠다.

누구도 손쓸 새 없이, 그 일이 벌어지고 말았다.

"……!"

믿을 수 없는 광경에 카이트는 차마 신음도 흘리지 못했다.

"카이트 님!"

동시에 누군가가 그의 이름을 외치며 바인에게 달려들었다.

*   *   *

달려들기 전의 남자는 사실 죽은 듯이 바닥에 엎드린 채 가쁜 호흡을 이어 가고 있을 뿐이었다. 가능한 한 두 눈을 똑바로 떠 보려 노력하면서.

하지만 쉽지 않았다.

이미 이마에서 흐른 피가 눈꺼풀에 찐득하게 엉겨 붙어 있었다. 얻어맞아서 퉁퉁 부어 버린 귀에서는 계속해서 삐— 하는 이명이 들려왔다. 그 거슬리는 소음을 뚫고 익숙한 목소리가 드문드문 흘러들어왔다.

　—이 밖으로 나가게 되면 그저 허상일 뿐인 존재.
　—주인공과 악역 사이.

자신의 주군이 아무렇지 않은 음성으로 스스로를 행복하지 못했던 악역이라 지칭하고 있었다.

저를 열등감의 구렁텅이로 밀어 넣은 그 남자가.

페라트는 좀처럼 힘이 들어가지 않는 두 다리를 간신히 바로 폈다.

자신은 카이트 황자의 암울했던 과거에 대해 누구보다 잘 알고 있었다. 그럼에도 불구하고 카이트는 언제나 악착같은 면이 있는 사람이었다는 것도. 본인의 인생이 사실은 그저 허구였다는 것을 알게 된 후에도 그것은 변함이 없었다. 사실 카이트가 삶에 대해 집착하는 건 바인과 똑같았다. 다만 방식이 다를 뿐이었다.

그렇지만 즐거운 일이라고는 하나도 없었던 삶이었는데 그 삶마저 허상이었다는 것을 알게 된다면.

……자신은 카이트처럼 될 수 있었을까?

페라트의 눈에서 또다시 피보다 뜨거운 눈물이 흘러내렸다.

이미 대답을 알고 있기 때문이다.

자신은 계속해서 황제를 꿈꾸지도 않았을 거고, 또 누군가를 사랑하는 마음을 깨닫지도 못했을 거다.

그렇다면 내가 하고 싶었던 건 대체 뭐였을까.

저 혼자만 가치 없는 인생을 살았노라고 굳게 믿었는데, 생각해 보면 카이트 황자는 이미 오래전부터 그러한 사실을 받아들이지 않았던가.

페라트의 머릿속이 여전히 갈팡질팡했다.

그러나 누구도 그를 거들떠봐 주지 않았다.

같이 동고동락해 왔던 동료들을 배신했으니 당연한 일이리라.

페라트는 바인과 계속해서 대치 중인 카이트 황자의 모습을 흐릿한 눈 안에 담았다.

"날 기다리고 있을 세 번째의 새로운 인생을 방해하지 마라."

"정말이지 이렇게까지 아둔한 남자였을 줄이야."

카이트 황자의 뼈있는 말이 귓가를 아프게 파고들었다.

아둔하다, 라는 단어가 마치 절 두고 하는 말인 것만 같았다.

그리고 그때.

"악!"

자신을 있게 해 준 사람이 쿵! 소리와 함께 벽에 나가떨어졌다.

페라트는 특유의 세심함으로 그 순간 그녀의 손목에 걸린 열쇠가 반짝이는 것을 놓치지 않았다. 더불어 그녀가 순식간에 흔적도 없이 사라지는 것 같은 착각도 함께.

아니, 그건 착각 같은 게 아니었다.

저토록 놀란 카이트의 얼굴로 미루어 짐작하건데, 황자도 같은 것을 본 게 틀림없었다.

정말로 사라지고 있는 그녀의 모습을.

페라트는 크게 숨을 들이 쉬었다.

저는 늘 카이트 황자의 강렬한 눈빛이 좋았다.

그가 총기 서린 눈동자를 반짝일 때면, 마치 붉은 태양을 보는 것처럼 가슴이 뛸 때도 있었다.

따라서 저렇게 훅 꺼진 촛불마냥 까맣게 죽은 눈빛은 앞으로도 두 번 다시 보고 싶지 않았다.

"카이트 님!"

페라트는 주저 없이 바인에게 달려들었다.

감히 황족에게 신하인 자신이 이런 짓을 벌이다니. 평소였다면 꿈도 꾸지 못할 일이었다. 하지만 적어도 결말만큼은 자신이 원하는 대로 만들어 보고 싶었다.

카이트 황자를 위해 사는 것.

그것이 페라트가 마지막으로 가장 하고 싶은 일이었다.

바인의 입에서 거센 욕설이 터졌다.

"이 미친 자식!"

갑작스러운 습격에 그는 저도 모르게 창을 마구잡이로 휘둘렀다. 긴 창대 끝에 달려 있는 뾰족한 날이 무언가 부드러운 곳에 깊숙이 찔러 넣어졌다.

"꺄아아악!"

"페, 페라트 님!!"

도리스와 프롤라인이 비명을 질렀으나, 정작 본인은 아무런 소리도 내질 못했다. 통증이 너무나도 심하면 그 흔한 신음조차도 나오질 않는다는 걸, 그도 처음 알았다.

배를 잡고 주저앉은 페라트의 손 틈 사이로 짙은 피가 흘러내렸다.

"비, 빌어먹을……! 으악!"

겁에 질린 바인이 뒤로 주춤거리는 새 누군가가 그의 몸을 뒤로 내동댕이쳐냈다.

카이트였다.

그는 아직도 얕게 신음하고 있는 윤수의 곁으로 허겁지겁 다가갔다. 다친 페라트보다도 뒤에서 몸을 일으키는 바인보다도, 지금은 그녀가 먼저였다.

계속해서 팔을 부여잡고 있는 것을 보니 윤수는 벽에 부딪힐 때 어딘가를 다친 게 틀림없었다.

그러나 지금은 그것이 눈에 들어오지 않았다.

"네가 말한 돌아가는 방법이 이런 거였나? 이게 정말 통로가 맞느냐는 거다!"

카이트의 입에서 심상치 않은 절규가 터져 나왔다.

마치 부서지듯 사라져가는 그녀의 어깨를 끌어안으려 노력했지만 헛수고였다. 그의 손짓은 그저 허공을 허우적대는 모양새를 띨 뿐이었으니까.

"아……!"

속수무책으로 변해 가는 제 몸을 바라본 윤수의 눈망울도 빛을 잃은 채로 까맣게 죽어갔다. 덜덜 떨리는 입술 위로 짙푸른 절망과 공포가 내려앉았다.

"조금 아프겠지만, 잠깐만 참아라."

지금은 아픔을 느끼는 것이 더 좋을 테지.

카이트는 끝까지 침착한 목소리를 잃지 않으려 노력하며 그렇게 중얼거렸다. 그는 예전의 윤수가 스스로를 칼로 그었을 때를 기억하고 있었다. 변한 몸 위로 아롱져 내리는 붉은 피를 바라보며 역할을 다한 것일 뿐 완전히 소멸되는 것은 아니라던 그녀의 말을.

바닥에 떨어져 있던 단도를 집어든 카이트의 손이, 더 이상 보이지 않게 된 그녀의 팔 부근을 재빠르게 그었다.

하지만.

"……젠장!"

헛손질이 계속되었다.

모든 게 제자리를 찾아가는 중이라고 믿기엔 너무나도 불길한 현상. 아니, 이건 누가 봐도 원래 세계로 돌아가는 게 아니었다.

이건 그러니까, 흡사.

"……내가, 정말로…… 사라지고 있어."

결국 윤수가 스스로 그 사실을 시인했다.

"빌어먹을!"

이대로 그저 속수무책인 채 바라보아야만 하는 건가?!

절망의 끝에 선 카이트의 입에서 자신의 무력함을 저주하는 거친 호흡이 터졌다.

대체 어째서일까?

그건 그녀도 알 수가 없었다.

줄곧 품어왔던 돌아가기 싫다는 마음이 혹시 무슨 부작용을 일으킨 걸까?

그도 아니면 단순히 열쇠라는 사물을 손에 넣는 것 이외에도 무언가 더 필요한 게 있었을지도 모른다. 하지만 통로를 이용해 원래 있던 곳으로 돌아가는 것은 작가인 자신도 처음으로 해 보는 일. 아무리 머리를 써 봐도 이 짧은 시간 내에 도무지 뾰족한 수가 없었다.

윤수는 눈물이 그렁그렁한 눈으로 카이트를 바라보았다. 천천히 기억에 새겨 넣듯, 숨도 쉬지 않고.

"비, 비켜! 날 위한 기회를 방해하지 마라!"

그 순간 뒤에서 날카로운 음성이 들려왔다.

그녀의 변화를 오해한 바인이 무섭게 달려들었다.

전후 사정을 아무것도 모르는 그는 윤수가 드디어 이 세계를 탈출하는 것이라고 굳게 믿고 있었다.

그 모습에 렌틸리히가 허리춤에 급히 손을 가져다 댔다.

"어, 이런 젠장!"

그는 자신의 수중에 검이 없다는 사실을 그제야 깨달았다.

그 검은 다행스럽게도 이미 카이트의 손에 쥐어져 있었다.

카이트는 뒤도 돌아보지 않고 크게 팔을 휘둘렀다.

"으아악!"

서늘한 은빛이 허공을 가르자 바인의 입에서 끔찍한 비명이 흘러나왔다. 어쩌나 솜씨가 좋았는지 베어진 왼쪽 허벅지 위로 피가 터진 건 그로부터 수 초가 지난 후였다.

그리고 또다시 믿기지 않는 일이 일어났다.

바인이 고통에 몸부림치며 쓰러지자마자 윤수의 몸이 신비로운 초록빛과 함께 되돌아왔다.

"이, 이게 대체……."

일렁이는 빛 위로, 크게 뜬 붉은 눈빛이 겹쳐졌다.

"다친 건 바인인데, 왜 내가……?!"

윤수는 차마 끝까지 말을 잇지 못했다.

하지만 카이트는 달랐다.

그의 머릿속에는 오로지 하나의 생각만이 꿈틀거렸다.

그건 일종의 본능 같은 거였다. 아니, 어쩌면 그는 늘 '보답'을 아는 자여서 그런 것일지도 몰랐다.

> "그래도 그녀 덕분에 우리가 존재할 수 있는 거다. 심지 어 넌 행복한 주인공이었지. 그 사실에 조금이라도 고마운 마음이 있다면, 그녀를 그냥 놔줘."

카이트는 스스로 했던 말을 떠올리며 스르륵 눈을 감았다.

그녀 덕분에 우리가 존재할 수 있었다면, 나 역시 그녀의 존재를 지켜줄 수 있지 않을까? 그 말대로라면 그녀에 의해 가장 많은 행복을 누렸던 자가 과연 누구였을까?

단도를 쥔 손에, 저도 모르게 고요한 힘이 스며들었다.

*　　　*　　　*

"안 돼, 피가 멈추질 않아요!"

페라트의 상처를 지혈하던 프롤라인의 하얀 두 손이 금세 피투성이가 되어 버리고 말았다.

그 모습에 도리스가 주저 없이 자신의 치맛자락을 북 찢었다.

"이렇게 천으로 누르는 게 더 도움이 될 거예요."

그녀는 뜯어낸 옷으로 그의 복부를 눌렀다.

물론 도리스는 깨끗한 목욕 수건이나 의약품 등을 보관하는 방의 위치를 누구보다 잘 알고 있었지만, 이처럼 일각을 다투는 상황에서는 도무지 자리를 뜰 수가 없었다.

안 그래도 신하들이 적은 성이었다.

마침맞게 복도를 지나가던 하녀 한 명이 놀라서 의원을 부르러 간 것이 다행이라면 다행이었다. 그러니 그들이 올 때까진 어떻게든 버텨야 했다.

"으……윽."

둘이서 번갈아 가며 상처를 힘주어 눌러대자, 페라트의 입에서 고통스러운 신음이 흘렀다. 천이 금세 피로 축축하게 젖어들었다. 그 처참한 광경에 렌틸리히가 바닥에서 뒹굴고 있는 바인의 멱살을 거칠게 움켜잡았다.

"이 살인자!"

"윽!"

"제아무리 황족이라 해도 이 사태에 대한 대가는 톡톡히 치러야 할 겁니다. 정식으로 재판을 열어 반드시 죗값을 치르게 만들겠어……!"

바인의 허벅지에서도 쉴 없이 피가 흘러내렸지만 렌틸리히는 아랑곳 않고 가죽 허리끈을 풀어 그를 묶었다. 그러자 미쉘이 기다렸다는 듯 렌을 도왔다.

원래 2황자는 렌이 충성을 다해 모시던 옛 주인이었고, 그건 미쉘도 마찬가지였다. 그러나 날카로운 창으로 페라트의 배를 찌른 자 역시 바인이다. 그들은 그 모든 것을 두 눈으로 똑똑히 보았다.

"페라트 님, 내 말 들려요?! 제발 눈 좀 떠봐요!"

힘없이 꺼져 가는 숨소리에 도리스가 울며 소리쳤다.

그야말로 아비규환이었다.

여기저기서 터져 나오는 신음 소리와 함께 비릿한 피 냄새가 온 방 안에 가득 찼다. 하지만 그 와중에도 절대로 뒤돌아보지 않는 사람이 한 명 있었다.

그는 오로지 윤수만을 뚫어져라 쳐다볼 뿐이었다.

"카이트, 뭐…… 뭘 하려는 거야……?"

아플 정도로 제게 고정되어 있는 그의 눈빛 탓에 그녀의 입에서도 저절로 떨리는 목소리가 흘러나왔다. 하지만 그는 여전히 아무런 대답도 하지 않은 채 그저 윤수를 가만히 응시했다. 아니, 좀 더 정확히 말하면 또다시 희미해져 가는 그녀의 몸을 샅샅이 살피고 또 살피는 중이었다.

윤수의 다리 쪽에서 힘차게 퍼져 나오던 초록빛이 그새 벌써 옅어져 있었다.

"그건 이제 집어넣어."

윤수는 카이트의 손에 쥐어진 작은 단검을 손가락으로 경고

하듯 가리켰다.

하지만 심장은 여전히 수선스럽게 뛰었다.

안개처럼 퍼져 오르는 불안감이 손과 발을 꽁꽁 묶는 듯했다.

그 순간 카이트가 잽싸게 손을 들었다.

"카이트!"

돌처럼 굳어 있는 목 안에서 날카로운 외침이 터졌다.

하지만 그때는 이미 늦은 뒤였다.

"……윽."

스스로의 몸에 상처를 낸 카이트가 낮게 신음했다.

손등에 깊게 그어진 칼자국 위로 뜨겁고 짙은 것이 뚝뚝 떨어져 내렸다. 더불어 선명한 붉은 피와 대조되는 아름다운 초록빛이 또다시 윤수를 감쌌다.

"……과연 내 예상대로군."

카이트는 입가에 희미한 미소를 지으며 알 수 없는 말을 중얼거렸다. 그녀의 두 눈이 또다시 경직되었다.

"카이트."

그의 이름을 부르자 심장이 반으로 벌어진 것처럼 아팠다.

가슴에서 시작된 뒤숭숭한 박동이 몸 안에 퍼질 때면 가시에 찔린 것처럼 따갑고, 고통스러운 기분이 들었다.

손 안이 땀으로 축축했지만 입술은 반대로 바짝 말라갔다.

카이트는 지금 무엇을 생각하고 있을까?

그는 아무것도 말해 주지 않았다.

"그러지 마. 그러면 진짜……."

하지만 굳이 듣지 않아도 윤수에게는 그의 마음이 너무나도 잘 들여다보였다.

"가만두지 않을 줄 알아!"

이미 희미해져 버린 두 다리를 마구 구르며 윤수가 바락바락 외쳤다. 그러나 어찌 된 셈인지 카이트의 입술 끝에 걸린 미소는 도무지 내려올 생각을 하지 않았다.

"너 그랬다만 봐. 나중에 내가 너의 모든 걸 빼앗아 거지로 만들어 버리면 어떡하려고 그래!"

그녀의 의미 없는 협박에 카이트가 순수하고 맑은 얼굴로 웃었다. 그걸 바라보던 윤수의 눈에서 결국 눈물이 후두둑, 떨어졌다.

이런 상황에서조차 저리 예쁘게 웃을 수 있는 악역이라니.

격한 호흡이 차례차례 새어 나올 때마다 그녀의 얼굴이 쉴 새 없이 젖어갔다.

"넌 내 소설 속의 3황자잖아. 응? 그러니 제발…… 흐윽, 작가인 내 말을 들어, 제발!"

윤수는 흐느낌과 함께 애원인지 으름장인지 모를 말을 연신 늘어놓았다. 그런 그녀의 곁에 카이트가 천천히 한쪽 무릎을 꿇고 앉았다.

"거지라…… 그러고 보니 처음 만났을 때도 그 비슷한 이야기를 들었지. 그때가 생각나."

그는 손을 뻗어 영롱한 빛이 반짝거리고 있는 윤수의 얼굴을 조심스레 매만졌다.

세상에서 가장 소중하고 사랑스러운 것을 다루는 듯한 애틋한 손길로 흘러내리는 눈물을 닦아주기도 했다.

"작가인 네 심기를 거스르면 황제는커녕, 성에서 쫓겨난 거지가 되도록 만들어 버릴 거라 했지. 기억나나?"

윤수는 아무 말도 하지 못하고 고개를 끄덕였다.

이곳이 자신이 쓴 책 속이라는 사실을 깨달았을 때의 황망함.

자신의 발목을 차갑게 조였던 족쇄.

무시무시한 표정을 한 채 눈앞에 서 있던 붉은 머리 남자와 그런 그를 주인님이라고 부르던 파란 눈동자를 지닌 남자까지.

그 모든 기억들이 마음에 수북이 쌓여 갔다.

"뭐, 좋아. 황제도 못 되고 성에서도 쫓겨났지만 대신 마녀의 인생을 손에 넣은 거지라니. 나쁘지 않군."

그때 이렇게 응수했던 카이트의 목소리가 마치 방금 전의 일처럼 귓가에 생생하다.

"가진 게 없어도 좋고, 황족이 아니어도 좋다. 거지? 그래, 거지가 된다 해도 상관없어. 네가 나에게 주는 것이라면 그게 뭐든지 간에 기쁠 테니."

카이트는 단도를 놓지 않은 채로 그녀의 얼굴을 가만히 감쌌다. 따뜻한 체온 안에, 서늘한 금속의 감촉이 느껴졌다. 윤수는 또다시 마구 고개를 저었다.

"……흑……윽. 거지가 뭔지도 모르면서. 평생을, 흑, 구걸하며 살아야 하는데…… 으, 흐윽. 왜 상관이 없어……."

피가 멈추지 않는 손등 위로, 뜨거운 물방울이 스며들었다.

두려움 혹은 슬픔.

비통함, 더러는 공포.

그 어떠한 단어로도 표현할 수 없는 아픈 감정들이 그녀의 정수리 끝에서 맴돌았다.

"그래도 괜찮아. 그 대신 마녀를 원래대로 돌려보낸 거지가 되는 것 아닌가? 그렇게 생각하니 전혀 나쁘지 않은데."

"흑……으."

카이트는 울음을 쏟아 내는 윤수를 가만히 안아 주었다.

그 따뜻한 품속에서 그녀의 어깨가 부서질 것처럼 떨려 왔다.

"너의 소멸을 막는 것…… 즉 너를 원래 살던 곳으로 보낼 수 있는 건 아마도 네가 가장 많은 애정을 쏟았던 인물들만이 할 수 있는 일인 것 같다. 그 증거로……."

카이트는 말을 하다 말고 고개를 돌려 어딘가를 가만히 응시했다. 그곳에는 창백한 얼굴로 바닥에 누워 있는 페라트와 다리를 다친 채 고개를 떨군 바인이 있었다. 다행히 피는 멎어 있었지만, 페라트는 여전히 반기절 상태였다.

"두 사람 모두 부상을 입었지만 네게 영향을 끼친 건 바인뿐이군."

카이트는 두 사람에게서 쉽사리 눈을 떼지 못한 채 계속해서 말을 이었다.

"그러므로 원래대로라면 주인공이었던 1황자 오튼이나, 2황자 바인만이 널 보낼 수 있었을지도 몰라. 그러니 악역인 나에게 반응이 있다는 건, 오히려 내게 있어서는 더할 나위 없이 기쁜 일이 되겠지."

윤수는 참았던 숨을 내뱉었다. 그러자 카이트가 기다렸다는 듯 귓가에 다정한 목소리를 속삭였다.

"……왜냐하면 네가 주인공만큼 날 사랑해 줬다는 이야기니까."

진솔한 목소리가 가슴을 울렸다.

"자, 잠깐…… 나, 나는……."

윤수는 연거푸 입술을 달싹였으나, 너무 많이 울어 목소리가 쉬이 나오지 않았다. 결국 그녀는 젖 먹던 힘까지 짜내어 카이트의 양팔을 아프도록 붙잡은 채로 절규하듯 외쳤다.

"어, 어쩌면 난 소멸되는 게 아닐지도 몰라! 지금 이 상태가 바로 돌아가는 것일 수도 있잖아!"

카이트를 설득하기 위해 마지막으로 짜낸 게 결국은 이런 거짓말이었다. 자신이 소멸되는 건 확실했다. 윤수 역시 그것을 확신할 수 있었다.

다만 왜 원래대로 돌아가지 못하고 이러한 형태로 사라지게 되는 것인지가 궁금할 따름이었다.

그녀가 생각하기에 설정은 빈틈이 없었다. 통로와 열쇠, 필요한 사항은 전부 갖춰져 있었고 말이다.

그럼에도 불구하고 예전처럼 돌아갈 수 없다는 것은, 바로 그녀 자신에게 원인이 있기 때문일지도 몰랐다.

"흐윽……."

윤수의 입에서 또다시 가느다란 울음이 새어 나왔다.

자신은 더 이상 작가가 아닐지도 모른다는 생각은 사실 예전부터 어렴풋이 느끼고 있었던 거였다.

카이트와 겪었던 모든 추억, 그리고 지금까지는 없었던 수많은 일들은 그녀가 구성한 줄거리가 아니었다.

즉, 이것은 어디까지나 새로 쓰인 이야기.

그 속에서 윤수는 스스로 많은 상황을 이끌어 갔다.

작가가 아닌 책의 한 부분을 구성하는 인물로서 모든 이야기 속에 깊게 동화되어. 여기까지는 카이트나 페라트, 그리고 도리스 등과 마찬가지였다. 하지만 그들과 윤수 사이에는 매우 큰 간극이 하나 있었다.

그건 바로 그녀는 원래부터 이곳에 있어선 안 되는 존재라는 점이었다. 작가에서 어느덧 책 속 캐릭터가 되어 버린 탓에 현실도 아니고 비현실도 아닌, 모호한 경계에 서 있는 인물. 그러므로 만약 카이트 쪽이 스스로 죽을 수도 없는 존재라면, 그녀는 사라져야 마땅한 존재였다.

"……난 사라지는 게 아니라 그저 돌아가는 중일 뿐이야. 작가로서 하는 말이니까, 날 믿어."

그러한 속내를 숨긴 채 윤수는 또다시 거짓을 입에 담았다. 카이트가 부디 제 말에 속아주길 바라면서.

하지만 그는 끈질기게 고개를 가로저었다.

"네가 나를 다시 찾아 주지 않겠나?"

다정스레 안아주던 그의 몸짓이 점차 격하게 변했다.

"너라면, 너라면 반드시 나를 찾을 수 있을 거다."

"제발 그러지 말……."

뜨거운 숨이 뿜어져 나오는 입술로 카이트가 윤수의 입술을 무겁게 눌렀다.

덕분에 다시 한 번 카이트를 만류하려던 그녀의 간절한 바람이 그의 호흡 안으로 사라지고 말았다.

카이트는 한참 동안 윤수의 입술을 탐했다.

그녀는 두 눈을 마구 깜박였다.

이토록 사랑하는 사람이 바로 앞에 있는데.

보이질 않았다.

눈물이 멈추지 않아 시야는 그저 흐릿하기만 할 뿐이었다.

"……게다가 어차피 난 쉽사리 죽지 않을 거다. 그 사실을 얼마 전 황제를 통해 깨달았지."

간신히 입술을 뗀 카이트가 거친 음성으로 속삭였다.

그 말에 윤수도 얼마 전 운켄트니스의 성에서 있었던 일을 상기시켰다. 심장 깊숙한 곳을 찔렸지만 황제는 여전히 살아 있는 상태라며 수군대던 의원들의 모습도 떠올랐다.

"그러니 날 없애는 사람도, 그리고 다시 찾아줄 사람도 오로지 너뿐이다."

그 말을 끝으로 그가 단도를 천천히 집어 들었다.

"카이트 님!"

"화, 황자님! 대체 뭘 하시려는 거예요!"

다른 자들도 눈치를 챘는지 하나둘씩 곁으로 다가왔다.

저마다의 경악한 얼굴이 윤수의 눈 안에 가득 들어찼다.

"제발, 카이트. 안 돼, 그러지 마……!"

기어코 마지막 결심을 하고 만 그를 눈치챈 윤수가 격렬하게 저항했다.

"잘 생각해 봐, 응? 네 말대로라면 바인이나, 오튼 황자도 가능한 거잖아. 그, 그래! 분명 다른 방법이 있을 거야. 그러니까 그만둬, 난 싫어!"

이성을 잃은 그녀는 자신이 무슨 말을 하는지 스스로도 미처 모르고 있었다. 그 말에 카이트가 으르렁거렸다.

"내가 사랑하는 사람을 다른 사람 손에 맡길 거라 생각하나? 바인이나 오튼에게? 하, 생각만 해도 질투가 나서 견딜 수 없군."

일부러 웃음기 섞인 목소리로 그렇게 말했지만, 꽝꽝 얼어붙은 그녀의 두 눈은 녹을 기미가 조금도 보이지 않았다. 카이트는 윤수의 얼굴 위로 또다시 천천히 입술을 내렸다. 사랑하는 마음을 담아, 언제까지나 시들지 않은 꽃을 피우듯이.

이마와 눈꺼풀에.

그리고 콧잔등에.

마지막으로 입술에.

그 언젠가 장난처럼 요구한 입맞춤의 순서를 그는 성실하게 지켜나갔다.

슬픔이 하얀 바람처럼 휘돌아 나갔다.

"카이트."

"……그래."

"싫다고 했잖아!"

"날 잊지 말고, 꼭…… 다시 찾아줘."

언제나 듣기 좋았던 낮은 음성이 귓가를 어루만진 순간.

"안 돼! 카이……."

방 안의 공기가 싸늘하게 얼어붙었다. 윤수는 끝까지 그의 이름을 부르지 못한 채로 호흡을 정지시켰다.

"아악!"

멈춰진 숨 대신 날카로운 비명이 터졌다.

다 타 버린 숯처럼 까만 그녀의 두 눈동자에 비춰진 광경은, 자신의 몸 안쪽으로 지체 없이 칼을 박아 넣은 카이트의 모습이 었다. 동시에 눈을 뜰 수 없을 정도로 강렬한 푸른빛이 그녀를 감쌌다.

Chapter 23
스물한 번째 신붓감 후보

다시 눈을 떴을 때는 마치 돌을 얹은 것처럼 머리가 묵직했다. 그런 상태로 보건대 잠시 정신을 잃은 것은 확실해 보였다. 다만 자신이 얼마 동안 기절해 있었는지를 알 수 없을 따름이었다.

덥고 습한 공기가 코끝을 간질였다. 뜨거운 열기가 등을 타고 올라와 온몸을 감쌌다. 사방은 쥐죽은 듯 고요했다.

감긴 눈꺼풀 사이로 강렬한 빛이 스며들어왔다.

마치 하늘 위 커다란 태양을 정면으로 마주한 사람처럼 눈이 부셔 윤수는 끙, 하고 앓는 소리를 내며 더더욱 눈을 꽉 감았다.

그래, 어쩌면 난 아직도 빛 속에 있는 걸지도 몰라.

붉은 태양 안에 갇힌 것처럼.

그렇게 생각하며 늘어진 팔다리에 힘을 되찾으려 애쓸 때였다.

머릿속에 누군가의 이름이 별똥별처럼 스쳐 지나갔다.

'붉은 태양'이라는 단어에 연상되는 이름은 오로지 하나밖에는 없었다.

카이트.

"허억……!"

순간, 바싹 말라 있던 입 속에서 격한 호흡이 터졌다.

스스로 가슴에 칼을 꽂아 넣던 그의 마지막 모습.

그 고통스러운 기억을 시작으로 모든 것이 되살아났다.

바인의 소름 끼치는 협박과 울부짖던 페라트의 얼굴, 그리고 자신을 찾아달라며 속삭이던 카이트의 다정한 음성까지.

윤수는 여전히 두 눈을 감은 채 손을 마구잡이로 뻗었다. 허공을 한참 동안 휘젓다가 팔을 뒤로 돌리자, 손바닥에 무언가가 닿았다.

단단하고 뜨거운 바닥.

그녀는 그제야 자기가 어딘가에 누워 있음을 깨달았다.

서둘러 몸을 뒤집자 온몸이 부서지는 것처럼 아팠다.

그뿐만 아니라, 팔로 바닥을 짚은 순간에는 입에서 저도 모르게 윽, 하는 신음이 새어 나왔다. 동시에 어디에선가 젊은 여자의 목소리가 날아와 귓전에 꽂혔다.

"어? 작가님?! 거기서 뭐 하고 계세요?"

곧 가까이로 타다닥 뛰어오는 발걸음 소리가 들려왔다.

"이 시간에 동네에 계시다니, 회사는 휴가 내셨나 봐요?

와…… 근데 입고 계신 옷 완전 예쁘다! 완전 내 스타일!"

"저기……."

익숙한 목소리였다. 윤수는 억지로 입술을 뗐다.

"나, 나 좀 일으켜 줄래요?"

곁에서 마냥 수선을 피우던 여자는 그제야 그녀의 상태가 심상치 않음을 눈치챘다.

"어디 아프세요, 작가님? 어머, 크게 넘어지셨나? 옷도 흙투성이고, 손목도 엄청 부었어요. 이거 병원 가 봐야 할 거 같은데!"

그렇게 말하며 윤수의 옷을 탁탁 털어주던 여자가 또다시 히익, 하고 짧은 비명을 내뱉었다.

"헉, 블라우스에 웬 피가 이렇게……! 혹시 사고당하신 거 아네요?! 구급차 부를까요?!"

그 말에 윤수의 눈에 또다시 눈물이 고였다.

그것은 그녀의 피일 리가 없으니까.

그 사실을 다시 한 번 상기시키자 마음이 이루 말할 수 없이 급해지기 시작했다. 윤수는 아직도 저들끼리 달라붙어 있는 눈꺼풀을 마구 비볐다.

마치 처음으로 빛을 보는 사람처럼 힘겹게 눈동자를 굴리고 나서야, 앞에 있는 여자의 얼굴이 들어왔다.

목소리를 통해 유추한 대로 그녀는 가연이가 맞았다.

세 들어 살고 있는 빌라의 주인집 재수생 딸이 눈앞에 있었다.

그렇다는 것은.

드디어 원래 세계로 돌아왔다……!

순간 저도 모르게 그렇게 소리를 지를 뻔해 윤수는 얼른 입을 틀어막았다.

그런 그녀를 가연은 연신 고개를 갸웃거리며 살폈다.

"작가님, 오늘따라…… 진짜 좀 이상하신 거 같아요."

하지만 윤수는 아랑곳 않고 그녀의 이름을 불렀다.

"가연 씨."

그러자 앳된 얼굴과는 다소 어울리지 않는 짙은 색의 틴트를 바른 입술로 가연이 냉큼 대답했다.

"네, 작가님!"

"지금이 며칠이에요……? 내가 사라지고 난 뒤, 시간이…… 얼마나 흐른 거지?"

고작 그 말을 하는데도 또다시 숨이 벅찼다.

머리는 여전히 깨질 듯이 아팠다. 윤수는 결국 허리를 굽힌 채 헉헉거리며 토해내듯 숨을 쉬었다.

가연은 두려움이 가득한 얼굴로 말을 더듬었다.

"자, 작가님. 도대체 무슨 말씀을 하시는 거예요. 사라지시다니…… 어젯밤에 어디 다녀오셨어요?"

뭐?

그 소리에 거칠게 숨을 몰아쉬던 윤수가 고개를 바짝 들었다.

"어젯밤? 어젯밤이라니?"

"어제 퇴근하시는 길에 저랑 만났잖아요! 그 싱크홀 앞에서요."

순간 겨우 진정되어가던 어지럼증이 다시 도졌다.

윤수는 그 자리에 그대로 주저앉지 않기 위해 두 다리에 바짝 힘을 주어야만 했다.

"싱크홀이 또 새로 생긴 거예요? 대체 어디에?"

윤수는 흥분을 이기지 못하고 가연의 어깨를 쥔 채 마구 흔들었다.

"비, 빌라 앞에요. 새로 생긴 게 아니라…… 어제 작가님도 보신 그건데. 오늘 새벽에 구청에서 사람들이 와서 다 막았지만요. 작가님, 정말 병원 가 보셔야 하는 거 아니에요?"

겁에 질린 가연은 그녀의 손길을 피해 슬금슬금 뒷걸음질을 쳤다.

"지금이 그럼 아직 여름이란 말이에요?!"

"네. 아직 여름이죠. 8월이니까."

"말도 안 돼!"

마지막으로 카이트의 성을 향해 갔을 때, 하늘에서 차가운 눈발이 날리던 것을 기억한다.

윤수의 입에서 비명이 터졌다. 덕분에 가연은 순간 손에 들고 있던 가방을 바닥에 떨어뜨릴 뻔했다.

"그럼 여긴 어디에요?! 가연 씨는 왜 여기 있어요?"

윤수는 이상하다 못해 거의 미쳐 버린 것 같았다.

덕분에 가연은 여차하면 정말 구급차를 불러야 할지도 모른다는 생각을 하며, 슬그머니 핸드폰을 꺼내 들었다.

"여긴 빌라 후문으로 통하는 골목인데요. 전 오후에 학원 수업 하나가 휴강되어서 오랜만에 집에서 점심 먹고 독서실이나 가려고……."

가연은 공포에 질린 눈초리로 윤수를 찬찬히 살폈다.

좋아하는 작가님이 물어보니 꼬박꼬박 대답을 해 주긴 했지만 이상한 점이 한두 가지가 아니었다.

이 대낮에 갑자기 이상한 옷을 입고 불쑥 나타나 미친 사람처럼 오늘이 며칠이냐, 여기가 어디냐 하며 묻는 것도 이상하긴 했지만, 가장 이상한 것은 마치 다른 사람처럼 변한 그녀의 분위기였다. 매사 시큰둥했던 윤수의 눈빛이 어쩐지 조금 날카로워져 있었다. 게다가 이렇게 날렵해 보이는 몸이라니. 아무리 엄청난 다이어트를 했다 해도 하루 만에 이리 달라지기란 절대로 불가능한 일이었다.

혹시 어딘가 4차원의 세계에라도 갔다 오셨나?!

하지만 가연은 곧 망상을 멈췄다. 자신을 바라보며 조용히 눈물을 흘리는 윤수 때문이었다.

"자, 작가님! 왜 그러세요, 네? 어디가 아프세요?"

"말도 안 돼, 하루라니…… 그 모든 게 고작, 딱 하루가 지났을 뿐이라니."

하지만 그녀는 가만히 얼굴을 훔치며 영문 모를 소리들을 중얼거릴 따름이었다.

결국 가연의 걱정이 최고조에 달했다.

"아, 안 되겠다. 작가님 여기 계셔보세요. 제가 엄마 모셔올 테니까, 같이 병원 가요, 네?"

윤수가 고개를 거세게 가로저었다.

가연이 자신을 이상하게 보는 건 당연한 일이었다. 하지만 윤수는 사실 지금 크게 소리치고 싶은 것을 온 힘을 다해 참고 있는 중이었다.

'그렇게 많은 일들이 있었는데, 고작…… 반나절 정도가 흘렀을 뿐이라고?'

가슴속에 묵직한 것이 차올랐다. 몸과 마음이 모두 지친 상태였지만, 그녀는 정신만은 맑게 유지하려 계속해서 애를 썼다.

바람도 불지 않는 더운 한낮. 저 멀리서 매미가 울었다.

수험 문제집이 잔뜩 든 가방을 든 채 어정쩡하게 서있는 가연의 이마에 땀이 송글송글 맺혀있었다. 그것을 바라보던 윤수의 입에서 또다시 떨리는 호흡이 새어나왔다.

반나절이란 시간은 더도 말고 덜도 말고 책 한 권을 다 읽기에 딱 알맞은 시간이었다.

이 믿기지 않는 사실에 심장이 여전히 쿵쿵대며 뛰었다.

"갑자기 이상한 소리를 해서 미안해요. 그럼 다음에 또 봐요."

윤수는 떨림을 최대한 억누르며 가연을 향해 가볍게 인사를 건넸다. 그러고는 재빠르게 몸을 돌렸다.

"어, 작가님! 어디 가세요?"

갑자기 길을 따라 냅다 뛰어가는 윤수의 몸짓에 가연이 당황한 목소리로 외쳤다. 그러나 윤수는 뒤돌아보지 않았다.

그녀는 자신이 살고 있는 빌라를 향해 그저 쉼 없이 달려 나갈 뿐이었다. 그 몸짓이 이루 말할 수 없이 급해 보였다.

덕분에 가연은 윤수가 자리를 뜨고 난 이후에도 한참을 그 자리에서 멍하니 서 있어야만 했다.

번호 키를 재빠르게 누르자 문이 달칵 소리를 내며 열렸다.

그녀의 눈에 익숙한 풍경이 들어왔다. 집 안은 무엇 하나 달라진 게 없었다. 땀이 주르륵 흐를 정도로 더운 공기가 가득한 방 안으로 성큼 들어선 윤수는 다급한 손길로 책장 옆에 붙어있는 서랍을 열었다.

다소 옛날 기종인 그 기계의 화면에 불이 들어오기까지는 약간 시간이 걸렸다. 그래봤자 겨우 1, 2분에 지나지 않지만 윤수에게는 그 어느 때보다도 긴 시간이었다.

*　　*　　*

"앗!"

벽 앞에서 갑자기 등장한 누군가의 모습에 깜짝 놀란 도리스가 외마디 비명을 질렀다. 마치 유령이라도 본 것 같은 표정이었다. 하지만 그녀는 이내 반가움과 서러움이 혼재된 목소리로 여자의 이름을 크게 외쳤다.

"바, 바서 님!"

동시에 왕, 하는 울음이 터졌다.

윤수의 눈에도 마찬가지로 눈물이 고였다. 도리스는 그런 그녀를 있는 힘껏 끌어안고서 격하게 어깨를 들썩거렸다.

"역시 다시 돌아와 주셨군요!"

침대 머리맡에 앉아 있었던 프롤라인과 렌도 허겁지겁 몸을 일으켰다.

"아, 언니!"

"잘 오셨습니다!"

반가운 얼굴들이 속속 모여들었다. 하지만 윤수의 눈 밑에 짙게 드리워진 어두운 그늘은 아직 거둬지지 않고 있었다.

"카이트는요?"

"여전히 그 상태 그대로예요. 숨은 계속 쉬고 계시는데, 도통 정신을 차리시지 못하니…… 페라트 님도 마찬가지고요."

도리스가 눈물을 닦아 내며 대답했다.

사실 그런 부연 설명이 아니더라도 저 역시 누구보다 잘 알 수 있었다. 침대에 죽은 듯이 누워 있는 붉은 머리 남자를 아까부터 계속 눈에 담고 있었으니까.

가슴께에 칭칭 동여맨 붕대가 없었더라면 카이트는 마치 잠을 자고 있다고 해도 무방한 모습이었다.

윤수의 새하얀 볼을 따라 눈물 자국이 죽죽 그어졌다.

의연해져 보려 노력했지만 마치 고장 난 수도꼭지처럼 눈물이 마를 새 없이 흘렀다.

"페라트 님은 이쪽에 누워 계십니다."

도리스가 이끄는 대로 발걸음을 옮기자, 반대편 창가에 놓인 침대에 마찬가지로 누워 있는 페라트가 보였다.

그저 얼굴색이 조금 창백할 뿐 그 둘은 평소와 전혀 다를 바가 없었다. 쌕쌕거리는 규칙적인 숨소리 역시 비슷했다.

"참고로 바인 황자는 지하에 가둬 놓았습니다. 카이트 님이 언제 깨어나실지 모르니…… 그때까지는 엄중히 감시하는 편이 좋을 것 같아서 말입니다."

"아, 그리고 수도에 있는 황제 폐하의 상태도 아직 아무런 차도가 없으시다고 해요."

렌과 프롤라인이 차례대로 입술을 움직여 그간 있었던 일을 번갈아 가며 말해 주었다.

"그렇군요."

윤수가 고개를 끄덕이자 그제야 사람들의 얼굴에 약간의 화색이 돌아오기 시작했다. 불안했던 마음에 비로소 위로가 스몄다. 이러한 상황에서 윤수가 자신들의 곁으로 다시 되돌아 와주었다는 건 정말 감사한 일이 아닐 수 없었다.

"……대체 왜 아무 일도 일어나지 않는 거지."

하지만 윤수는 오로지 한 가지 생각밖에는 할 수가 없었다.

그녀는 혼잣말을 중얼거리며 들고 온 가방을 급하게 열었다.

벽의 형상을 띠고 있는 그 통로는 예상대로 닫히지 않았다. 원래 세계로 돌아간 제가 다시 이곳에 얼굴을 내밀었다는 게 그 중 거였다.

"그게 뭡니까?"

궁금증을 참지 못한 렌틸리히가 고개를 갸웃거리며 참견했다. 하지만 윤수는 여전히 혼자만의 생각에 빠져 있었다.

"좋아, 충전도 꽉 채워서 왔으니 여기서 이것저것 해 보자."

집중력이 최고조에 달한 그녀는 지금 다른 곳에 한눈팔 새가 없었다.

집으로 가서 시간을 확인한 결과 그녀는 가연의 말이 사실임을 깨달았다. 믿을 수 없었지만, 카이트가 자신의 집을 찾아온 것이 바로 전날 새벽에 일어난 일.

덕분에 회사는 하루 무단결근이 되고 말았지만 지금은 그런 걸 신경 쓸 틈이 없었다.

그녀는 노트북을 찾아 마음속으로 줄곧 생각해 왔던 이야기들을 빠르게 타이핑해 나갔다.

여러 가지 문장이 그 어느 때보다도 빨리 완성되었다.

그리고 나서는 잡히는 아무 가방에나 급하게 노트북을 쑤셔 넣고는 바로 몸을 일으켰다.

그 후 빌라의 후문 쪽에 나 있는 벽 앞에 다시 도착하기까지 채 30분이 걸리지 않았다. 그곳에 서자마자 또다시 주위가 밝게 빛났다. 어느새 익숙해진 눈부신 푸른빛이 그녀의 발끝 아래 퍼지더니 곧 머리 위를 감쌌다.

눈을 두어 번 깜박이고 나자 저를 향해 소스라치게 놀라는 도리스의 얼굴이 바로 앞에 보였다.

이 안에서는 대체 시간이 얼마나 흐른 걸까.

내가 돌아가고 난 뒤, 오튼 황자나 다른 사람들이 카이트의 상태에 대해 알게 된 건 아닐까. 카이트의 상황을 확인하기 위해 한달음에 달려온 윤수는 궁금한 것이 많았다. 하지만 그녀는 계속해서 여러 가지 문장들을 생성해 내는 것에만 몰두할 따름이었다. 다친 손목이 계속해서 퉁퉁 부어오르고 있었지만 그것도 미처 모르고 있었다.

수백 개의 문장을 쓰고, 또 썼다.

여러 가지 이야기들을 몇 번이고 지웠고, 또 새로 만들어 붙였다.

단어 하나하나에 공을 들여 온 마음으로 기도하듯 써보기도 했다.

하지만 카이트의 상태는 변함이 없었다. 황제가 되기는커녕 그는 여전히 자리에 누운 채 눈조차 뜨질 못했다.

꼬박 온 하루를 아무런 연락도 없이 결근해 버린 윤수는 직장에서 꾸지람을 받았다. 하지만 아직 현실 감각이 돌아오지 않은 그녀는 그저 덤덤했다. 상사의 얼굴도 사실은 굉장히 오랜만에 마주하는 거였다.

"몸이 아팠으면 아침에라도 연락을 미리 줬어야지, 무단결근을 하면 어떡합니까?"

"죄송합니다. 부장님."

"핸드폰은 다 꺼놓고. 조금만 더 늦었어도 집에 바로 연락하려 했어요. 시골에 사신다는 부모님 놀라실까 봐 참은 겁니다."

"죄송합니다."

"아무튼 다음부턴 이런 일 없도록 합시다. 내가 부하 직원 휴가 쓰는 데 인색한 사람도 아닌데."

기계처럼 반사적으로 대답하던 윤수가 번쩍 고개를 든 건 그 때였다.

"그럼 부장님, 그동안 쌓아 놓았던 연차를 이번 기회에 모두 몰아서 써도 될까요?"

"뭐, 뭐라고요……?"

윤수의 얼굴을 멍하니 바라보던 상사는 이내 입을 다물었다. 초점 없는 두 눈과 새하얗게 질린 얼굴이 정말로 단단히 아파 보였기 때문이었다.

아니, 그녀는 어딘가 정신이 나간 사람 같았다. 마치 껍데기만 남긴 채, 알맹이는 어디론가 빠져 달아난 것처럼.

같은 직장 동료들은 윤수가 하루아침에 다른 사람이 된 것 같다며 수군대기 바빴다. 하지만 그녀는 전혀 상관하지 않고 씩씩하게 짐을 챙겼다.

높다란 빌딩 아래로 내려가기 위해 엘리베이터를 탔다. 고속 승강기가 빠르게 움직이자 어쩐지 머리가 어지러웠다.

이 역시 예전에는 전혀 느끼지 못했던 이질감이었다.

회전식 현관문을 통해 쏟아져 들어오는 햇빛에 눈이 부셨다.

아직도, 여름이었다.

* * *

책 속 세계와 바깥 세계의 시간의 흐름이 다르다는 것은, 좋기도 하고 나쁘기도 했다.

자신의 세계에서는 고작 이틀 정도가 지난 덕에 윤수는 큰 소동 없이 주변을 정리할 수 있었다. 따로 떨어져 살고 있었던 그녀의 가족은 윤수가 실은 어딘가로 사라졌었다는 사실 자체를 모르고 있었다. 회사도 당분간 휴가를 냈으니 더 이상 거리낄 것이 없었다.

하지만 그사이 페어라셴은 벌써 수십 일이 흘러 있었다.

그사이사이 새로 써 내려간 이야기만 해도 벌써 몇백 페이지가 넘어갔다.

그러나 카이트와 페라트는, 여전히 아무런 차도가 없었다.

* * *

"바서 님……!"

그동안 벽을 통해 이곳을 벌써 몇 번째 왔다 갔다 했는지 모른다. 하지만 절 돌아보는 도리스의 얼굴이 이처럼 핏기 없었던 적은 처음이었다.

마치 시체처럼.

이유 모를 불길함이 윤수의 가슴을 쿵, 하고 때렸다.

"바서 님, 어, 어떡하면 좋아요……!"

쓰러질 듯 휘청대며 걸음을 옮기던 그녀는 결국 윤수의 발밑에 주저앉고 말았다

"도리스, 대체 왜 그러……."

그런 도리스의 모습에 당황하면서도 침착하게 주위를 살피던 윤수도 결국 끝까지 말을 잇지 못했다.

그녀의 눈동자가 빛을 잃고 순식간에 새카맣게 꺼져 들어갔다. 깊은 동굴 속으로 가라앉는 것처럼 한 치 앞도 안 보이는 절망이 떨리는 심장을 무겁게 감쌌다.

카이트가 누워 있었던 침대가 텅 비어 있었다.

"도대체 이게…… 이게 어떻게 된 일이에요?"

그가 혹시 정신을 차린 건 아닐까? 그래서 자리를 박차고 일어난 것인지도 모른다.

윤수는 한줄기 실낱같은 희망을 잡아보려 애를 썼다.

하지만 헛수고였다.

연이어 들려오는 도리스의 절규가 윤수의 귓가를 날카롭게 때렸다.

"저희는 한시도 빠짐없이 카이트 님의 곁을 지켰어요. 잠을 잘

때도, 돌아가면서 순번을 지켰을 정도니까요! 그런데, 왜 갑자기 사라지신 거죠……?!"

"사라……졌다고요? 카이트가요?"

"네…… 흐윽! 제, 제 눈앞에서요!!"

도리스는 눈물을 뚝뚝 흘리며 윤수의 두 손을 강하게 움켜쥐었다.

"바서 님, 제발, 제발 도와주세요! 네?! 우리 카이트 님이 어디 가셨는지 꼭 좀 찾아주세요……!"

공포에 질린 도리스의 눈빛은 실로 제정신이 아닌 사람처럼 보였다. 아니, 이런 순간에 온전히 정신을 유지할 수 있는 사람이 과연 몇이나 될까?

윤수는 헝클어진 긴 머리채를 아래로 드리운 채 무서움에 질려 흐느끼고 있는 도리스의 어깨를 허겁지겁 껴안았다.

하지만 더한 소동은 곧바로 일어났다.

"으아악!"

쿵!

순간 저 구석에서 웬 남자가 비명을 지르며 뒤로 넘어졌다. 바로 렌의 목소리였다.

그는 행여나 카이트의 실종에 관한 단서가 있을까 하여, 검을 빼어 들고 넓은 방 이곳저곳을 수색하던 중이었다.

"렌틸리히!"

윤수는 잽싸게 그가 주저앉은 곳으로 뛰어갔다.

"페, 페라트 님이……!"

제게 달려오는 윤수의 발걸음 소리를 들으며 렌은 두 눈을 부릅떴다.

"갑자기, 사라지셨습니다. 제 눈앞에서, 페라트 님이……! 순식간에 흔적도 없이……!"

평소 본인이 용맹한 기사라는 사실을 늘 잊지 않던 그의 얼굴에도 두려움이 가득 번졌다.

시간은 어느새 늦은 밤을 향해 가고 있었다.

방 안 가득 퍼진 따뜻한 오렌지색 불빛이 천장에 연신 커다란 그림자를 만들어 냈다. 눈앞에 놓인 찻잔에서는 뜨거운 김이 모락모락 끝도 없이 피어올랐다. 하지만 약속이나 한 것처럼 모두의 입술 끝은 그저 새파랗기만 했다.

그 후 모든 병사들을 동원해 성 안팎은 물론이요, 심지어는 노르덴 숲 속까지 구석구석 뒤졌지만 사라진 카이트와 페라트는 머리카락 한 올조차 보이지 않았다.

"아아……!"

내내 의연하려 노력하던 프롤라인도 결국 왈칵 울음을 터뜨렸다. 격하게 흔들리고 있는 그녀의 가녀린 어깨를 살며시 안아 주는 렌의 얼굴 위에도 눈물 자욱이 선연했다.

그런 그들을 바라보며 윤수는 주먹을 꾹 쥐었다.

어찌나 거세게 힘을 주었는지 손바닥 살 안으로 손톱이 빨갛게 파고들어갔지만 그녀는 아랑곳하지 않았다.

자신은 무능했다. 이 세계를 만든 작가로서 지금껏 아무것도 할 수가 없었다.

그 사실을 인정하자 쉬이 다스릴 수 없는 여러 감정들이 거친 파도가 되어 몸 안쪽을 때리고, 또 때렸다.

수치와 부끄러움, 그리고 분노.

모두의 바람을 들어주기는커녕 순차적으로 생겨나는 이 이상한 일들의 원인조차 알 수가 없다.

그 사실을 상기시킬 때마다 견디기 힘들었다. 아니, 이제는 숨을 쉴 때마다 가슴이 다 아플 지경이다.

"바서 님."

그때 누군가가 그녀의 이름을 불렀다. 아프도록 쥐고 있는 주먹 위로 따뜻한 체온이 살포시 다가왔다.

도리스였다.

"바서 님 탓이 아니에요."

그녀의 다정한 목소리에, 어느덧 윤수의 두 눈가가 촉촉하게 변했다.

"……그리고 이런 말 드리면 부담스러우실지 모르지만, 전 여전히 바서 님을 믿고 있어요."

도리스의 그 말에 모두의 시선이 윤수의 얼굴 위로 조용히 꽂혔다.

그래, 이런 때조차 그들이 믿을 사람은 오로지 그녀밖에는 없을 것이다. 그 사실이 어쩐지 부끄러워져 황급히 고개를 돌리는데, 손등 위로 무언가가 툭 떨어져 내렸다.

윤수는 그제야 자신이 눈물을 흘리고 있다는 것을 깨달았다.

"……나는……."

"짧은 믿음이라고 단정 짓지는 말아 주세요. 전 바서 님을 하루 이틀 겪은 것이 아니니까요. 게다가 바서 님은 처음부터 아무런 힘이 없는 인물이었던 제게 너무나 잘 대해 주신 분이에요."

그런 제가, 이제 와서 힘이 사라졌다고 어떻게 당신을 비난할 수 있겠어요?

윤수를 쳐다보고 있는 도리스의 두 눈은 그러한 무언(無言)의 진심을 담아 반짝이고 있었다. 사실 도리스는 황자 시리즈에서는 아무런 역할도 없었던, 그야말로 무의미한 존재였다. 하지만 지금 이 순간 윤수에게 있어서 그녀는 실로 대단한 구원자이자 누구보다도 훌륭한 조력자였다.

"흐윽……!"

이 세계를 창조했기에 지니고 있었던 모든 오만과 그 오만에서 파생된 좌절감을 내려놓은 윤수의 입에서 큰 오열이 터졌다. 그저 그녀를 아무것도 아닌 캐릭터라고만 여겼던 자신에게 큰 부끄러움을 느끼며.

"아이참, 이제 그만 우세요. 네? 예쁜 얼굴이…… 다 얼룩졌잖아요. 카이트 님이 보시면 분명…… 제, 제게 호통을 치실 거라구요."

자신을 잡고 계속해서 아이처럼 엉엉 우는 윤수의 어깨를 짐짓 밀어내는 도리스의 음성에도 어느덧 축축한 물기가 서렸다. 무어라 형용할 수 없는 슬픔이 남은 자들의 목 안 가득히 차올랐다.

"……찻물이 모자라네요. 금방 가서 떠 올게요."

도리스는 허리춤에 씩씩하게 손을 두른 채로 몸을 벌떡 일으켰다. 하지만 그렇게 말하고 밖으로 나간 그녀는 두 번 다시 돌아오지 않았다.

추운 밤을 지나, 겨울의 늦은 아침이 밝아오도록.

*　　*　　*

도리스마저 사라지고 말았다.

그 사실을 미처 받아들이기도 전에 또다시 엄청난 소식이 날아들었다.

"2황자 님이 감쪽같이 없어졌습니다!"

윤수의 앞에 죄인처럼 무릎을 꿇은 것은 바로 감옥을 지키던 병사들이었다. 2황자 바인은 렌틸리히에 의해 임시로 만든 감옥에서 줄곧 수감 중이었다. 카이트가 눈을 뜨게 되면 바로 그 죄를 물어 즉시 재판에 넘기기 위해서였다.

"교대로 근무 조를 짜서 분명 물 샐 틈 없이 감시했는데, 어떻게 탈옥이 가능했는지 모르겠습니다…… 주, 죽을죄를 지었습니다. 죄송합니다!"

우두머리 병사가 비통한 목소리로 그렇게 외치며 윤수의 발

아래 머리를 조아렸다. 하지만 백지장처럼 새하얗게 질린 그녀의 표정은 화가 난 자의 것이 아니었다.

이로써 모든 게 확실해졌다.

책 속의 인물들이 마치 약속이나 한 것처럼 한 명씩 한 명씩 차례로 소멸되어 가고 있었다.

"하지만 걱정하지 마십시오. 모든 병사들이 노르덴 숲은 물론이고 온 거리의 골목골목을 이 잡듯 뒤지고 있으니까요. 제아무리 2황자라 해도 멀리는 못 갔을 것입니다. 그러니 반드시 찾아내고 말겠습니다!"

옆에서 입술을 꽉 문 채 무서운 표정으로 검 손잡이를 쥐고 있는 렌틸리히의 눈치를 살피며 우두머리 병사가 제법 의젓하게 외쳤다.

하지만 윤수는 그저 고개를 힘없이 가로저을 뿐이었다.

"아니, 소용없어요. 2황자는…… 탈옥한 게 아니니까."

"네?"

영문 모를 소리에 남자는 고개를 갸웃거리며 그다음 말을 기다렸다. 하지만 윤수는 마치 돌이 된 듯 마냥 굳어 있을 따름이었다.

그녀는 그들의 얼굴을 다시 한 번 찬찬히 떠올려 보았다.

카이트와 페라트의 뒤를 이어 도리스, 그리고 2황자 바인까지. 이 놀라운 사실에는 무언가 규칙적인 순서가 존재하지 않는가, 하는 확신이 머릿속을 가득 메웠다.

물론 단정 지을 수는 없지만, 분명 아무나 마구잡이로 사라지는 것은 아니었다. 그러나 만약 자신의 생각이 맞다면, 2황자 바인 다음으로 소멸될 사람은……

'미쉘.'

윤수는 무의식적으로 입술을 아프게 물었다. 일부러 곁에 있던 그녀를 쳐다보지 않으려 고개를 반대로 돌리기도 했다.

이 사실을 알게 되면, 모두는 커다란 혼돈에 빠질 것이 분명했기 때문이었다. 하지만 그런 노력도 곧 수포로 돌아가고 말았다. 무겁게 내려앉은 공기는 윤수 한 사람의 노력만으로는 감출 수 없었다.

"……우리도 곧 사라지겠군요."

렌이 부지불식간에 입을 열었다. 그는 자신의 목소리가 이토록 떨릴 수 있다는 것을 난생처음으로 깨달았다.

아연실색한 표정의 미쉘이 그의 말을 받았다.

"꽃의 기사단이 2황자님의 성에 도착하고 난 뒤, 에어스테 계급인 바서 님은 바로 막사를 배정받으셨죠. 그리고 거기서 절 처음으로 만나셨고요. 그렇다면 2황자 님 다, 다음은……."

미쉘은 차마 끝까지 말을 잇지 못하고 눈물을 흩뿌렸다.

"으, 으허엉……!"

그녀는 어깨를 떨며 소리 내어 울었다. 그와 동시에 프롤라인도 얼굴을 감싼 채로 소파에 비틀대며 주저앉았다.

사실 거기 있는 모두가 이미 눈치채고 있었다.

이 세계를 창조한 그녀를 만난 순서대로 이곳에서 사라져야만 하는 결말이 자신들의 눈앞에 기다리고 있다는 것을.

카이트에 의해 북쪽 성으로 끌려온 윤수는 곧바로 페라트를 보았고, 연이어 도리스를 만났다.

그 후 숲에서 우연히 마주친 인물이 2황자 바인.

바로 그의 실종이 이 모든 상황의 실마리가 되어 주었다.

모든 사람들은 한동안 윤수의 곁에서 떠나려 들지 않았다.

꼭 자신들을 다시 찾아줄 것을 믿는다며 이 사태를 애써 담담히 넘기려 노력하는 사람도 있었고, 두려움을 이기지 못해 끝끝내 울부짖는 사람도 있었다.

하지만 결과는 예상대로 찾아왔다. 마치 정해진 운명처럼, 누구도 거스를 수가 없었다.

전부 차례로 윤수의 곁에서 사라져 갔다.

모두 몇 날 며칠을 밤새워 고심해서 만든 인물들이었다. 하지만 아무런 흔적도 남기지 않고, 그야말로 연기처럼 없어졌다.

그걸 바라보는 그녀의 마음도 폐허로 변해 갔다.

거친 손톱으로 심장을 긁는 것처럼 이루 말할 수 없는 고통스러운 시간을, 윤수는 빨갛게 핏줄 선 두 눈으로 감내해야만 했다. 아무도 살지 않는 쓸쓸한 황국에는 먼지와 함께 떠도는 낙엽만이 남았다.

원래부터 허상이었던 세계.

그 속에서 울고 웃으며, 무엇과도 바꾸기 싫은 추억을 쌓았던 것이 잘못이었던 걸까?

하지만 그렇다고 하기에 이것은 너무나 큰 형벌이었다.

윤수의 근간을 이루고 있는 모든 것들이 송두리째 흔들렸다. 낮에도 밤에도, 먹지도 자지도 못하는 괴로운 나날들이 계속되었다.

*　　*　　*

그로부터 딱 3개월 뒤.

윤수는 아까부터 단 한 번도 눈을 깜박이지 않은 채 밝게 빛나는 화면을 줄곧 노려보고 있는 중이었다.

아무것도 쓰이지 않은 빈 백지. 이 하얀 바탕을 다시 마주하기까지 이만큼의 시간이 소요되었다. 사랑했던 남자를 필두로, 누구 하나 소중하지 않은 이 없었던 인물들이 모두 손쓸 틈 없이 사라지고 난 이후, 두 번 다시는 글을 쓸 수 없을 것만 같았다.

심지어는 종이 위에 쓰인 활자를 쳐다보기만 해도 슬픔을 주체할 수 없을 정도였다.

그런 날이면 또다시 끔찍한 자책감이 어김없이 그녀를 찾아왔다. 그 스트레스가 심할 때는 저도 모르게 속에 들어있던 것들을 전부 게워낼 때도 있었다.

피폐해진 심신 탓에 안색은 늘 병자처럼 창백했다.

하지만 그럼에도 불구하고 윤수는 이 모든 것들을 끈질기게

극복해 내려 노력했다. 그녀에게 가장 큰 용기를 준 것은 다름 아닌, 아직도 귓가에 생생한 누군가의 목소리였다.

"날 찾아. 너라면, 날 다시 찾을 수 있을 거다."

제게 그렇게 말한 채 사라져버린 붉은 머리 남자의 얼굴이 흐릿해진 눈동자 속에 태양처럼 떠올랐다.

그 약속을 지키기 위해 마지막으로 딱 한 번만 더 작가가 되어 볼 참이었다.

윤수는 고개를 휘저어 두 눈에 고인 눈물을 가볍게 털어 낸 뒤 네모반듯한 물체 위로 손을 올렸다.

타닥, 타다닥.

어두운 방 안에 거침없는 타자음이 조용히 울려 퍼졌다.

스탠드 등의 불빛 아래, 그녀의 하얀 손끝이 밤새 빛났다.

세상에서 가장 힘든 작업이 계속되었다.

물론 글을 쓴다는 것은 늘 쉽지 않은 일이긴 하지만 이번만큼 많은 고뇌를 수반한 적은 없었다. 윤수는 그 어느 때보다도 신중했고, 심각했다. 제 삶의 기로를 결정할 때보다 더. 왜냐하면 이것은 자신의 손끝에서 탄생하는, 사랑하는 연인의 또 다른 인생이기 때문이었다.

매일매일 무거운 약속의 나날들이 흘러갔다.

지극히 상식적이고도 따듯한 성정을 지닌 가족의 구성원으로 태어난 카이트는 사람 좋고 배포가 큰 황제였던 아버지 덕에 처음으로 '포용'과 '용서'를 배웠다. 상대적으로 엄격한 어머니에게서는 침착함과 이성적인 판단력을 물려받았으며, 하나밖에 없는 동생을 통해 양보와 배려를 깨달았다.

그야말로 그림으로 그린 듯 아름다운 유년시절이었다.

그동안 누구도 그에게 해 주지 못했던 것들을 하나도 빠짐없이 다시 누리게 해 주고 싶었다.

아이답게 마음껏 응석을 부리기도 하고, 잘못을 저질러 혼이 나면 엉엉 소리 내어 울기도 했다.

그럴 때면 윤수도 같이 울고, 같이 웃었다.

이 붉은 머리 꼬마는 황국의 유일한 후계자로서 그토록 좋아하던 검술도 마음껏 배웠다. 아버지는 그에게 셀 수 없을 만큼 많은 검을 선물로 주었고, 좋은 스승들을 아낌없이 고용했다. 덕분에 카이트의 실력은 날로 발전해 갔다.

물론 공부도 열심히 했다. 누군가의 기대에 부응하기 위해서가 아닌, 자기 자신을 위해서. 그 와중에 그는 페라트와 만났다. 신분의 제한 없이 그저 똑똑하고 능력만 있다면 누구나 입학할 수 있는 왕립 학교의 동급생으로.

평민 최초로 한 나라의 재상이 될 꿈을 꾸고 있던 소년 페라트와 차기 황제가 될 카이트는 여러 면에서 금세 의기투합해 단짝이 되었다. 때론 소년들이 흔히 그러듯 투닥거리며 다투기도 했지만, 두 사람은 서로를 버팀목으로 삼아 자칫하면 삐뚤어질 수 있는 시기를 올바르게 잘 이겨냈다.

그리고 첫사랑.

누구에게나 생애 한 번쯤은 찾아오는, 평생 잊지 못할 그 소중한 감정.

따듯하면서도 쾌활한 이웃나라의 공주에게 소년 카이트는 난생처음 심장이 두근거렸고, 밤새 잠을 이루지 못했다.

그 소녀를 생각하며 카이트가 가슴 설렐 때, 윤수도 눈물 젖은 눈으로 그를 떠올리며 미소 지었다.

이처럼 윤수는 매 순간순간, 카이트와 함께하지 않은 적이 없었다. 그러다 결국 그가 사무치게 그리워질 때면, 달빛으로 베어낸 듯 차가워진 가슴을 부여잡고 책상에 엎드려 그대로 소리 내어 흐느꼈다.

유년기와 소년기를 거쳐 청년기로 접어들 때까지.

카이트의 모든 삶은 윤수의 손끝에서 꽃처럼 피어났고, 그 사이사이 간직된 무수히 많은 추억들은 그와 그녀의 안에서 별처럼 반짝였다. 따라서 그것은 그만의 추억이자, 동시에 윤수의 추억이기도 했다.

이 모든 것의 양분이 되어 준 건 물론 그를 여전히 사랑하고 있는 그녀의 마음이었다.

그리움이 지나쳐 때론 단 한 글자도 쓰지 못할 정도로 고통스러울 때도 있었지만 그래도 손가락을 움직일 수 있었던 것은 까만 밤하늘 같은 의지가 사라지지 않고 그녀 안에 끝도 없이 펼쳐진 덕분이었다.

카이트는 줄곧 윤수의 안에서 살았다.

즐거움, 행복, 좌절과 슬픔까지. 단 하나도 허투루 빠트리지 않고, 모든 것을 전부 맛보게 했다. 어느 한쪽으로 치우치지 않는, 공평하고 균형 있는 삶이었다.

그는 그렇게 어른이 되었다.

그리고 엊그제, 주인공인 카이트는 드디어 페어라센의 새 황제로 우뚝 섰다.

전 황제였던 아버지는 늠름하게 장성한 아들이 황좌를 이어받는 모습을 흐뭇하게 바라보았고, 온 나라 사람들 또한 이 젊고 잘생긴 미혼의 황제에게 열렬한 지지를 보냈다.

건국 이래 최초로 있는 이 경사스러운 일을 축하하기 위해 전국이 들썩였다. 페어라센에 성대한 축제가 열렸다. 일주일 내내 꺼지지 않는 불이 크게 피어올랐다.

*　　　*　　　*

윤수가 사는 곳에서도 많은 시간이 흘러 있었다.

거실 밖으로 비척비척 걸어 나왔을 때는 이미 동이 튼 후였다. 밀려닥치는 썰렁한 한기를 이기지 못하고 윤수는 어깨를 부르르 떨며 양팔을 감쌌다. 줄곧 방 안에만 있어서 몰랐는데, 밤새

기온이 꽤 떨어진 듯했다.

'그러고 보니 어제 강원도에 첫 서리가 내렸다고 했지.'

하얗고 가느다란 그녀의 손이 소파 위를 더듬어 작은 리모컨을 찾아냈다. 그것을 들고 TV를 켜려다 말고, 윤수는 벽에 걸린 전자시계를 하염없이 쳐다보았다.

매끄럽고 차가운 LED 판에는 현재 시각과 함께, 오늘의 날짜가 표시되어 있었다.

카이트가 사라진 것이 바로 지난 해 여름.

그러니까 그와 헤어진 지 벌써 1년 하고도 3개월째였다.

매일같이 따져보는 날짜지만 헤아리면 헤아릴수록 깨닫는 건 바로 시간은 참 빨리 흐른다는 거였다.

윤수는 조용히 욕실 문을 열고 들어갔다.

금세 옷가지를 벗어던진 그녀는 소름이 돋은 피부를 얼른 따듯한 물줄기 아래로 밀어 넣었다.

이루 말할 수 없이 가느다란 팔과 다리. 그새 살이 무척이나 많이 빠졌다. 제대로 먹지도 자지도 않은 채 줄곧 컴퓨터 앞에만 매달려 있던 결과였다.

"하아."

습관처럼 한숨을 쉬자, 또다시 눈물이 흘렀다.

여기까지 오는 데 꼬박 일 년이 넘게 걸렸다.

그동안 할 수 있는 모든 각오와 능력을 총동원해 그의 새로운 인생을 완성시켰지만 정작 자신은 앞으로 어떻게 살아야 할지 몰라서 하루하루가 괴로웠다.

아침에 눈을 뜰 때면 미치도록 카이트가 보고 싶었다.

1년 넘게 매일 같이 글 속에서나마 카이트를 만났으니, 어쩌면 그 후유증이라 할 수 있으리라. 그러나 원고는 차기 황제가 된 그를 위한 축제가 열린 이후, 단 한 줄도 추가되지 않고 그대로 멈춰있었다. 왜냐하면 그녀는 젊은 황제가 된 이후의 삶은 온전히 그만의 것이 되길 바라고 있었으니까.

더 이상 누군가의 손에 의해 결정된 인생을 살지 않길, 그 스스로가 삶의 방향을 분명하게 정하여 행동해 나가기를 윤수는 누구보다도 소망했다.

카이트라면 틀림없이 훌륭한 황제가 될 것이다.

그리고 자신보다 더 아름답고 현명한 여자를 만나 뜨겁게 사랑하고, 귀여운 아이들도 낳으며 알콩달콩 살아가기를—

윤수는 진심으로 바라고 또 바랐다.

다만 소원이 있다면, 그저 딱 한 번만 만나고 싶었다.

안대를 벗어던진 얼굴로 행복하게 웃고 있는 모습을 아주 잠깐이라도 좋으니 내 눈으로 확인할 수만 있다면, 이 터질 것 같은 그리움을 평생 끌어안고 살아도 좋을 텐데.

"흐……윽."

윤수의 잇새에서 흐느낌이 터졌다.

이미 살갗이 발갛게 익을 정도로 뜨거운 온수가 온몸을 적시고 있었지만 그녀의 어깨는 마치 그때 카이트와 함께 보았던 흰 눈발 아래 서 있는 것처럼 덜덜 떨려 왔다.

무엇으로도 위로받을 수 없는 마음이 차갑게 얼어갔다.

그래도 후회는 없었다.

1년이 넘는 시간 동안 그녀가 써내려간 이 모든 이야기들은 작가로서의 대미를 장식하기엔 더할 나위 없이 안성맞춤이었으니까. 아마도 이것이 '바서'라는 필명을 걸고 쓴 최후의 책이 될 것이다.

윤수는 어느새 스스로의 심장을 찔러 자신을 원래대로 돌려보내 준 카이트를 철저하게 본받고 있었다.

그의 시작은 곧, 그녀의 마지막이었다.

*　　*　　*

목이 빠져라 기다리고 또 기다리던 전화가 울린 것은 그로부터 약 2주 정도가 흐른 뒤였다. 익숙한 발신자 표시에 윤수는 저도 모르게 몸을 벌떡 일으켰다.

―안녕하세요, 작가님. 늦은 시간에 전화드려 죄송합니다만, 혹시 지금 통화 괜찮으세요?

"네네, 그럼요!"

전화를 걸어온 사람은 일전에 1황자, 2황자 시리즈를 함께 작업했었던 출판사의 담당 편집자였다. 마치 첫 원고를 투고한 신인 작가처럼 심장이 마구 두근거렸다.

―음…… 보내 주신 원고 잘 읽어보았는데요.

그러나 상대가 말을 아끼며 끝을 애매모호하게 흐리는 것으로 봐서는 무언가 석연치 않은 결과가 자신을 기다리고 있는 것 같다. 윤수의 입안이 바짝바짝 말라갔다.

―일단 작가님답지 않은 심심하리만치 잔잔한 전개가 좀…… 놀라웠다고나 할까요. 이대로 출판이 가능할지 어떨지 저희 내부적으로도 의견이 분분하긴 했는데…….

"네에."

이제는 거의 숨이 넘어갈 지경이었다. 짧게 대답하는 윤수의 목소리에는 그러한 초조함이 여실히 묻어나 있었다.

―그래도 작가님하고는 여러 번 함께 작업했었고, 또 오랜만에 내놓으신 원고니만큼 출간은 진행하도록 할게요. 차기작부터는 곧 다시 감을 찾으실 수 있을 거라 생각해요.

담당 편집자의 그 말에 윤수는 환호성을 지르고 싶은 것을 간신히 참았다. 사실 그녀의 마음속에는 이 원고를 거절당하지 않을까 하는 근심 걱정이 크게 있었다.

당연하다면 당연했다. 이건 아무런 갈등도 배신도 없이, 그저 한 남자가 무난하게 황제가 되어 가는 이야기였으니까.

자극적인 재미 요소가 모조리 사라지고 없는 글을 쌍수 들고 환영할 출판사는 없으리라. 윤수가 비록 전작을 히트시킨 작가이긴 해도 그녀의 이름만을 믿고 기꺼이 손해를 감수할 수도 없는 노릇이고 말이다.

그럼에도 불구하고 그녀는 카이트의 새로운 이야기를 어떻게든 출판하기 위해 온갖 최선을 다했다. 왜냐하면 그의 존재를 더욱 많은 사람들에게 알려야 한다는 일종의 사명감 때문이었다.

카이트가 제게 했던 마지막 당부—

'너라면 반드시 날 찾을 수 있다'는 그 말을 윤수는 벌써 수백 번, 수천 번도 넘게 곱씹어 보았다.

그 결과 이 원고를 혼자서만 끌어안고 간직할 게 아니라, 좀 더 넓은 세상의 빛을 보여 주고 싶다는 생각이 강하게 들었다. 비록 다른 세상의 존재지만 좀 더 많은 사람들이 그를 인식하고 기억할 수 있게 만드는 것, 그것이 그녀가 생각하는 카이트를 찾는 마지막 여정이었다.

—작가님. 혹시 차기작 작업은 바로 들어가실 건가요?

전화기를 든 채 가만히 생각에 잠긴 윤수의 귓가에 또다시 편집자의 음성이 들려왔다.

"차기작이요?"

—네. 1년 전쯤에 말씀하시길 내성적인 황녀가 멋진 검사가 되는 성장물을 기획하고 계신다 하셨잖아요? 그걸 써보시면 어떨까요. 여전히 걸크러시가 대세라, 이번 원고보다는 훨씬 반응이 좋을 것 같은데…….

"아."

윤수의 입가에 저도 모르게 씁쓸한 미소가 지어졌다.

얌전했지만 애교가 넘쳤던 프롤라인 황녀의 얼굴이 눈앞에 아른거렸다.

하지만 그녀는 사실 이미 누구보다 훌륭한 검사가 되어 있었다. 오빠가 다스리는 황국 최고의 말괄량이가 되어.

"네, 뭐…… 그것도 좋죠……."

윤수는 슬쩍 말을 얼버무렸다. 기껏 원고를 받아준 고마운 편집자에게 앞으로 두 번 다시는 글을 쓰지 않을 작정이라는 이야기 같은 건 도저히 할 수가 없었다.

―아무튼 작가님, 차기작도 손 풀리시는 대로 작업해서 보내주세요. 언제든지 기다리고 있을게요.

"네에…… 감사합니다."

그러나 작가로서 일하는 것은 이게 마지막이었다. 그 사실을 다시 한 번 상기시킨 윤수의 두 눈에 커다란 눈물이 고였다.

"그럼 또…… 나중에 뵐게요."

―아, 맞다! 작가님, 잠시만요!

행여나 떨리는 목소리를 들킬까 얼른 전화를 끊으려는 그녀를, 담당 편집자가 황급히 만류했다.

―이걸 여쭤본다는 게 그만 깜빡했네요. 결말은 정말 이대로 괜찮으세요?

"결말……이요?"

―네. 황비를 들이기로 결정한 카이트 황제가 간택의 날이 밝자마자 연회장으로 들어서면서 끝나잖아요. 솔직히 너무 열린 결말이 아닌가 싶어서요.

"······네?"

윤수의 동공이 가볍게 흔들렸다. 그녀는 떨리는 다리로 저도 모르게 뒷걸음질 쳤다.

이건 자신이 쓴 이야기가 아니었다.

결말만큼은 그 어느 때보다 고민하고 또 고민했으므로, 절대로 착각하거나 헷갈릴 리도 없었다.

"저, 제가 드린 원고는 그게 아닌데요."

―어? 하지만 몇 번을 읽어봐도 마찬가지인데요? 잠시만요, 제가 지금 결말 부분만 따로 복사해서 보내드려 볼게요. 확인 부탁드려요.

잠시 후 핸드폰에 작게 알림이 울렸다.

통화를 끄지 않은 채 메신저 앱으로 들어가자, 새 메시지 하나가 반짝거리며 떠 있었다.

윤수는 온 신경을 집중해 긴 문장을 천천히 읽어 내려갔다.

그날은 온 성이 아침부터 무척이나 분주했다.

가까운 이웃나라 공주님에서부터, 도무지 닿을 수 없는 머나먼 나라의 아가씨까지. 젊은 나이에 황제가 된 카이트를 위해 아리따운 여자들이 먼 길을 마다 않고 모여들었다. 카이트는 그곳에 모인 여성 중 한 명을 자신의 배필로 맞이하겠노라고 선포했다. 그 소식에 페어라센 안팎이 들썩였다······.

"자, 잠깐만요. 편집자님."

윤수는 후들거리는 몸을 주방 식탁에 기댄 채 다시금 전화기를 귀에 가져다 댔다.

"이건 정말로 제가 쓴 게 아니에요."

충격을 애써 누르며 그녀는 간신히 말을 이어나갔다.

누군가 자신의 원고에 손을 댄 것이 틀림없었다. 그것도 가장 중요한 결말 부분에.

이 믿기지 않는 사실에 윤수의 눈앞이 캄캄하게 물들었다.

—네? 작가님이 쓰신 게 아니라구요? 하지만 메일로 첨부해서 보내 주신 파일을 그대로 복사해서 붙여넣기 한 건데요…….

"잠깐만요! 제가 한번 확인해 볼게요."

윤수는 다급하게 외치고는 전화기를 들고 얼른 방으로 뛰어 갔다. 책상 위에는 언제나 전원이 들어와 있는 노트북 한 대가 빛을 뿜어내며 놓여 있었다.

그녀는 황급히 자신이 저장한 파일을 찾아 열었다.

하지만 제아무리 눈을 비비며 찾고 또 찾아도, 편집자가 말한 부분은 어디에도 없었다. 게다가 카이트의 이야기가 저장된 파일은 오로지 하나뿐이었다. 그러므로 다른 파일이 잘못 전송될 일 같은 건 애초에 존재하지 않았다.

—작가님, 작가님?

윤수는 전화기를 떨어뜨리지 않으려 노력하며 자신을 애타게 찾아대는 상대방에게 다급한 목소리로 물었다.

"저기, 담당자님. 실례지만 오늘 몇 시에 퇴근하세요?"

—저요? 저 오늘은 일이 너무 많이 남아서 아직 두 시간 정도는 더 회사에 있을 것 같아요. 그런데 그건 왜요?

"제가 직접 가서 원고 좀 확인해도 될까요?"

—네? 이 시간에 출판사에 오시려고요?

그 말에 윤수가 흘끗 시계를 바라보았다. 벌써 밤 11시가 다가와 있었다. 아무리 담당자가 야근 중이라지만 불쑥 회사로 찾아가기엔 조금 늦은 시간이었다.

하지만 그녀는 지금 그런 것을 따질 틈이 없었다.

원고의 결말 부분이 바뀌었다.

대체 누구에 의해서?

윤수의 머릿속을 가득 메운 것은 오로지 이 한 가지 의문뿐이었다.

그녀는 아무렇게나 옷을 걸치듯 꿰어 입고는 지갑 하나만을 달랑 들고 아무도 없는 캄캄한 밤거리를 나섰다.

택시가 잘 잡히는 도로변으로 가려면 빌라의 후문을 통해 나가는 게 빨랐다.

그리고 길 중간에는 바로 그 벽이 세워져 있었다.

이제는 아무도 없기에 그녀 자신도 더 이상 발걸음하지 않게 된, 그리운 세계로 향하는 바로 그 통로가.

　　　　　　　　*　　　*　　　*

　'아무리 생각해도 이건 절대로 말도 안 되는 일이야, 대체 누
가 내 글의 결말을 마음대로⋯⋯!'

　어두운 밤. 경사가 진 좁은 골목길을 빠른 걸음으로 올라가는
윤수의 입에서 계속해서 씩씩대는 숨이 흘러나왔다.

　펄럭이는 겉옷 사이로 제법 매서운 바람이 스며들었지만, 옷
깃을 여밀 생각 같은 건 하지 못했다.

　왜냐하면 그녀는 정말로 화가 나 있었기 때문이었다.

　더 이상 글을 쓰지 않을 거라 생각했지만 그래도 아직 작가로
서의 마음은 사라지지 않은 터라, 윤수는 누군가가 자신의 글에
멋대로 손을 댔다는 사실에 불쾌함을 감출 수가 없었다. 게다가
그 글이라는 게 바로 다름 아닌 바로 카이트에 관한 것이었다. 1
년이 넘는 시간을 꼬박 쏟아부은, 그녀의 마지막 책.

　이것이 도저히 얌전히 기다릴 수만은 없는 이유였다.

　"하아, 힘들어⋯⋯."

　그러나 길은 몹시 가파른 경사를 자랑하고 있었다. 한동안 운
동과는 담을 쌓고 지냈기에, 벌써부터 다리가 후들거렸다. 게다
가 이 후미진 곳까지 들어와 줄 택시는 여전히 보이지 않았다.

　그렇다면 역시 두 다리로 걸어가는 수밖에.

　윤수는 끙, 소리와 함께 다시 발을 열심히 움직였다.

　동시에 이마를 타고 땀이 흘러내렸다. 그것을 훔치느라 정신

이 팔려 있었던 그녀는, 아까부터 누군가가 자신의 뒤를 조용히 밟고 있다는 사실을 전혀 눈치채지 못했다.

윤수는 마치 경보라도 하듯 빠르게 걸어가다 말고 갑자기 발을 딱 멈췄다. 그러자 뒤에서 들려오던 구둣발소리가 약속이나 한 것처럼 뚝 끊겼다. 이로써 모든 것이 확실해졌다. 낯선 사람이 자신의 뒤를 밟고 있음이 분명했다.

뒷목에 자잘한 소름이 돋았다.

어두운 밤, 인적 없는 길에서 몰래 여자의 뒤를 밟고 있는 수상한 그림자는 그다지 좋은 징조가 아니었다. 그렇지만 이 동네는 이 정도로 치안이 위험한 곳이 아니다. 게다가 조금만 더 가면 골목에 분명 작은 파출소가 하나 있지 않았던가.

그것을 생각해 낸 그녀는 불현듯 냅다 달리기 시작했다.

"……앗!"

그러자 뒤에서 낯선 남자의 당황한 신음이 들려왔다.

쿵쾅거리는 발걸음 소리가 금세 뒤에 따라붙었다.

"꺄아악!"

결국 우악스러운 손에 머리채가 잡히고 말았다. 윤수는 크게 비명 지르며 온몸을 비틀었다.

"이거 놔! 사람 살려!"

아무리 인적 드문 곳이라지만, 오늘은 금요일 밤이었다. 누군가 지나가는 사람 한두 명쯤은 있을 것이다. 하지만 정말이지 이상하기 짝이 없었다. 골목길은 사람은커녕 개미 한 마리 보이지 않을 정도로 을씨년스러웠다.

엎치락덮치락하던 윤수는 남자의 힘을 이기지 못하고 결국 쿵, 소리를 내며 바닥에 쓰러졌다.

"아악!"

"허, 허억."

드디어 그녀를 제압한 남자의 입에서 거친 숨이 터져 나왔다.

"이거 놔! 사람 살려!"

공포에 질린 채로, 그녀는 마구 발버둥 쳤다.

차갑게 식은 땅바닥 위로 어깨가 쓸려 아팠지만 그런 것을 느낄 새도 없었다.

남자는 평범한 차림새였다.

청바지에 티셔츠, 그리고 두꺼운 스웨터를 받쳐 입은 폼이 어느 길에서나 마주칠 법한 대학생 같았다. 그런 그에게서 벗어나려 끊임없이 몸부림친 결과 그녀는 전신주 아래까지 조금씩 기어 올라갈 수 있었다. 훤히 쏟아지는 가로등 불빛 아래 드디어 괴한의 얼굴이 드러났다.

그런데 무언가가 이상했다.

초점 풀린 동공과, 멍하니 벌어져 있는 입술.

이 남자는 자신에게 해를 가하려 작정한 사람이라기보다는 마치……

'무언가에 홀린 것 같아.'

그가 정상이 아님을 눈치챈 윤수가 조용히 눈동자를 위아래로 굴렸다. 어쩌면 약이나 술에 취해 제정신이 아닌 사람일지도 몰랐다. 만약 그런 거라면 빠져나갈 틈을 노려볼 만하다고 생각했다.

그런데 그때였다.

"……윽!"

억센 손이 갑자기 그녀의 목을 눌렀다.

"이, 이거 놓…… 으윽!"

남자의 아래에 깔린 윤수의 사지가 마치 물 밖으로 끄집어낸 물고기처럼 파닥거렸다. 그녀는 손톱을 세워 남자의 팔뚝을 할퀴어 보기도 했다. 그러나 그는 꿈쩍도 하지 않았다. 엄청난 공포가 순식간에 밀어닥쳤다.

숨이 쉬어지지 않았다. 그 고통은 생각보다 엄청났다.

"아, 안 돼……."

끝까지 정신을 차려 보려 애를 썼지만 허사였다. 이내 눈앞이 흐려졌다.

"그만둬. 부탁이야……."

뿌옇게 변한 시야 위로 어쩐지 붉게 보이는 빛이 번졌다.

"사, 살려 줘, 흐윽."

입에서 오열이 터져 나왔다. 빛은 점점 더 강해졌다.

"제발, 난 이대로 죽고 싶지 않아……!"

줄곧 침묵을 지키는 남자와 반대로, 윤수는 마지막 젖 먹던 힘까지 그러모아 크게 소리쳤다. 그 순간 가로등이 달려 있는 전봇

대가 마치 벼락에라도 맞은 것처럼 번쩍였다.

"악!"

윤수는 비명을 지르며 두 눈을 질끈 감았다.

분명 달이 떠 있는 밤인데 태양이 쪼개진 것처럼 이글대는 붉은빛이 소나기처럼 온몸을 뒤덮었다.

동시에 그녀는 까무룩 정신을 잃고 말았다.

그 후, 기억하는 것은 끝도 없는 어둠뿐이었다.

바닥을 가늠할 수 없는 심해 속으로 모든 것이 빨려 들어가는 것만 같았다. 끊어질 듯 끊어지지 않는 가느다란 호흡마저 무거운 쇠사슬이 되어 몸을 칭칭 감아 잡아끌었다. 한동안 암흑이 계속되고 이내 차가운 아스팔트 바닥이 파도처럼 요동치는 것 같은 착각이 들었다.

마치 온 세상을 무너뜨리기라도 하려는 듯.

*   *   *

어디선가 띄엄띄엄 말소리가 들려왔다.

—…… 그래도 이건 너무 심하잖아요.

—하지만 새로운 차원을 만들기 위해서는, 삶에 대한 집착이 반드시 필요하다고…… 그러니 다소 과격하긴 했지만 이 방법이 제일 확실…….

지금 이게 꿈인지 현실인지 도통 알 수가 없었다.

윤수는 여전히 두 눈을 뜨지 못한 채 속으로 신음을 삼켰다.

말소리는 점점 가까워졌다.

"……엄청 충격받으셨을 거라고요."

"그렇지만 자신이 홀로 남게 되었다는 것을 깨닫게 된 자가 무언가에, 특히 본인의 삶에 집착을 지니기란 쉽지 않은 법이지요."

"어쩜 이렇게 냉정하세요?!"

"냉정한 게 아니라, 있는 사실 그대로를 말한 겁니다."

티격태격하고 있는 것은 한 쌍의 남녀였다.

분명히 들어 본 적 있는 목소리. 대체 누구였더라?

하지만 많은 생각을 하기엔 아직도 머리가 깨질 듯이 아팠다.

"으……."

칼칼하게 쉬어버린 목 사이로 고통스러운 신음이 새어 나왔다. 윤수는 버석하게 말라 버린 입술 끝을 몇 번이나 핥았다. 그러는 새 딱딱하게 굳어만 있었던 관절이 어느새 조금씩 풀리기 시작했다.

"저, 저기……."

그녀는 있는 힘을 다해 입술을 달싹였다. 차가운 손끝에 보드라운 천이 만져졌다. 머리와 등이 푹신한 것으로 보아 자신은 침대에 누워 있는 게 분명했다. 마지막 기억은 분명히 바닥에 쓰러진 거였는데.

"누가…… 좀……."

그러나 마음과는 달리 눈꺼풀을 뜰 수가 없었다.

눈물이 새어 나오고, 또 말라붙기를 반복한 탓에 두 눈이 몹시
뻑뻑했다.

"어머나!"

동시에 정수리 위에서 화들짝 놀란 외침이 들려왔다.

요란한 발걸음이 그녀의 곁에서 수선스럽게 멀어졌다.

그 후 윤수는 또다시 잠에 빠져 들었다. 어쩌면 자신은 이미
죽어서 천국에 온 것일지도 모른다는 생각을 하며.

*   *   *

다시 눈을 떴을 때는, 이미 방 안이 훤히 밝아 있었다.

"앗……!"

그제야 정신이 든 윤수는 뜨거운 것에 덴 사람처럼 깜짝 놀라
상체를 벌떡 일으켰다.

"여, 여긴 어디지?"

익숙한 듯 익숙하지 않은 풍경이 눈앞에 펼쳐졌다.

고풍스러운 장식과 화려한 가구들. 확실한 건 여긴 그녀의 방
이 아니라는 것뿐이었다.

"누구 없어요……?!"

윤수의 입에서 당황한 목소리가 튀어나왔다.

그 소리에 커다란 방문이 열렸다.

"정신이 드셨습니까?"

등장한 것은 처음 보는 낯선 여인이었다. 조금 딱딱한 느낌이 긴 하지만 이루 말할 수 없이 단정하고, 꽤나 고급스러운 원피스 형식의 제복을 차려입은 여자의 모습에 윤수의 두 눈이 또다시 휘둥그레 해졌다.

"여, 여긴 어디죠? 당신은 대체 누구예요?"

하지만 그녀는 아랑곳 않고 윤수의 곁으로 뚜벅뚜벅 다가왔다.

"꺅!"

그 후 여인은 숙련된 손길로 거침없이 옷가지를 벗겨냈다.

곧이어 따듯한 물이 가득 채워져 있는 커다란 욕조가 방으로 들어왔다.

"치장할 시간이 그리 많지 않으니 서두르도록 하겠습니다. 오늘은 큰 경사가 있는 날이니만큼 손이 모자랄 정도로 바빠서요."

여자는 꽤나 무뚝뚝했다. 그러면서도 세심한 손길로 윤수를 보살폈다.

목욕을 마친 후 순식간에 아름다운 드레스 차림이 되었다.

마치 자로 잰 듯 꼭 맞는 옷. 그리고 그것과 어울리는 하나같이 눈이 부신 장신구들도 몸에 여러 개 달았다.

아직도 꿈인가 싶어 윤수는 저도 모르게 볼 안쪽 살을 꼭 깨물어보았다.

"……아얏."

눈물이 찔끔 돌 정도로 아팠다. 지금 이 상황은 현실임이 확실했다.

"준비를 다 마쳤습니다!"

마치 다른 사람처럼 변한 윤수를 요리조리 살피던 여자가 입가에 미소를 띤 채 방 밖을 향해 크게 소리쳤다.

또다시 문이 스르륵 열렸다.

활짝 열린 곳에서 모습을 나타낸 사람은 바로.

"마, 말도 안 돼……!"

윤수는 저도 모르게 비명이 튀어 나오려 해 두 손으로 얼른 입을 막았다. 너무나도 눈에 익숙한 그의 은발 머리가 신비로운 인어의 비늘처럼 반짝였다.

"페라트!"

그 이름을 부르자마자 기어코 참지 못하고 눈물이 주르륵 흘렀다. 맑고 투명한 눈물방울이 기껏 예쁘게 화장한 얼굴을 마구 적셨다.

"……다행이야, 살아 있어서, 정말이지 다행……."

윤수는 흐느끼며 연신 혼잣말을 중얼거렸다.

이게 꿈이라면 제발 깨지 말았으면.

마음속에는 절로 간절한 기도가 차올랐다.

여기가 어딘지, 어떻게 해서 이곳에 끌려오게 된 건지 더 이상 중요하지 않았다.

그러나 놀라운 일은 멈추지 않고 계속해서 펼쳐졌다.

"공작님."

여자는 페라트를 그렇게 지칭하며 얼른 허리를 숙였다. 덕분에 윤수의 크게 뜨여진 두 눈은 원래대로 돌아올 생각을 하지 못했다.

공작이라니. 페라트를 지금 공작이라고 부른 거야?

하지만 그런 의문을 잠식시켜 주기라도 하려는 듯, 여자는 계속해서 공손한 태도로 말을 이었다.

"공작님께서 지시하신 대로 모든 준비가 끝났습니다."

그녀의 말이 끝났을 때 윤수는 더 이상 참지 못하고 반가운 목소리로 외쳤다.

"페라트! 나, 나예요. 나라구요! 혹시 잊어버린 건 아니겠……."

그러나 윤수는 끝까지 말을 잇지 못했다.

이리 보고 저리 보아도 페라트임이 분명한 남자는 그런 제게서 매정하게 고개를 돌렸기 때문이었다. 아니, 그는 이 방에 들어온 순간부터 단 한 번도 그녀를 제대로 마주하지 않고 있었다.

"수고했다. 이상한 차림새를 한 채 갑자기 땅에서 솟아나듯 나타난 모양새가 수상쩍기 그지없지만, 그래도 신성한 숲 앞에서 발견된 여자이니만큼 무시할 수는 없겠지."

더할 나위 없이 싸늘한 목소리. 그리고 얼음장 같은 시선과 저 냉정한 태도.

"서, 설마 나를……."

기억하지 못하는 걸까.

윤수는 망연자실함을 이기지 못하고 두 손으로 자신의 얼굴을 감쌌다.

하지만 내 눈앞에 페라트가 있다는 것은.

거기까지 떠올리자마자 오로지 단 하나의 생각만이 그녀의 정수리를 날카로운 번개처럼 강타했다.

"카이트는요?! 카이트도 살아 있어요? 제발 카이트를 만나게 해 줘요!"

그러자 페라트의 입에서 서릿발 같은 고함이 터졌다.

"이 무슨 무엄한 짓인가!"

윤수는 저도 모르게 어깨를 움찔 떨었다. 예전에는 볼 수 없었던 박력과 위엄이 그의 주변에 가득했다.

"감히 폐하의 존함을 함부로 부르다니."

그야말로 심장이 얼어붙는 것만 같았다. 또다시 눈물이 나오려 해 윤수는 황급히 고개를 아래로 떨구었다.

"나를 따라오시오."

그런 그녀를 등진 채 그가 나지막한 목소리로 채근했다.

'잠깐. 그렇다는 것은 혹시 카이트도……'

이루 말할 수 없는 불안감이 마음을 송곳처럼 꿰뚫었다.

윤수는 더 이상 아무 말도 하지 못하고 우울한 발걸음으로 그저 페라트의 뒤를 조용히 따랐다. 방 밖으로 나가자 아름다운 휘장으로 잔뜩 치장되어 있는 커다란 복도가 나왔다. 그러자 몇몇 사람들이 기다렸다는 듯 그녀의 주위로 웅성대며 모여들었다.

Chapter 24
서로 다른 공간과
시간 속의 두 이야기

"호오, 이분이 신성한 숲 안에서 발견되셨다는 그……."

"꽤나 아담하신 여성이시군요."

그런 이야기는 이전부터 지겹게 들어왔다.

그러니 지금 윤수의 얼굴에 서린 당혹감은 모든 자들이 저를 보고 수군거리고 있기 때문은 아니었다.

주위에 몰려든 사람들은 제게 드레스를 입혀준 여자와 같은 옷차림을 하고 있었다. 그 모습으로 보건대 그녀들은 모두 성에서 일하는 시녀들일 거라는 느낌이 강했다.

만약 그렇다면…….

윤수의 눈에 또다시 눈물이 어렸다.

카이트 다음으로 그리워했던 얼굴이 뇌리에 떠올랐다.

늘 씩씩했고, 또 해맑게 웃던 웃음이 무척이나 예뻤던 그녀가. 하지만 주위를 아무리 둘러봐도 그 얼굴은 보이지 않았다.

여전히 절 관찰하느라 바쁜 구경꾼들의 시선들을 무시한 채, 윤수는 묵묵히 페라트의 뒤를 따랐다.

마음속에 무어라 형용할 수 없는 불안감이 삐죽 솟았다.

"앗, 시녀장님이 저기 계셨네!"

그런데 그 순간 하녀 한 명이 윤수의 곁을 쏜살같이 스쳐 지나 갔다.

"시녀장님! 아까부터 여쭤보려고 했는데요, 만찬 순서 말이에 요……!"

고작해야 이십 대 초반 정도 되었을 법한 젊은 시녀가 요란한 구둣발 소리를 내자 저 복도 끝에서 누군가가 고개를 내미는 모 습이 윤수의 눈에 포착되었다.

숱이 풍성한 오렌지빛 머리카락과 크고 선한 눈망울. 다른 사 람들보다 훨씬 긴 편에 속하는 팔과 다리.

시녀장이라 불린 이는 바로 도리스였다.

아주 얼핏 보긴 했지만, 절대로 잘못 보았을 리가 없었다.

"도리……!"

하지만 그녀는 윤수가 미처 이름을 다 부르기도 전에, 벽을 돌 아 사라지고 말았다.

"어째서……."

윤수의 눈에서 서러운 눈물이 참지 못하고 흘러내렸다.

물론 도리스가 미처 이쪽을 보지 못했을 수도 있다.

하지만 윤수는 하녀가 그녀를 '시녀장님'이라고 부른 것을 똑똑히 들었다. 그 정도 직급쯤 되면, 이 낯선 곳에서 눈을 뜬 자신의 소식을 몰랐을 리가 없다.

그런데도 저를 보러오지 않았다는 것은.

'……인정하긴 싫지만 도리스도 페라트처럼 날 잊은 것이 분명해.'

윤수는 속상한 마음에 땅이 꺼져라 한숨을 내쉬며 열심히 눈물을 훔쳤다. 그래도 한편으로는 장하고 뿌듯한 마음이 드는 것도 사실이었다.

'도리스…… 이번 생애에서는 시녀장이 되었구나. 늘 승진하고 싶어 했는데, 정말…… 잘됐어.'

도리스가 사라진 곳을 하염없이 바라보던 윤수는 슬픈 얼굴로 고개를 돌렸다. 동시에 아까부터 생겨난 불안감이 마음속에서 점점 더 그 부피를 크게 키웠다.

그럼 카이트는?

……설마 그도 나를 몰라볼까?

거기까지 생각하던 윤수는 즉시 고민을 멈추고 고개를 붕붕 저었다. 그건 아닐 거라고 믿고 싶은 마음을 아직까지는 차마 버릴 수가 없었다.

너무나 무서웠기 때문이었다.

비록 페라트가 절 몰라보긴 했지만 이곳 역시도 본인이 만든 세계라고 믿어 의심치 않았는데, 모두의 기억 속에서 잊혀졌다면 저는 그저 낯선 곳에 떨어진 보잘것없는 인물에 불과했다.

사랑하는 사람조차 날 기억하지 못한다면 대체 이곳에서 어떻게 살아가야 하나.

집으로 돌아갈 수 있을까? 혹시 누구에게도 기억되지 못한 채 죽을 때까지 여기에 갇혀 쓸쓸한 삶을 살아야 하는 건 아닐까?

윤수는 떨리는 마음을 억누른 채 과거의 일을 가만히 떠올려 보았다.

카이트 손에 이끌려 처음으로 차원 이동을 하게 되었을 때는, 이미 그가 자신이 작가라는 것을 알고 있는 상태였다.

그 사실이 당시에는 얼마나 원망스러웠는지 모른다.

그러나 지금 생각해 보면 자신의 존재를 알고 있는 사람이 있었다는 건 정말 다행스러운 일이었다. 왜냐하면 그 덕분에 연고 하나 없었던 낯선 세계에서 나름의 역할을 맡아 살아갈 수 있지 않았던가. 윤수의 턱 끝을 타고 떨어진 축축한 물방울이 계속해서 드레스 자락을 적셨다.

물론 프롤라인과 렌틸리히, 그리고 미쉘은 아직 만나지 못했지만, 사실 이대로라면 결과는 뻔할 것이다.

"빨리 가시죠."

그러나 페라트는 여전히 뒤도 돌아보지 않고 야속하게 발걸음을 재촉할 뿐이었다. 카이트를 어서 빨리 만나고 싶은 마음과 그렇지 않은 마음이 윤수의 안에서 쉬지 않고 다퉜다.

크고 화려한 연회장 안은 온통 좋은 향기로 가득했다.

홀 중앙을 차지하고 있는 것은 자연스러운 무늬가 일품인 커다란 대리석 식탁이었다. 그 주위에 어림잡아 스무 명 정도의 아가씨들이 서서 사이좋게 담소를 나누고 있었다.

아무도 설명해 주지 않았지만, 윤수는 본능적으로 알 수 있었다.

그녀들은 전부 카이트의 신부 후보감임이 틀림없었다.

늘씬하고 아리따운 아가씨들을 바라보던 윤수의 어깨가 절로 위축되었다.

그녀들은 쌀쌀맞거나, 심술궂게 굴지도 않았다.

서로 경쟁자임에도 불구하고 저리 꾸밈없는 미소들을 띠고 있는 것을 보니, 교양과 인성마저 완벽한 후보들일 것이다. 그러니 그 무리에 당당하게 낄 자신이 있을 리 만무하다. 홀로 어색하게 서 있던 윤수는 테이블 위에 차려져 있는 음식들을 괜히 구경하는 척했다.

"저어……."

그런 그녀의 곁으로 여자 몇 명이 다가왔다.

"실례지만, 이번에 신성한 숲 안에서 발견되셨다는 아가씨가…… 혹시 당신이신가요?"

윤수는 그제야 아까 복도에서 하녀들이 자신을 두고 '신성한 숲에서 나타난 어쩌고' 하는 말을 나눴던 게 기억이 났다.

이번에는 저주의 숲 대신 성스러운 숲이 있는 모양이지.

어색하게 고개를 끄덕이자 여자들이 우아하게 웃으며 들뜬 목소리로 화답했다.

"어머, 그렇군요! 신성한 숲에서 오셨다니, 그런 신비로운 일이 정말 일어나기도 하는군요."

"그러고 보니 얼마 전 폐하께서 내놓으신 책의 마지막 부분이 그 비슷한 이야기 아니던가요?"

윤수는 그 순간 두 귀를 쫑긋 세웠다. 폐하라는 건 혹시 카이트를 말하는 걸까? 책을 내놓았다는 건 도대체 무슨 소리지?

하지만 그녀는 그 질문을 할 틈이 없었다. 문가에 서 있던 폐라트가 큰 소리로 외쳤기 때문이었다.

"모두 자리에 앉으시지요! 폐하께서 곧 들어오십니다!"

그 말에 시종들이 다가와 일사불란하게 의자를 뒤로 빼냈다. 그러자 아가씨들은 날씬한 허리를 뽐내며 저마다 자리를 찾아 조용히 착석했다. 윤수도 얼떨결에 가장 끝쪽의 의자에 황급히 엉덩이를 붙였다.

쿵, 쿵 뛰는 심장 소리가 주위에 앉아 있는 모두에게 들릴 것만 같다.

이윽고 홀 안에 드리워져 있던 붉은 휘장이 걷혔다.

더울 정도로 따뜻한 연회장 안에서 홀로 추위를 견디는 사람처럼 손끝이 덜덜 떨렸다.

곧바로 키 큰 남자가 성큼 발을 내디뎠다.

긴장감이 최고조로 오른 그 순간, 윤수는 저도 모르게 두 눈을 질끈 감았다.

"폐하, 그동안 잘 지내셨는지요. 일전 가벼운 감기에 걸리셨다고 하셔서 얼마나 걱정이 많았는지 모릅니다."

누군가가 상냥한 목소리로 안부를 물어 왔다.

"심려를 끼쳐 드려 죄송합니다. 덕분에 금세 나았습니다."

아.

그 순간 저도 모르게 소리를 지를 뻔한 윤수는 자신의 입을 허겁지겁 손으로 틀어막았다.

한시도 잊은 적 없었던 그리운 음성.

눈물이 후두둑 쏟아졌다.

격해진 호흡을 몰아쉬며 윤수는 천천히 고개를 들었다.

그리고 두 눈을 아프도록 비볐다. 꿈속에서조차 쉬지 않고 찾아 헤맸던 그 얼굴을 가능하면 맑은 눈으로 보고 싶었다.

그는 커다란 테이블의 정중앙에 늠름하게 앉아 있었다.

황제의 자리였다.

마치 불이 붙은 것 같은 붉은 머리, 그리고 같은 색깔의 눈썹이 그가 가볍게 웃을 때마다 힘차게 물결쳤다.

날카로운 콧대와 살짝 거칠어 보이는 입매도 여전했다.

다만 달라진 것이 있다면, 바로 카이트의 눈이었다.

태양을 안에 담은 것 같은 두 개의 붉은 눈동자가 강인한 빛을 온전히 내뿜고 있었다. 그토록 바랐던 안대를 벗은 모습을 확인하자 윤수는 더 이상 참을 수 없었다.

"흑……."

그녀는 저도 모르게 몸을 웅크리며 울음을 토해 냈다. 그러자 옆에 앉아 있었던 누군가가 불쑥 손수건을 내밀었다.

"저기, 괜찮아요? 왜 우시는지는 모르겠지만, 이걸 쓰세요."

"가, 감사합니다……."

윤수는 고개도 들지 못한 채 그녀의 호의를 받아 들었다.

"혹시 억지로 신부 후보가 되어 원치 않게 끌려오신 건가요? 그렇다면 나중에 폐하께 한번 말씀드려보시지 그래요. 카이트 님은 그런 것을 별로 노여워하지 않으시는 편이거든요."

손수건으로 다 젖어 버린 얼굴을 훔쳐내던 윤수의 손길이 그 순간 잠시 멈칫했다.

누구였더라? 분명 어디선가 들은 적이 있는 목소리인데.

그러나 여자는 아랑곳하지 않고 쉴 새 없이 속삭였다.

"실은 저도 비슷한 경우거든요. 카이트 님의 신부가 되는 것에 딱히 관심이 있다기보다는…… 사실 저는 그분이 쓰신 책의 뒷 내용이 너무 궁금해서 자발적으로 이 연회에 참석한 거랍니다."

멍하니 그 이야기를 듣고 있던 윤수는 무언가에 홀린 사람처럼 천천히 고개를 들어 바로 옆에 앉은 여자의 얼굴을 가만히 응시했다.

아름다운 호박색 눈과 잘 익은 레몬처럼 윤기가 자르르 흐르는 금발 머리.

맙소사.

그녀는 슈타티스트 공주였다.

너무나도 놀란 윤수는 순식간에 머릿속이 백지장처럼 하얗게 되고 말았다.

슈타티스트 공주 역시 조금은 변해 있었다. 가장 크게 달라진 것은 자못 표독스러웠던 눈빛이 훨씬 상냥해졌다는 거였다. 물론 조잘대는 그 입술은 여전했지만.

"아무튼 너무 재미있는 이야기예요. 황제 폐하가 그런 취미와 재능이 있으실 줄 누가 알았겠어요. 당신도 읽어본 적이 있으시겠죠? 엄청 유명하니까. 하지만 얄궂기도 하시지. 하필이면 그 중요한 순간에 끊으실 건 또 뭔가요."

슈타티스트는 끊임없이 투덜거렸다.

그러나 덕분에 윤수는 어안이 벙벙하기 짝이 없었다. 정황상 카이트가 이 안에서 무언가 책을 쓴 것은 확실한데, 대체 왜 그런 일을 했는지 그 이유를 가늠하기 힘들었다.

그런데 그 순간 줄곧 침묵을 유지하던 카이트가 말문을 열었다.

"⋯⋯그렇다면 오늘 모이신 숙녀분들이 총 스무 명, 아니 스물한 명이군요. 예정에 없었던 아가씨 한 분이 추가되었으니까."

그 말에 대부분의 사람이 윤수를 바라보았다. 쿵쾅대는 심장 박동에 맞춰 눈동자가 불안하게 흔들리기 시작했다. 윤수는 견디지 못하고 고개를 아래로 푹 수그렸다.

"어머, 이마에 땀 좀 봐. 혹시 더우신가요?"

그녀의 심상치 않은 상태를 눈치챈 슈타티스트가 상냥하게 손수 부채질을 해주었다. 윤수는 옆에서 우아하게 흔들리고 있는 슈타티스트의 하얀 손을 가만히 응시하며 생각에 잠겼다.

'그래, 설령 카이트가 날 알아보지 못한다 해도 좋아. 그의 변한 모습을 내 눈으로 직접 확인하고 싶어.'

이런 용기가 샘솟은 것도 슈타티스트 덕분인지도 몰랐다. 아는 얼굴이 옆에서 발랄한 목소리로 계속 재잘거려 준 것은 확실히 큰 도움이 되었으니까.

윤수는 이윽고 두 눈을 들어 다시 한 번 카이트에게로 천천히 시선을 고정시켰다. 마구 흘러내리는 애달픔을 애써 다잡은 채 이번에는 좀 더 찬찬히 그를 살폈다.

역시 그도 많은 것이 변해 있었다. 베일 정도로 날카로운 분위기가 예전보다 훨씬 많이 누그러진 것이 확실했다.

카이트는 길고 수려한 손가락으로 의자 옆에 있는 검은색의 커다란 물체를 나른하게 쓰다듬고 있었다. 그러자 그것이 가르랑거리는 소리를 내며 그의 무릎에 기분 좋다는 듯 머리를 턱 기댔다.

의자 팔걸이 정도쯤 오는 그 덩치는 웬만한 맹수만큼 컸다. 절대로 개나 고양이 같은 짐승처럼은 보이지 않았다.

'설마…… 마물?'

하지만 저렇게 크게 자란 마물은 처음이었다.

그러던 순간, 두 사람의 눈이 마주쳤다.

씨익 미소 지은 카이트에 비해 정작 당황한 것은 윤수였다. 그녀는 자신도 모르게 또다시 시선을 아래로 황급히 내리고 말았다.

마물은 커다란 덩치를 지닌 녀석뿐만이 아니었다. 그 주변에서 훨씬 조그마한 놈 하나가 발발거리며 돌아다니는 것이 눈에 들어왔다. 그건 다행히 윤수에게도 무척 익숙한 녀석이었다. 저건 분명 마물의 새끼다.

카이트는 여전히 부드럽게 미소를 띤 채였다.

그 저변에서 느껴지는 것은 대범함과 여유, 그리고 관능.

과연 세상을 발아래에 둔 자 그 자체다.

윤수는 더 이상 참을 수가 없었다.

얼굴 위로 반가움과 그리움이 차례로 번져나갔다. 동시에 여전히 그를 사랑하고 있는 심장이 머리끝을 뚫을 기세로 요동쳤다.

"폐하, 아니…… 카이트."

솟구쳐 오르는 애정을 이기지 못하고 그녀가 조그마한 목소리로 그를 부르던 찰나.

"아무튼 오늘은 제 신붓감 후보니 뭐니 하는 것들은 다 잊고, 편하게 즐겨주십시오. 다들 잘 아시겠지만 전 딱딱한 것은 질색입니다."

카이트가 윤수에게서 슬그머니 시선을 뗀 채 좌중을 향해 그렇게 말을 건넸다. 그 소리에 방금 전까지 폭발할 것 같았던 그녀의 심장이 시커멓게 타버리고 말았다.

역시…… 그는 자신을 기억하지 못하는 게 틀림없었다.

버티기 어려운 커다란 좌절감이 온몸의 수분을 다 빨아들이는 중인가 보다. 그 증거로 지금 저는 눈물 한 방울 흘리지 못하고 있지 않은가.

힘 빠진 두 다리가 곧 부서질 달걀껍데기마냥 위태위태하게 흔들렸다. 입술은 모래처럼 바삭바삭 말라갔다.

점차 꺼져 가는 머릿속에 확연한 절망이 떠올랐다.

'난 이 안에서 더 이상 특별한 존재가 아니야.'

주변의 중요 인물들은 물론이고, 책의 전부라 해도 과언이 아닌 카이트 역시 저를 전혀 알아보지 못하고 있으니까.

낯선 세계로부터 왔다는 것을 아는 사람이 없으니 이방인도 아니거니와, 책 속과 현실 세계의 틈새에 끼이고 만 작가는 더욱 아니었다.

그것을 인정하는 것은 매우 어려웠다.

하지만 결국 현실을 깨닫는 건 순식간이었다.

하얀 재처럼 된 마음에 이루 말할 수 없는 상실감과 허탈함이 몰려왔다. 원망보다는 걱정이, 걱정보다는 슬픔이 저들끼리 경쟁하듯 머릿속을 지배했다.

숨을 멈추지 않고 쉬고는 있지만, 물에 잠긴 것처럼 호흡이 매우 가쁘다. 그리고 다 마른 줄 알았던 눈물이 그 순간 툭, 하고

한 방울 떨어졌다.

그때 옆자리에서 슈타티스트 공주가 갑자기 무언가에 놀라 소란을 피웠다.

"어머! 저, 저리 가! 꺅, 나 얘 싫은데⋯⋯!"

눈물로 무겁게 젖은 두 눈을 온 힘을 다해 한 번 깜빡이자, 어느새 작은 새끼 마물이 발아래에서 이리저리 뒹굴며 애교를 피우는 게 보였다.

"꺅, 폐, 폐하. 이 동물 좀 치워 주시지 않으시겠습니까?"

마물은 숫제 윤수의 치맛자락을 타고 그녀의 무릎 위로 기어오르기 시작했다. 그 모습에 되레 난리를 부린 건 슈타티스트 공주였다. 이 작은 소동에 카이트가 천천히 몸을 일으키며 이렇게 말했다.

"그러고 보니 저기 앉아 계시는 슈타티스트 공주님은 유독 제 책을 좋아해 주는 분이셨지요."

윤수를 피해, 아니 정확히는 윤수의 다리에 안착한 마물을 피해 멀찌감치 몸을 피한 슈타티스트는 기다렸다는 듯 잽싸게 말을 받았다.

"기억해 주시니 기쁩니다, 폐하. 말이 나왔으니 말인데, 그래서 그 뒤는 어떻게 되나요? 궁금해서 참을 수가 없습니다."

"어느 부분이 그리 궁금하십니까?"

"왜 모두가 여자 주인공을 모른 척했는지 그 이유가 너무 궁금합니다. 그토록 기다렸던 재회인데 어째서⋯⋯."

자꾸 책이 어떻고 하는데, 대체 이게 무슨 소리지?

윤수는 이제 머리가 어지러워 견딜 수가 없었다. 몸속에 산소가 모자란 게 분명했다.

"그건……."

카이트의 목소리가 점점 더 가까워졌다.

"그녀가 또다시 소멸하지 않기를 바랐기 때문입니다. 여러 사람, 그중에서도 특히 남자 주인공이 그동안 그토록 슬퍼했던 이유가 무언지 잘 알고 계시겠지요?"

"물론이에요. 일전의 이야기 속에서 여자 주인공이 점차 사라지고 있었잖아요? 원래부터 그녀는 있으면 안 되는 이물질 같은 존재였으니까요."

"맞습니다. 그래서 그는 두 번 다시 그런 일이 있어선 안 된다고 생각했습니다."

목소리는 이제 윤수의 정수리 위에서 바로 들려왔다.

"……그는 고민하고 또 고민했습니다. 그녀를 이방인의 신분에서 벗어나게 하려면 어떻게 해야 할까."

커다랗고 따스한 손이 자신의 의자 등받이를 누르고 있음을, 그녀는 보지 않아도 알 수 있었다.

"그 결과 남자는, 그녀가 낯선 세계에 스스로 동화되어야 한다는 걸 우연히 알게 되었죠. 이전에는 그런 기회가 없었지만, 지금은……."

그 손은 윤수의 어깨에 자연스럽게 둘러졌다. 절 부드럽게 잡아 일으키는 손길에 저절로 다리가 곧게 펴졌다.

"본인이 더 이상 이곳에서 특별한 존재가 아니라는 것을 인정하고 받아들였을 겁니다, 그 변화를 알려주는 증거가 여기 확실히 있군요."

카이트는 느릿하게 자신을 따라 온 커다란 마물의 머리를 두어 차례 쓰다듬었다.

"그러므로 이제 그녀는 더 이상 사라지지 않을 겁니다."

동시에 허리에 뜨거운 체온이 감겼다. 하지만 윤수는 와들와들 떨리는 턱 끝을 조금도 돌리지 못하고 있었다.

"……물론 그렇게 되기 전에 하마터면 인내심이 바닥날 뻔했지만."

귓가를 통해 들려오는 그의 음성에 숨길 수 없는 열기가 가득했다.

얼음처럼 딱딱했던 심장에 불꽃이 일었다.

카이트가 윤수에게 스스럼없이 팔을 두르는 것을 지켜보던 슈타티스트는 화장이 번지는 것도 모르고 제 두 눈을 쓱쓱 문질렀다.

그만큼 믿을 수 없는 광경이기 때문이었다.

그녀가 알고 있는 카이트는 여자에게 단 한 번도 곁을 내준 적이 없는 남자였다.

황제의 자리에 올랐는데도 불구하고 말이다.

그런 모습 덕분에 그는 이 나라 귀족가의 영애들이나 주변국의 공주님들 사이에서 늘 엄청난 인기를 자랑했다.

가문 좋은 미혼의 아가씨라면 누구나 한 번쯤 카이트를 짝사랑해 본 경험이 있을 정도로.

'뭐, 나는 아니지만.'

슈타티스트는 어깨를 으쓱 추켜올렸다.

다른 아가씨들과는 달리 본인은 카이트 황제에게 사심은 없었다. 관심 있는 건 오로지 그가 쓴 이야기뿐이었다. 게다가 요즘 들어 자꾸만 신경이 쓰이는 남자는 정작 따로 있어서…….

그 순간 슈타티스트는 자신의 고개가 다른 쪽을 향해 돌아가 있음을 눈치챘다.

그녀는 화들짝 놀라 얼른 몸가짐을 바로 했다.

아무리 카이트에게 관심이 없어도 그의 신붓감 후보로서 참석한 자리다. 따라서 이런 행동은 큰 결례가 아닐 수 없다.

"폐하, 실은 정말로 궁금한 것이 있습니다."

슈타티스트 공주는 그 남자를 향해 뛰는 심장을 얼른 진정시킨 후, 시치미를 뚝 뗀 채 천연덕스러운 얼굴로 재차 말문을 열었다.

"그게 뭡니까?"

"그래서 두 사람은 마지막에 어떻게 되나요?"

"……결말을 미리 알게 되면 재미없지 않으시겠습니까?"

"상관없습니다. 그저 애정 넘치는 장면만 많이 등장해 주었으면 좋겠어요. 부디 제게서 주인공들의 사랑 이야기를 보는 재미를 빼앗지 말아 주세요."

새침한 목소리로 투덜대는 그녀의 말에 카이트가 웃으며 반문했다.

"흐음. 글쎄요. 과연 두 사람이 어떻게 될 것 같습니까?"

"당연히 만나야죠! 그리고 서로를 꼭 알아봐야 하고……!"

그러자 카이트는 여전히 제게 등을 돌린 채 서 있는 윤수의 뒤로 더욱 가깝게 다가갔다.

"그렇다면 이런 전개는 어떻습니까?"

예전보다 마른 허리에 더욱 강하게 팔을 두르자 그녀의 떨림이 고스란히 전해져 왔다.

카이트는 고개를 숙여 윤수의 귀 가까이로 입술을 가져다 댔다. 그러고는 그대로 천천히 속삭였다.

"……두 사람은 서로를 알아본 것뿐만 아니라."

낮고 부드러운 음성이 윤수의 온몸을 감쌌다. 또한 따듯하게 달구었고, 촉촉한 눈물이 배어 나오게 만들었다.

"이제 절대로 헤어지지 않아도 되는 사이가 될 겁니다."

덕분에 심장이 무르녹는 것만 같다.

그러나 그의 입술은 점점 더 가까이 다가왔다. 아직도 거리가 멀다는 듯.

"그리고 남자주인공이 마지막으로 이런 말을 하는 겁니다. 나와…… 결혼해 주지 않겠냐고."

그가 내쉬는 이 달콤한 숨결마저 꿈일까 두려웠다.

윤수는 더 이상 참지 못하고 두 눈을 꼭 감았다.

속눈썹 위로 은은한 잔파동이 일었다.

크고 굵은 눈물방울이 마를 새 없이 그녀의 두 볼을 적셨다.

"저어…… 폐하."

그런 윤수가 걱정되었는지 슈타티스트 공주가 염려스러운 표정으로 입술을 달싹였다.

"감히 이런 말씀을 드려 죄송합니다만, 여성분이 싫어하시는 행동은 삼가시는 것이 어떠실런지요……."

사정을 모르는 사람 눈에 그의 행동은 아마 희롱이나 마찬가지일 것이다. 게다가 윤수는 애초부터 울음을 터뜨린 상태였으니 슈타티스트의 걱정도 무리는 아니었다.

무엇보다 공주의 인성은 전생과는 달리 무척이나 훌륭하게 변해 있었으니까. 하지만 카이트는 아랑곳하지 않고 더더욱 가깝게 몸을 붙인 채로 나지막하게 물었다.

"……싫으십니까?"

이것은 저를 안고 있는 그 행동에 대한 질문이 아님을, 윤수는 잘 알고 있었다. 카이트의 입술이 계속해서 부드러운 귓불 위를 스치듯 움직였다.

"그는 그녀를 사랑하고 있습니다. 단 한 순간도 잊었던 적이 없었을 만큼."

윤수만이 들을 수 있는 작은 목소리였지만, 정중한 울림이 가득했다. 돌고 돌다가 결국 제자리를 찾아온 그 감미로운 고백이 또다시 귓가를 통해 눈 속에서 맴돌다, 목 안을 스치고 심장에 부드럽게 내려앉았다. 커다란 열망과 너른 행복이 마르지 않는 샘처럼 가슴에 고였다.

결국 이 책은, 각자 다른 공간과 시간 속에서 서로를 줄곧 그리워했던 두 사람의 이야기.

여전히 눈을 뜨지 못한 채 윤수는 카이트가 없이 지냈던 현실 세계에서의 시간들을 떠올려 보았다. 너무나도 괴롭고 고통스러웠던 시간들을. 하지만 고작 해야 아직 2년도 채 지나지 않았다. 그런 자신과는 달리 카이트는 평생을 걸었으리라. 아마도 지금까지 살아온 모든 세월 전부가 상상할 수 없을 정도로 괴로운 인고의 시간이 되었을 터.

하지만 어떻게 끝까지 포기하지 않을 수 있었을까?

긴 시간 동안 담았던 만큼 더욱 향기롭게 숙성된 마음은 끝이 보이지 않았고, 어디에도 가지 않고 그 자리에 있었던 사랑은 세상 무엇으로도 그 무게를 잴 수가 없었다.

그 모든 것이 윤수의 안을 버겁도록 가득 채워갔다.

덕분에 그녀의 마음에도 이제 카이트 말고는 다른 것이 들어갈 틈이 조금도 남아 있지 않게 되었다.

"너무 오랫동안 기다려서 더 이상 기다리기가 무척이나 힘들군."

카이트는 숨을 몰아쉬며 애달프게 속삭였다.

"그러니 어서 얼굴을 보여 주지 않겠나……?"

그 말에 윤수도 더 이상 견딜 수가 없었다.

그녀는 재빨리 몸을 돌렸다.

그러고는 절 향해 아낌없이 품을 열어주는 카이트의 목에 두 팔을 허겁지겁 두르려던 그때였다.

"아아아!"

챙그랑!

누군가의 비명과 함께 연회장 입구에서 요란한 소리가 났다. 그녀가 식기가 놓인 은쟁반을 대리석 바닥에 냅다 집어 던졌기 때문이다.

"바서 니이이이임!"

급하게 쿵쾅대는 발걸음 소리와 함께 커다란 몸이 뛰어들듯 안겨왔다. 윤수의 두 다리가 휘청대며 뒤로 밀렸다.

"바서 님, 흐윽, 흑. 어엉……! 바서 님……."

여자는 울며불며 그녀의 얼굴에 자신의 얼굴을 쉼 없이 비볐다.

도리스였다.

"정말, 정말 보고 싶었어요! 여기 오셨다는 걸 알았을 때도, 흐윽, 당장 이렇게 하고 싶어 죽는 줄 알았다고요! 그렇지만 현재 카이트 님과 이러고 계신다는 건, 이제 저주가 다 풀렸다는 소리 맞죠? 흐윽, 아아. 신이시여, 감사합니다!"

"저기……."

순식간에 도리스의 기세에 밀린 카이트는 체통도 잃은 채 그만 미간을 구기고 말았다.

"도리스 시녀장."

카이트는 낮은 목소리로 그녀의 이름과 직함을 함께 불렀다.

그러나 도리스의 귀에는 전혀 들리지 않는 모양이었다.

"세상에, 왜 이렇게 야위셨어요? 말도 안 돼! 바서 님, 대체 그동안 무슨 일이 있으셨던 거예요! 가만있어 봐요. 일단 뭘 좀 드시도록 해야겠어요."

"도리스. 지금 여기가 어디라고 이렇게 소란을 피우는 거지?"

더 이상 참을 수 없었던 카이트는 눈을 낮게 내리깔며 두 번째 경고를 날렸다.

그제야 도리스가 슬쩍 눈치를 보며 뒤로 찔끔 물러났다.

"어머, 내 정신 좀 봐. 여러 귀빈이 계시는 연회 중에 실례했습니다. 너무 반가운 분을 만나서 그만……."

사실 지금 이 순간 도리스가 소란을 피우는 것은 카이트에게 있어 아무런 상관도 없었다. 그는 그저 재회의 기쁨을 누구에게도 방해받기 싫었을 뿐이었다.

아직 자신은 그녀와 충분히 닿지 못했다. 그런 만큼 몸 안에 심한 갈증이 일었다. 하지만 카이트의 소망은 또다시 수포로 돌아가고 말았다.

도리스가 연신 울먹이며 보채듯 이렇게 말했기 때문이었다.

"아, 폐하. 안 되겠어요. 정말 죄송합니다만 이제 바서 님을 방으로 좀 모시면 안 될까요? 할 얘기가 너무 많아서……!"

이 희한한 광경에 손님으로 초대되었던 아가씨들은 수군대며 저마다 호기심 어린 눈동자를 바삐 굴렸다.

설마 도리스가 제 경쟁자가 될 줄은 꿈에도 몰랐던 카이트의 얼굴이 붉으락푸르락하게 변했다.

연회 따위 이미 안중에 없었던 그는 얼른 둘만 있을 수 있는 곳으로 가기 위해 윤수의 손목을 덥석 움켜쥐었다.

"아……."

좀처럼 말문을 열지 못하던 윤수가 순간 이마를 짚은 채로 앓게 신음했다.

아까부터 올라왔던 어지럼증이 심해진 탓이었다.

이 모든 상황을 쉬이 받아들이기에 머릿속이 너무 복잡했다.

그녀의 이성은 이게 과연 어디까지가 꿈이고, 어디서부터가 현실인지를 자꾸 쓸데없이 나누려 했다. 심장을 바짝 조이고 있었던 긴장이 풀려나가자 온몸에 저절로 힘이 빠지기 시작했다.

이곳으로 오기 전, 원고를 완성하느라 침식도 제대로 하지 못했다. 따라서 윤수의 심신은 매우 나약해져 있는 상태였다. 두 다리가 후들거리고 곧 눈앞이 캄캄하게 변했다.

"……이런!"

제 품 안으로 힘없이 쓰러지는 그녀를 카이트가 단단히 받쳐 안았다.

*   *   *

꿈속에서 윤수는 스스로의 모습을 바라보는 중이었다.

자신은 여전히 홀로 방 안에 앉아 노트북 자판을 두드리며 울고 있었다.

"건강하게 잘 지내고 있는 모습을 딱 한 번만 볼 수 있다면…… 더 이상 바랄 게 없을 텐데."

그렇게 말하며 흐느끼는 본인의 등을 응시하던 윤수는 점점 얼굴을 일그러뜨렸다. 한 번만 만날 수 있다면 더 이상 바랄 게 없다는 그 소원보다 더 큰 욕심이 자리 잡을 거라는 것을 이미 잘 알고 있었으니까.

'신붓감 후보라고?'

그걸 떠올리자마자 눈앞에 아리따운 아가씨들의 얼굴이 생생하게 그려졌다.

'그것도 스무 명씩이나…….'

동시에 질투가 걷잡을 수 없이 일었다.

황제가 된 카이트는 너무나도 근사했다. 그가 보여주는 모든 표정은 실로 눈을 뗄 수 없을 정도로 매력적이었다.

그뿐만 아니라 미소는 예전보다 훨씬 더 부드러워졌고, 상대방을 설레게 하는 눈웃음마저 지을 줄 알았다. 게다가 안대를 하고 있었을 때도 좀처럼 숨겨지지 않던 잘생김이 두 눈이 온전히 돌아오니 지나칠 정도로 폭발했다.

제가 사랑하는 남자는, 오랜만에 만났어도 어느새 자신의 심장을 송두리째 가져가 버렸다.

저 역시 그런 그를 가지고 싶었다.

누구에게도 빼앗길 수 없었다.

왜냐하면 그는 언제까지나 그녀를 위한 주인공이었으니까.

"으⋯⋯."

잠에 취해 있던 윤수의 입술 사이로 살짝 신음이 흘렀다. 그 소리에 침대 주변을 서성이던 그림자 무리가 우르르 모여들었다.

그러나 아직도 윤수는 비몽사몽간을 헤매고 있었다.

"이 땀 좀 봐⋯⋯!"

차가운 수건으로 그녀의 이마를 닦아주던 도리스가 참지 못하고 벌떡 몸을 일으켰다.

"폐하! 제가 이런 말씀을 드리는 것이 얼마나 무엄한 짓인지는 잘 알고 있지만, 그래도 이 한 마디는 꼭 드려야겠어요! 이리 힘들어하실 것을 알면서 꼭 그런 방법을 쓰셔야 했나요?"

그러자 카이트는 무안한 듯 입술을 꽈악 다문 채 그저 관자놀이를 긁적였다.

그런 그의 모습에 도리스가 더욱 의기양양하게 외쳤다.

"모두가 본인을 다 잊었을 거라고 생각하셨을 텐데, 그 충격이 얼마나 심했을까. 그래서 그때 제가 그토록 반대했던 거라고요."

물론 도리스가 제아무리 시녀장이라고는 하지만, 황제인 카이트와 그녀 사이에는 누구도 부인할 수 없는 커다란 격차가 있었다. 그러나 그들은 이미 황제가 되기 이전부터 많은 일을 함께 겪은 사이였고, 덕분에 다른 사람들과는 달리 서로 끈끈한 유대감이 존재했다. 그걸 잘 알고 있는 도리스는 카이트를 향해 더욱 목소리를 높였다.

사실 그녀는 윤수가 이쪽 세계에 떨어졌을 때부터 그 곁으로 다가가고 싶어 잠도 제대로 자지 못했다. 그런 도리스에게 접근 금지 명령을 내린 건 다름 아닌 카이트였다.

덕분에 속상하고 애달픈 마음은 이루 다 말할 수 없었으나, 황제의 명령을 감히 어길 수는 없었다. 그러므로 지금 도리스가 카이트에게 이러는 건 일종의 분풀이에 가까웠다.

"이제 와서 따지는 건 좀 늦은 감이 있긴 하지만, 이런 식이 아니어도 더 좋은 방법이 분명 있었을 거라고요!"

"아니, 더 이상 좋은 방법은 없습니다. 폐하만큼 바서 님을 아끼시는 분이 우리 중 누가 있습니까?"

카이트의 지원에 나선 건 다름 아닌 페라트였다.

그는 이번 생에서도 여전히 누구보다도 냉정하고 침착한 성격을 자랑했다. 덕분에 페라트는 윤수의 앞에서 훌륭한 연기를 가장 잘 펼쳐 보일 사람으로 단숨에 낙점되었는데, 그 결과에 이의를 표시하는 사람은 아무도 없었다.

물론 본인은 무척이나 쑥스러워했고, 또한 일을 그르칠까 봐 몹시 걱정했지만, 그런 생각이 무색할 정도로 그는 자신의 임무를 완벽히 수행해냈다.

"하지만 페라트 님……!"

"게다가 폐하의 앞에서 그런 언동은 이제 그만 삼가시지요. 눈앞에 계신 분이 대체 누구라고 생각하는 겁니까? 이분은 이제 페어라센의 황제 폐하입니다. 더 이상 3황자이신 카이트 님이 아니라."

"흥, 하지만 신분이 달라졌다고 해서 자신에게서 멀어지는 것은 싫다고 폐하께서 직접 말씀하신걸요!"

소란은 가라앉을 기세가 보이지 않았다.

덕분에 어느새 잠이 저 멀리 달아난 윤수는 팔에 힘을 준 채로 끙, 소리를 내며 몸을 일으켰다.

"어머. 언니가 깨어나셨나 봐요!"

이번에 왈칵 울음을 터뜨리며 뛰어든 건 프롤라인 황녀였다.

"언니! 정말 너무 보고 싶었어요……!"

황녀가 몸을 움직이자, 무언가 쇠가 부딪치듯 철컥거리는 소리가 울려 퍼졌다.

늘 레이스가 가득한 드레스 차림이었던 그녀는 지금은 리본 달린 허리띠 대신 옆구리에 커다란 검을 차고 있었다.

"오랜만에 인사드립니다. 일전엔…… 제가 큰 소리를 내서 정말 죄송했습니다. 많이…… 놀라셨죠?"

페라트는 쉽사리 고개를 들지 못한 채, 고요한 목소리로 반가움을 표했다. 늘 단정하게 묶고 다녔던 은발을 짧게 자른 모습.

그런 그의 귀 밑이 어느새 벌겋게 달아올라 있었다. 폐하의 존함을 함부로 부르지 말라며 짐짓 소리쳤던 본인의 모습을 떠올리니 영 부끄러운 모양이었다.

"어어, 얼굴이 좀 변하신 것 같은데요? 너무 오랜만에 뵈어서 그런 건가요?"

반대로 렌틸리히의 인사는 마치 몇 개월 만에 다시 만난 동료를 대하듯 담백하기 그지없었다.

그렇지만 그가 울지 않으려고 속으로 안간힘을 쓰는 중이라는 사실은 이미 모두가 너무나도 잘 알고 있으리라.

물론 미셸은 렌틸리히가 그러거나 말거나 윤수의 발치에 무릎을 꿇은 채 흑흑 소리를 내며 격하게 흐느끼고 있었지만.

"살이 빠져서 그래요!"

도리스가 속상한 목소리로 렌틸리히의 말을 받아쳤다.

"그럼 식사라도 하면서 못다 한 이야기를 나누는 게 어때요?"

"어머, 현명하신 생각이세요. 황녀님. 제가 하녀들을 시켜 이 방으로 음식을 가져오게 할게요!"

프롤라인과 도리스는 어느새 서로 마음이 굉장히 잘 맞아 보였다. 주변이 또다시 왁자지껄해졌다.

그동안 페라트와 카이트 외의 사람들은 윤수의 눈앞에서 그저 꽁꽁 숨기 바빴다. 혹시라도 계획했던 것을 망가뜨릴까 봐 염려한 나머지 선택한 길이었다. 그러니 지금 모두가 그저 반가워하는 것을 넘어서서 흥분에 가까운 마음을 지니게 된 것도 무리는 아니었다.

또다시 침대 곁으로 여자들이 우르르 몰려들려는 찰나.

그들의 앞을 떡 가로막은 건 카이트였다.

"황제의 이름을 걸고 약속하건대……."

그는 팔을 들어 침대 난간을 꾸욱 잡은 채 한 마디 한 마디를 씁듯이 던졌다.

"그녀와 단둘이 있을 수 있도록 만들어 준다면, 가장 먼저 그 일을 해내는 자에게 동쪽에 있는 성을 하사하겠다."

동쪽 성은 보통 카이트가 여름에 별장처럼 머무는 곳으로, 아기자기하면서도 화려한 색채가 일품인 성이었다.

그 소리를 들은 페라트와 렌틸리히가 동시에 벌떡 몸을 일으켰다. 그리고 두 사람은 약속이나 한 듯 도리스와 프롤라인에게 각각 팔짱을 꼈다. 동쪽 성을 갖고 싶은 마음이 가득한 건 둘 다 마찬가지였으므로.

"잠깐만요, 아직 바서 님과 제대로 이야기도 나누지 못했단 말이에요……!"

도리스는 끝까지 저항했다. 물론 카이트의 마음을 모르는 것은 아니지만, 그리움을 안은 채 기다려 온 세월은 자신도 만만치 않았기 때문이었다. 게다가 그녀는 누구에게도 지지 않는 힘의 소유자였다. 결국 문밖을 지키고 있었던 호위 병사들까지 가세해서 도리스의 등을 떠밀었다.

물론 밖에 서 있던 병사들에게 무언의 눈짓을 한 사람이 다름 아닌 카이트였다는 건 비밀 아닌 비밀이었지만.

"아이참! 알았어요, 나갈게요. 나가면 되잖아요!"

장정 여럿이 저를 작정하고 쫓아내는 데에는 도리스도 더 이상 버틸 재간이 없었다.

"바서 님! 언제든 필요하신 게 있으시면 절 불러 주세요……! 다른 사람 말구요. 시녀장이 된 이 도리스가 앞으로 바서 님의 모든 수발을 책임질……."

쾅!

닫힌 문 너머로 도리스의 말이 가차 없이 잘렸다.

"……."

방 안에 금세 정적이 맴돌았다.

따듯하고 부드러운 두 눈이 그제야 그녀의 얼굴 위를 마음 놓고 천천히 살폈다. 아무런 말도 필요치 않은 시간. 그동안 켜켜이 쌓고 또 쌓아 두었던 오래된 고독과 낡은 그리움이 깨끗하게 녹아서 흔적 없이 사라지는 것만 같았다.

먼지처럼 가득 내려앉았던 슬픔 역시 날아가고 없었다.

바람이 구름을 몰아가듯, 두 사람의 마음에는 어느새 푸르른 희망과 그 위에 노을처럼 수줍게 물든 사랑만이 가득 펼쳐졌다. 너무 커서 삼킬 수도, 그렇다고 토해 놓을 수도 없는 이 감회에 가슴이 벅차서 어찌해야 할 줄 모르겠다.

윤수는 괜히 입술을 오므렸다 폈다를 반복하며 동그란 눈동자를 바삐 굴렸다.

"……정말 좀 말랐군."

카이트는 그런 그녀의 얼굴을 조심스레 쓰다듬었다.

마치 너무나도 쉽게 깨져 버리는 설탕 공예품을 다루는 사람처럼. 그러나 카이트의 눈빛에는 곧 숨길 수 없는 강렬한 욕망이 짙게 배어나오기 시작했다.

신체 건강한 젊은 남자의 몸이 달아올라서 그런 것만은 아니었다. 그 붉은 눈동자 안에 담긴 것은 보다 더 원초적이고, 아무나 가질 수 없는 위대한 감정이었다.

그녀는 생애 모든 시간을 아낌없이 바쳤던 그의 단 하나의 목표. 그러므로 그것을 드디어 손에 넣었을 때의 그 느낌은, 두 번 다시는 겪어 보지 못할 귀중하고 매우 긴한 경험이었다.

아직도 현실에 완벽히 적응하지 못했는지 그녀는 입술을 살짝 벌린 채 조금은 얼떨떨한 표정으로 그를 바라보고 있었다. 그 표정에, 그 숨소리에, 그리고 그 눈빛에 화산 속 지열보다 더 뜨거운 열기가 카이트 안에서 들끓기 시작했다. 희열과 환희, 그리고 그 어떤 것으로도 제어하지 못할 지독한 욕망이 차례로 폭발해서 훨훨 타올랐다.

"……."

숨결이 좀 더 가까워졌다. 그가 그녀의 곁으로 바싹 다가앉자 푹신한 침대 위가 한쪽으로 묵직하게 꺼졌다.

카이트의 시선은 마치 불이 옮겨 붙듯 거침이 없었고, 점점 더 노골적으로 변해 갔다.

바라보는 모든 부분에 열기가 퍼졌다.

견디지 못하고 슬쩍 돌아가려는 턱이 커다란 손에 잡혔다.

하지만 카이트는 서두르지 않았다. 아니. 혹시라도 또다시 부서져 버릴까 하는 걱정을 완전히 마음에서 몰아내지 못한 터라, 급하게 굴 수 없었다는 게 더 맞는 표현이리라.

목이 탈 것 같은 갈증을 애써 참아가며, 카이트는 붉게 화기 띤 입술을 윤수의 이마에 가져가 댔다. 마치 머릿속에 직접 조각해 새기기라도 하려는 듯 그는 그곳에 제 따듯한 입술을 오래오래 눌렀다.

꼭 감은 눈 끝에 눈물이 아롱지다 흘러내렸지만, 그의 입술은 그것을 지체 없이 훔쳐가 버렸다.

또다시 콧잔등 위로.

포근한 깃털을 잔뜩 부풀린 새의 날갯짓과 같은 간지러운 입맞춤이 쉴 새 없이 쏟아졌다.

"폐하."

비좁은 틀에 갇혀버린 작은 짐승처럼 윤수는 이리저리 어깨를 뒤틀며 그를 그렇게 불렀다.

그러자 낮은 웃음소리가 들려왔다.

"카이트라고 불러."

너무 밝아서 눈이 멀 것 같은 미소가, 오롯이 저만을 향해 쏟아졌다. 심장이 너무 뛰어서 어지럽다는 것이 뭔지 비로소 이해가 갔다.

"자, 잠시만."

동시에 줄곧 정면을 향하고 있던 카이트의 고개가 살짝 틀어지는 것이 눈에 보이자 윤수는 저도 모르게 양손을 들어 그의 얼굴 옆쪽을 잡았다. 카이트의 길고 단정한 속눈썹이 그제야 스윽 — 위로 움직였다.

방해하지 마.

그런 뜻을 담은 그의 눈동자는 여전히 과열되어 있었다.

"……대체 언제부터……."

하지만 마음을 조금이나마 진정시킬 시간이 필요했다.

그녀는 시선을 똑바로 마주치지도 못한 채로 가장 궁금했던 것을 물었다.

"언제부터 날 기억했어?"

"궁금한가?"

지금 이 순간에 꼭 그 이야길 들어야겠냐는 불만 섞인 목소리다.

"응."

하지만 윤수는 고집스럽게 고개를 끄덕였다.

"……꿈을 꾼 순간부터."

그사이 카이트의 두 팔이 윤수를 제 가슴팍에 부지런히 끌어왔다.

"꿈?"

어느새 품에 안긴 윤수가 두 눈을 동그랗게 뜨며 재차 물었다.

"그래. 그건 아주 오래전부터 시작된 거였다. 슬프고 괴로웠던 일들이 주로 반복되었지만, 행복하고 즐거웠던 이야기들도 있었던 꿈이었지. 그리고 그 중심에는 어쩐지 익숙한 얼굴의 여자가 한 명 서 있더군."

"그래서 기억하게 된 거야……?"

"하지만 그 꿈은 비단 나에게만 일어나던 게 아니었다. 게다가 이번 생에서도 떠나지 않고 곁을 지켜주던 나의 심복들은 모두 충직할 뿐만 아니라, 머리들이 아주 좋았어."

카이트는 그렇게 말하며 예전의 기억을 떠올렸다.

그는 아주 어릴 때 이 성과 학교에서 각각 도리스와 페라트를 만났고, 함께 친구처럼 자랐다.

그런 만큼 모두에게 반복되어서 나타나는 이 이상한 현상을 그냥 지나치지 못했던 건 당연한 일이었다.

동생이었던 프롤라인은 물론이고 황국 기사단에 몸담고 있던 렌틸리히도 신비로운 꿈을 꾸었다며 입을 모았다.

그들은 퍼즐처럼 각자의 기억을 하나씩 맞춰가기 시작했다. 그 기억의 출발은 서로 달랐지만, 중심으로 다가올수록 이건 결국 같은 이야기임을 깨닫는 건 순식간이었다.

대부분의 실마리를 잡은 카이트 일행은 기억에 남아 있던 다른 자들을 수소문해보았다. 바인이나 오튼은 어딜 갔는지 보이지 않았으나 대신 그 여자가 남아있었다.

바로 이웃나라의 슈타티스트 공주였다.

그러나 그녀는 전생을 조금도 기억하지 못했다.

카이트는 비로소 새로 만들어진 이 이야기에서 공주는 더 이상 선택받지 못했다는 걸 깨달을 수 있었다.

즉, 전생을 기억할 수 있는 건 작가의 사랑을 받은 소수의 인물에 불과했다.

그게 바로 자신들이었다.

더불어 황국에 듣도 보도 못했던 신비한 동물이 출현하기 시작한 것도 그때였다.

윤기가 반짝반짝 흐르는 까만 몸통이 특징적인 그들이.

*　　*　　*

가장 먼저 윤수를 기억해 낸 것은 공교롭게도 페라트였다.

어릴 때부터 '노인네'라는 별명으로 불렸을 정도로 냉철하고 이성적인 페라트는 쉬이 전생을 믿지 않았지만, 그럼에도 불구하고 누구보다도 회전력 빠른 머리로 이것이 모두가 이전에 겪었던 삶이라는 것을 깨달았다.

그 후 페라트는 한동안 우울증으로 큰 고생을 했다.

전생의 자신이 저질렀던 과오를 알게 되었기 때문이었다. 자책감이 워낙 심했던 그는 결국 스스로 자해를 하는 지경에까지 이르렀다. 병원으로 실려가 입 퇴원을 반복했던 것도 그 즈음이었다. 그런 그를 절망의 늪에서 구해 준 건, 다름 아닌 카이트였다.

카이트는 자신을 온몸으로 거부하는 페라트의 곁에 끈질기게 머물렀다. 현생에 누구보다 큰 벌을 받고 있는 그를 동정하지도, 비웃지도, 또 비난하지도 않았다.

또한 마음이 아프다 해서 특별 취급 해 준 적도 없었다.

그 결과 마음의 족쇄를 벗어던질 수 있었던 페라트는 이를 악물고 학문에 매진했다. 결국 그가 황실학교를 졸업했을 때는 이미 남들보다 5년이란 시간이 늦은 후였다.

페라트는 포기하지 않고 곧바로 그 어렵다는 국가 자격시험에 도전했다. 일명 '황국 고시'라 불릴 만큼 만만치 않은 시험이라 내리 세 번을 낙방했지만, 끝끝내 우수한 성적으로 합격을 거머쥐었다. 그저 단순한 시종으로 남는 게 아닌, 곧 황제가 될 카이트에게 누구보다 든든한 힘이 되어주고 싶다는 일념이 있었기에 가능한 일이었다.

그때는 온 나라의 사람들이 서로 눈만 마주치면 페라트의 이야기를 해 댔다. 아무것도 없었던 평민이 한 나라의 재상이 되어 공작이라는 지위에 오른 것은 그만큼 모든 이들에게 꿈과 희망을 심어 주었다.

물론 그가 그렇게 될 수 있었던 건 옆에서 물심양면으로 쉼 없는 지원을 아끼지 않았던 황태자 카이트의 덕분도 컸으리라. 하지만 대부분은 페라트의 힘으로 일구어낸 결실이었고, 그런 만큼 그 둘의 사이는 매우 끈끈했다. 전생과는 비교할 수 없을 정도로.

그리고 나는…….

카이트는 여전히 자신에게서 궁금한 눈초리를 거두지 못하고 있는 윤수를 바라보며 또다시 가슴이 벅차오름을 느꼈다.

자신이 다시 태어났다는 것을 알게 되었을 때 느꼈던 그 감사함과 고마움. 그것을 누군가에게 설명하기란 불가능했다. 이 세상에 존재하는 모든 언어를 끌어다가, 평생을 걸쳐 표현한다 하더라도.

그는 새로운 세계가 만들어졌다는 것은 사랑하는 여자가 무사히 원래의 세계로 돌아갔다는 증거라고 굳게 믿었다. 그 안도감으로 지옥 같은 그리움을 애써 다스릴 수 있었다.

그럼에도 불구하고 마음이 지쳐 힘든 날이면 아무 말도 하지 않고 훌쩍 말을 몰고 떠났다. 각각의 아름다운 특색들을 간직한 도시 구석구석을 세심히 살핀 것은 물론이고 풍요로운 대지가 끝도 없이 펼쳐져 있는 땅을 자유롭게 누볐다.

이러한 시간들은 훗날 카이트가 황제를 물려받았을 때 그의 근간을 이루는 중요한 경험이 되어 주었다.

아직 젊은 청년임에도 불구하고 전황제였던 아버지보다 훨씬 더 안정적인 통치를 빠른 시간 내에 펼쳐 보였던 것도 모두 이런 경험 덕분이었다.

둥근 이마를 따라 콧대 위를 미끄러지듯 스친 뒤, 또다시 입술을 천천히 매만져주던 카이트의 손끝에 신비로운 보라색 빛이 서렸다.

"어?! 그건 설마……."

그 빛의 정체를 즉각 눈치챈 윤수는 두 눈을 크게 떴다.

"주인공이란 건 참으로 대단한 존재이더군."

"결국 마력도 다룰 수 있게 되었구나! 그래서 연회장에서 마물들이 따르던 거였어……!"

마치 예전의 나처럼!

윤수는 기쁨을 숨기지 않고 드러냈다.

예전과 똑같이 환하게 웃는 얼굴. 그런 그녀를 바라보던 카이트의 두 눈가가 어느새 뜨거워졌다. 그는 눈물을 비추지 않으려 미간에 바짝 힘을 주며 고개를 끄덕였다.

아무런 위험도, 부족함도 없는 풍요로운 환경 속에서 황태자로 자란 나날들은 무척이나 행복했으나 그래도 가장 큰 고민 하나가 남아 있었다.

그건 다름 아닌 어떻게 하면 그녀를 다시 되찾을 수 있을까, 하는 거였다.

윤수를 다시 이 세계로 불러오는 데 가장 큰 도움을 준 것은 다름 아닌 마물들—지금은 성스러운 영물로 불리지만—이었다. 생각해 보면 놈들은 윤수가 힘을 잃었을 때도 그녀의 곁을 떠나지 않고 지켰던 기특한 면이 있었다.

그러므로 새로운 세계에서도 여전히 그 충정을 간직하고 있다는 것이 어떻게 보면 당연한 일이었다.

사실 카이트가 소년이었을 때, 그에게는 없던 힘 하나가 생겼다. 그건 바로 마력이었다. 생각해 보면 그 시절이 아마 주인공으로서의 입지를 굳혔던 때가 아닌가 싶다.

숲에서 뛰놀던 이 괴상한 짐승들은 그 즉시 카이트를 따랐고, 동시에 많은 비밀 이야기를 들려주었다.

물론 그 전까지 안 해 본 것이 없을 정도로 모든 방법을 총동원했었지만 정작 그녀를 자신의 세계로 부를 수 있는 건 그가 상상조차 하지 못한 거였다.

단 한 번도 책을 내본 적은 없었지만, 카이트는 즉시 이야기를 쓰기 시작했다. 자신에 의해 낯선 곳으로 끌려왔었던 그녀가 그랬듯 이번에는 그 자신이 작가가 되어.

둘만이 알고 있었던 이야기가, 슬프고 예뻤던 그 추억이 두루마리 수십 개를 빽빽하게 채웠다.

그럴 때마다 카이트 역시 가슴이 찢어질 듯 아팠다.

소리도 없는 눈물을 뚝뚝 흘리던 밤은 셀 수 없을 정도로 많았다. 그럼에도 불구하고 카이트는 펜대를 쉬지 않고 움직였고, 그 이야기는 페어라센을 시작으로 주변국에 점점 퍼졌다. 소설은 눈 깜짝할 새에 어마어마한 인기를 얻었다. 그리고 작가의 정체가 실은 이제 갓 황제가 된 카이트라는 것이 퍼진 순간, 그 책은 돈이 있어도 구하기 힘든 것이 되어 버렸다.

그러니까 그들은 떨어진 세계에서 각자 다른 이야기를 통해 서로를 부르고 있었던 셈이 된다.

아마 그녀는 아직까지 이 사실을 모르고 있겠지만.

카이트는 미소를 아끼지 않고 머금으며 윤수를 안고 있던 몸에 천천히 힘을 주었다.

그 힘을 이기지 못하고 그녀가 뒤로 풀썩, 쓰러졌다.

그러자 얼굴이 그새 잘 익은 사과처럼 새빨갛게 달아오르는 게 아닌가.

"카, 카이트."

그뿐만 아니라 제 이름을 나지막이 부르는 그 음성마저 절 미치게 만들었다. 사실 언제나 그랬다.

그녀는 자신을 미치지 않게 한 적이 단 한 번도 없었다.

참고 참았던 아찔한 감각이 그의 머릿속을 어지럽게 만들었다. 인내 같은 건 애초에 다 써 버리고 없었다.

그래. 저는 평생을 그녀를 기다려 왔으니까.

자신의 행동에 스스로 면죄부를 부여한 카이트는 눈에 유혹을 가득 담은 채 입술을 가까이 가져다 댔다.

"……하아, 잠깐만."

그런 그의 가슴을 윤수가 필사적으로 밀었다.

그 힘이 제법 센 것으로 보아 아무래도 진심인 모양이었다.

"대체 왜 그러는 거지?"

카이트는 거친 숨을 몰아쉬며 그 뒤에 이런 말을 즉시 덧붙였다.

"제발 나 좀 살려 줘."

"그게…… 있잖아."

윤수는 할딱거리면서도 할 말을 잊지 않았다.

"그…… 너무, 오랜만이라."

잘 익은 사과 같던 얼굴이 이제는 터지기 직전의 홍시처럼 변해 있었다.

그도 그럴 것이 2년만이었다. 카이트와 재회한 것이.

게다가 그는 그녀의 모든 것을 송두리째 쥐고 흔들 정도로 너무나 멋지게 변해 있었으므로 지금 윤수가 숨도 제대로 쉬지 못하는 건 어찌 보면 당연한 일이었다.

그러나 그 모습에 카이트는 정작 너털웃음을 터뜨렸다.

"오랜만? 오랜만이라고?"

그러자 윤수가 입술을 삐쭉거렸다. 뭐가 그렇게 웃기냐는 항의의 표시였다. 하지만 우스울 수밖에.

"네가 나처럼 오랜 세월을 기다렸던가?"

그렇게 말하는 카이트의 눈은 한없이 진지했다.

"뭐?"

"……평생을 기다렸다, 나는."

윤수는 아, 하는 탄식과 함께 즉시 입술을 깨물었다.

카이트는 그것을 살살 쓰다듬어 다시 열리게 했다.

"덕분에 몸이 점차 남자로 자라난 이후부터는 정말 죽을 맛이었지."

데일 것 같은 뜨거운 열기가 목 근처에 쏟아졌다.

"으……."

윤수는 저도 모르게 몸을 옹송그렸다.

"이 뜨거움이 좀처럼 가라앉지 않는 밤에는 잠도 잘 수가 없었
다고."

뜻하지 않은 고백이었다. 그녀는 화끈거리는 얼굴을 두 손으
로 가렸다. 하지만 그 손목은 곧 카이트에 의해 단단히 잡혔다.
그리고 곧장 머리 위로, 부드럽게 올려졌다. 그의 아래에 꼼짝
않고 깔리게 된 윤수는 그저 무력했다.

"그러니 제발 기다리라고 말하지 마."

더 이상 못 참겠으니까.

맹수가 으르렁거리는 것 같은 날 선 목소리로 카이트가 또다
시 중얼거렸다.

동시에 그의 입술이 즉시 그녀의 입술을 덮쳤다.

살짝 벌려진 틈새로 데일 것 같은 숨이 가득 차올랐다.

카이트는 주체할 수 없을 정도로 사랑하는 마음을 담아 그녀
의 여린 살 안쪽을 가득 헤집었다. 그리고 윤수는 보고 싶었던
만큼 그의 부드러운 혀에 있는 힘껏 매달렸다.

가쁜 호흡이, 촉촉한 땀이, 그리고 무엇으로도 숨겨지지 않는
격정이 둘 사이를 칭칭 옭아맸다.

먼 거리를 날아온 새처럼 헐떡거리는 사이, 카이트가 살짝 입
술을 뗐다. 그리고 이렇게 말했다.

"잊지 말고 잘 기억해 줘. 내 첫 입맞춤이니까."

동시에 윤수의 두 눈이 휘둥그레 떠졌다.

"뭐? 처음이라니……."

그러나 그녀는 끝까지 말을 잇지 못했다.

또다시 카이트가 제 위를 힘주어 덮었기 때문이었다.

"……이번 생애에서."

다만 그가 마지막으로 중얼거린 그 말만이, 귓가에 꿈처럼 아스라이 들려올 뿐이었다.

부드럽게 감겨오는 몸을 정신없이 안으며 카이트는 생각했다.

나의 모든 처음을 가지는 것은 전생에서도, 이번 삶에서도, 그리고 다음 생애에도 오직 그녀뿐일 거라고.

왜냐하면 비록 헤어지게 된다 해도 언젠가는 꼭 다시 만날 테니까.

서로 다른 공간에서 별보다 멀리 떨어져 있어도.

흩날리는 빗방울을 모아 바다를 만들어 내는 시간보다 오래 걸린다 하더라도.

나는 그녀를 반드시 찾을 테니까.

〈완결〉

"잠깐! 멜다, 여기 지문이 아직 살짝 찍혀 있는데?"

손질한 식기들을 놓고 슬그머니 돌아서는데 등 뒤에서 날카로운 목소리가 울려 퍼졌다.

"네, 네? 지문이요……?"

멜다라고 불린 하녀는 어깨를 움찔거리며 주눅 든 표정으로 그녀의 얼굴을 살폈다.

하늘 위로 높이 들린 눈썹과 앙다문 입술.

자신의 상사는 오늘도 기분이 무척이나 좋지 않았다.

"그래, 지문! 천으로 좀 더 빡빡 닦았어야지."

그러나 눈앞에 들이밀어진 접시는 파리가 미끄러질 정도로 반짝반짝했다.

멜다는 울상을 한 채 그것을 조심스럽게 받아 들었다.

그 후 한참 동안을 샅샅이 살핀 후에야 겨우 테두리에 살짝, 아주 살짝 찍힌 자국 하나를 발견해 낼 수 있었다.

"다음부턴 이런 일이 없길 바란다."

"죄, 죄송합니다."

잘못을 시인한 멜다는 손에 든 천으로 지적받은 부분을 얼른 닦아 냈다. 그러고는 또다시 트집을 잡힐 새라 허둥지둥 문 쪽으로 발걸음을 옮겼다.

콰앙.

문이 소리를 내며 닫히자 절로 한숨이 새어 나왔다.

"휴우."

복도 밖에는 또 다른 하녀 여러 명이 각자 손질한 물품들을 들고 딱딱하게 굳은 얼굴로 자신들의 차례를 기다리고 있었다. 마치 선생님께 숙제 검사를 받는 학생처럼.

여자들은 가벼운 발걸음으로 나는 듯 그 자리를 벗어나려는 동료를 부러운 눈길로 바라보았다.

"저기, 잠깐만! 멜다!"

그러다 누군가가 그녀를 급히 불러 세웠다.

"왜?"

"도리스 시녀장님 말이야, 오늘은 기분이 좀 어떠셔?"

그렇게 물은 여자는 세탁물을 담당하고 있는 하녀였다.

그 증거로 그녀의 손에는 깨끗하게 빤 수건이며 베갯잇 같은 것이 잔뜩 들려 있었다.

멜다는 또 한 차례 한숨을 푸욱 내쉬며 고개를 절레절레 저었다.

"틀렸어."

"설마 오늘도 저기압이신 거야?"

"응, 엄청."

그 둘의 이야기를 남몰래 엿듣고 있던 주위 하녀들의 눈가에 일제히 그늘이 드리워졌다. 도리스 시녀장은 평소에도 남다른 깐깐함으로 악명이 무척이나 높은데, 오늘처럼 기분이 좋지 않은 날에는 그 특유의 눈썰미가 더욱 날카롭게 가동된다는 것을 모두 잘 알고 있었기 때문이었다.

결국 여기저기서 불만 섞인 목소리가 튀어나왔다.

"아니, 요즘에는 대체 왜 그렇게 기분이 안 좋으신 거야?"

"낸들 아니? 사실 일주일 전만 해도 막 하늘을 날아다니실 것 같았는데 그새 무슨 일이라도 생기신 건지 갑자기 입이 이렇―게! 나오셔서는!"

"하지만 생각해 보면 시녀장님이 이상해지신 건 요 하루 이틀의 일이 아니야. 왜, 다들 기억하지? 신성한 숲에서 수상한 여자가 발견되었다는 소식이 들려왔을 때 말야."

그 소리에 얌전히 줄을 서 있던 나머지 하녀들도 그때의 일들을 회상하기 시작했다.

그날은 그러니까, 늘 조용했던 황제의 성이 한차례 발칵 뒤집힌 날이었다.

"폐하! 아침부터 숲에서 뛰놀던 영물들의 움직임이 영 수상하여, 즉시 수색을 해 보았더니 웬 여자가 쓰러져 있는 것을 발견했습니다!"

카이트에게 그렇게 고한 것은 숲을 지키던 기병대 대장이었다. 그가 그 전갈을 전하자마자 카이트는 놀랍게도 즉시 그 자리를 박차고 일어나 말을 타고 뛰쳐나갔다. 그리고 그 뒤를 페라트 공작이 따랐다. 기사단 사무실에 있었던 프롤라인 황녀도 한 발 늦게 발걸음을 재촉했고 말이다.

언제나 침착했고 우아했던 그들이 그토록 크게 동요하는 모습을 하녀들은 난생처음으로 보았다. 황제의 돌발 행동에 당황한 자들은 또 있었다. 바로 그 밑을 지키던 호위 병사들이었다. 아무런 경호 없이 황제 혼자 길을 나서게 한다는 건 있을 수 없는 일.

결국 수십 필의 말이 지축을 뒤흔들었다.

어찌나 마음이 급했는지 황제는 늘 목에 두르고 있던 망토의 단추도 제대로 잠그지 못한 채였다. 성스러운 황가의 문양이 수놓아져 있는 붉은 망토가 그만 성문 앞에 떨어져 뿌얀 흙먼지로 엉망이 되어 버렸다. 그리고 도리스는 그것을 부여잡고 자리에 주저앉아 울음을 터뜨렸다.

'드디어 만날 수 있는 걸까'라든지, '아아! 신이시여'라는 말을 끊임없이 중얼거렸던 것도 같다. 영문을 몰랐던 하녀들은 그런 그녀를 위로했지만, 그때는 이미 도리스 시녀장이 반실성한 것 같다는 소문이 온 성에 퍼진 뒤였다.

그 후 얼마 지나지 않아 황제는 낯선 여자를 안고 돌아왔다. 난생처음 보는 옷을 입은 여자는 유난히 체구가 작고, 또 배싹 말라 있었다.

그때 도리스의 오열이 극에 달했다.

심지어는 울다가 기절하기를 수차례.

안 그래도 낯선 여자의 등장에 바짝 긴장해 있었던 수많은 신하들은 그런 도리스의 모습을 보며 더더욱 공포에 떨어야만 했다. 그리고 도리스의 기분이 널을 뛰듯 변화무쌍해진 건 바로 그 순간부터였다. 하루에도 몇 번씩 좋았다 나빴다를 반복했고 심지어는 밤에 잠도 제대로 자지 못한다는 부시녀장의 증언도 있었다.

그러다 어느 순간 마치 허파에 바람이라도 든 것처럼 마구 웃던 적이 있었는데, 그건 바로 카이트 황제가 신부 후보들이 모인 연회에서 그 정체 모를 수상한 여자와 진한 애정 행각을 펼쳤다는 바로 그날…….

"다음, 들어와."

바로 그때 문틈으로 뾰족한 음성이 흘러나왔다.

하녀들은 저마다의 생각을 멈추고 딱딱한 얼굴로 얼른 앞을 보았다.

'하아.'

그러나 모두의 속에서는 절로 한숨이 터졌다.

그래, 생각해 보면 그 연회 이튿날부터 도리스 시녀장은 바로 이런 상태를 줄곧 유지하고 있었다. 조금의 실수도 그냥 넘어가지 않고 끝없이 잔소리를 해 대는 최악의 상태 말이다. 물론 그 특유의 눈썰미와 꼼꼼함 덕분에 황제의 시녀장이란 직급을 단숨에 거머쥘 수 있었던 것은 인정하지만, 그래도 그건 도리스의 능력이지 그들의 능력과는 하등 상관없는 거였다. 본인들은 그런 직급을 얻지 못해도 좋으니, 그저 숨 좀 쉬며 살고 싶을 뿐이었다.

그게 지금 입술 끝을 아래로 추욱 늘어뜨린 채 땅이 꺼져라 한숨을 쉬고 있는 모든 하녀들의 바람이었다.

*   *   *

'흥!'

굳게 닫힌 문을 줄곧 바라보고 있던 도리스의 눈초리가 위로 삐뚜름히 치켜 올라갔다.

'짐승!'

그뿐만 아니라 입술을 삐죽대며 속으로 이렇게 욕까지 했다. 물론 황제 폐하를 감히 인간이 아닌 것에 비유하는 게 얼마나 무례한 행동인지 모르는 건 아니지만, 속으로 혼자서만 생각한다는데 누가 뭐라 할 것인가?

게다가 말이야 바른 말이지, 지금 카이트 님이 하시는 이런 행태는 욕을 먹어도 싼 일 아닌가!

도리스는 또다시 이를 북북 갈았다.

그토록 만나고 싶었던 바서 님인데 재회하자마자 변변한 이야기도 나누지 못한 채 그대로 쫓겨나 꼬박 일주일을 기다렸다. 아니, 이야기를 나누는 게 다 뭔가? 그 일주일 새 얼굴은커녕 코빼기조차 보질 못했다. 그러니 오늘은 무슨 일이 있어도 바서 님을 만나고야 말리라.

만나서 그간 있었던 이야기들을 들으며 내가 직접 빵도 잘라줄 거고, 수프도 떠주고, 고기도 썰어주고, 잔뜩 준비한 달콤한 케이크 역시 손수 입에 넣어주고!

그러다 배부르다고 하시면 편안한 잠자리를 마련해 잠 들 때까지 두 손 꼭 잡고 있어야지!

도리스는 그러한 결연함으로 카이트의 방 문 앞에서 다시금 옷매무새를 점검했다.

옆에는 모락모락 김이 나는 먹음직스러운 음식들이 한가득 담겨 있는 바퀴 달린 작은 수레가 있었다. 도리스는 이처럼 윤수가 이 세계로 온 이후부터 그녀의 삼시 세끼를 손수 챙겼다. 제아무리 바빠도 이것을 남에게 맡기는 일은 없었다.

"폐하."

그녀는 문을 콩콩 두드리며 카이트를 불렀다.

하지만 안에서는 아무런 응답이 없었다.

문을 두드리는 손길이 더욱 거세어졌다.

"벌써 한낮입니다. 폐하, 점심 식사를 가지고 왔습니다."

부아가 있는 대로 치민 도리스는 일부러 '한낮'이라는 단어에 힘을 주어 말했다.

쿵쿵!

동시에 온 복도가 울리도록 또다시 문을 두들기자, 그제야 안쪽에서 카이트의 목소리가 들려왔다.

"……거기 놓고 가도록."

하지만 도리스는 순순히 말을 듣지 않았다.

"그럼 음료는 어떤 걸 드릴까요? 차도 있고, 차갑게 식힌 포도주도 있습니다."

"아무거나 상관없다."

"그럼 차를 드릴게요. 점심이니까요. 찻물은 뜨겁게 해 드릴까요, 차갑게 해 드릴까요?"

"……알아서 해."

"그럼 찬 것으로 준비할까요? 그렇다면 레몬을 넣을까요, 말까요."

"……."

그쯤 되니 안에서 무언의 짜증이 흘러나왔다.

덕분에 순간적으로 찔끔 기가 죽고 만 도리스는 옆에 가득 놓인 음식을 바라보며 다시 한 번 마음을 다잡았다.

'오늘만큼은 나도 물러서지 않을 거야!'

이럴 줄 알고 있는 대로 다 준비해 온 터였다.

빵도 하얀 빵과 검은 빵, 그리고 갈색 빵, 이렇게 세 가지를 준비했고 수프도 찬 것과 뜨거운 것을 동시에 가져왔다. 고기만 해도 네 종류에 달했다. 노른자의 익힘 정도를 각각 달리 한 계란 요리도 있었다. 후식으로 준비한 과일도 껍질을 벗긴 것과 안 벗긴 것, 벗겨서 시럽에 담근 것, 혹은 말린 것 등등을 몽땅 가져온 덕에, 그녀의 작은 밀차는 마치 커다란 레스토랑 하나를 통째로 담은 것 같았다.

물론 이 모든 건 카이트가 문을 열어줄 때까지 한번 버텨보겠다는 그녀만의 의지였다.

"폐하, 폐하. 빵은 어떻게 할까요, 네? 검은 빵을 드릴까요, 흰 빵을 드릴까요, 갈색 빵을 드릴까요?"

쾅쾅.

노크라고 하기에는 좀 요란한 두들김을 계속하자 그사이로 저벅저벅 다가오는 발걸음 소리가 들렸다.

달칵.

문은 예상외로 금세 열렸다. 그 틈을 놓치지 않고 어깨를 끼워 넣는 도리스를 카이트가 온몸으로 막아섰다.

"……지금 막 잠들었으니까 제발 조용히 해."

그렇게 말하는 카이트의 모습도 평소의 단정함과는 거리가 멀었다. 붉은 머리는 몹시 헝클어져 있었고, 벌어진 천 사이로 단단한 가슴팍이 맨살 그대로 훤히 들여다보이는 것을 보니, 어제 아침에 넣어준 가운을 아무렇게나 꿰어 입고 그대로 나온 것이 틀림없었다.

'짐승!'

도리스는 또 한 번 속으로 가열하게 욕을 했다.

"이건 여기다 놓고 이제 그만 가 봐."

"폐하."

자신의 명령을 듣지 않는 도리스를 바라보던 카이트의 미간이 험악하게 구겨졌다. 하지만 그녀는 물러설 수 없었다. 그도 그럴 것이 무려 일주일 만에 열린 문이었기 때문이다.

"대체 왜 그러지? 게다가 제발 방해하지 말라는 내 말 못 들었나?"

"방해하지 않았어요. 방해하지 않았습니다만, 폐하께서 설마 이대로 쭉 바서 님을 감금해 놓을 작정이신가 하는 걱정이 들어서요."

"……뭐?"

도리스가 눈을 똑바로 뜨고 그렇게 말하자 카이트는 답지 않게 머쓱해지고 말았다.

"감금이라니, 나는 그런……."

"아무리 안에 커다란 욕실과 심지어는 작은 서재까지 딸려있다지만, 일주일 동안 방 밖에 한 발자국도 나오지 못하셨는데, 이게 감금이 아니면 무엇인지요? 게다가 정식으로 황후의 자리에 앉히겠노라며 성례에 대한 지시만 내려놓으시고선, 그 후 아무런 말씀이 없으셨습니다. 덕분에 신하들은 아무런 준비도 시작하지 못하고 있는 상황이고요."

모처럼 잡은 기회를 놓치지 않고 속사포처럼 쏘아 대는 도리스의 말솜씨에 카이트는 저도 모르게 얕은 한숨을 내쉬었다.

자신의 말주변으로는 그녀를 도무지 이길 재간이 없었다.

"그게 아니라……."

"그게 아니긴 뭐가 아니십니까? 바서 님께서 모처럼 돌아오셨는데, 언제까지 계속 이렇게 품속에 껴안고만 계실 건가요? 얼른 정식으로 성례식을 올리셔야죠! 폐하도 잘 아시겠지만, 이 나라 결혼 절차가 좀 복잡한가요. 게다가 황제가 되셨으니 그 식순만 따지면 아무리 간소하게 해도 3일은 족히 거행될 텐데, 그 준비는 다 언제 하려고 이러시는 거예요!"

도리스의 잔소리는 끝이 없었다. 하지만 더 분한 건 그녀의 말이 결코 틀린 것은 아니라는 거였다.

카이트는 옷깃을 여미며 턱을 한 번 쓰윽 문질렀다.

그것이 그가 무안할 때 하는 행동임을 도리스가 모를 리 없었다.

그녀는 속으로 쾌재를 불렀다.

사실 이건 본인이 몇 날 며칠을 고심해 준비한 각본이었다.

카이트가 줄곧 독차지하고 있는 그녀를 어떻게 하면 내 곁으로 빼낼 수 있을까, 하는 것에 대한 각본.

사실 윤수를 정식 황후의 자리에 책봉하는 건 도리스뿐 아니라 카이트의 오랜 숙원이기도 했다.

그러니 그 마음을 공략하면 카이트는 마지못해 품에서 놔줄지 모른다. 그게 아니라면 카이트의 곁에서 그녀를 빼앗아오기란 거의 불가능한 일에 가까울 것이다.

'좋아. 지금까지는 내 예상대로야.'

도리스는 자꾸만 노래를 흥얼거리려는 입술을 애써 꾸욱 물었다.

'아무리 황제 폐하라지만, 바서 님을 그만큼 독점하셨으면 됐어. 얼른 그녀의 손을 잡고 예쁘게 꾸며놓은 방으로 모셔야지. 목욕 시중도 들어드리고 머리도 빗겨 드린 후…… 그래, 드레스 장인을 불러야겠어.'

도리스의 머릿속에 원대한 계획이 좌악 펼쳐졌다.

아닌 게 아니라, 드레스를 고르는 일만 해도 족히 석 달은 넘게 걸릴 거다. 뭐니 뭐니 해도 황후로서의 첫 발걸음을 떼시는 날이니까, 그 어떤 신부에게도 지지 않는 엄청난 드레스를 입게 해드릴 테다!

그러한 의지를 담아 도리스는 마지막 쐐기를 막았다.

"게다가 한 나라의 황제라는 분께서, 아직 결혼도 안 한 처녀를 일주일씩이나 방에 잡아 두시다니! 이건 권력 남용이라구요! 이 독재자!"

더욱 목청을 높여 꽥꽥 대는 도리스를 카이트가 기겁하며 말렸다.

"잠깐 도리스. 방금 막 잠들었다고 했잖아. 그러니 제발 조용히……."

그런데 그때 뒤에서 부들부들 떨리는 목소리가 들려왔다.

"벌써 일주일이나 지났다고요? 지, 진짜 그렇게…… 오래?"

얼핏 보이는 그녀의 얼굴은 곧 터질 것처럼 새빨갛게 변해 있었다. 다만 그게 부끄러워서 그런 것인지, 화가 나서 그런 것인지 알 길이 없을 뿐이었다.

"어머, 바서 님!"

도리스는 그저 천진난만한 목소리로 반가운 이름을 드높게 불렀다.

"아직 사흘 밖에 안 지났다면서…… 이 거짓말쟁이!"

빛 하나 들어오지 않는 캄캄한 방 안에서 윤수가 소리쳤다.

누가 봐도 화난 음색이었다.

카이트는 어느새 살짝 하얗게 된 자신의 얼굴을 한 손으로 거칠게 쓰다듬었다.

낭패였다.

* * *

밖에서 들려오는 소란스러운 목소리에 정신을 차렸을 때 윤수는 비로소 자신이 고급스러운 벨벳 천을 둘둘 감은 채로 바닥에 누워 있다는 것을 깨달았다.

알몸 차림으로 말이다.

밑에는 두껍고 푹신한 양탄자가 깔려 있었던지라 그다지 불편하지는 않았다.

"아, 으……."

그럼에도 불구하고 입에서는 저절로 신음이 흘러나왔다.

팔다리는 물론이고 등과 허리, 그리고 골반에 이르기까지 온몸에 쑤시지 않는 곳이 없었다.

어둠 속에서도 확연히 티가 날 정도로 윤수의 양 볼이 붉게 달아올랐다. 자신이 어쩌다 침대가 아닌 바닥에 누워 있게 되었는지를 떠올렸기 때문이었다.

"지금까지 살아온 모든 시간이, 나에겐 곧 인내의 시간이
었다."

이렇게 저를 어르던 낮은 목소리가 귓가에 생생했다.

"그러니 제발 이번 한 번만……."

그뿐만 아니라 이렇게 사정하는 목소리와 함께 뿜어져 나오던 뜨거운 호흡 역시도. 그러나 이번 한 번뿐이라던 그 약속을 카이트는 수도 없이 어겼다.

윤수는 또다시 불타오르는 것 같은 얼굴을 감쌌다.

덕분에 침대는 볼 것도 없이 엉망이었다.

제대로 불이 붙은 카이트는 절 안은 채 낮이고 밤이고 놔주지 않았다. 아니, 사실 지금이 낮인지 밤인지도 몰랐다. 짙은 색의 커튼이 빈틈없이 처져 있어 방 안은 여전히 빛 한 줄기 들어오지 못하고 있었으니까.

"으윽."

하지만 더 이상은 무리였다. 윤수는 다시 한 번 신음하며 간신히 몸을 일으켰다.

그런데 그 순간 문밖에서 익숙한 목소리가 들려왔다.

"아무리 안에 커다란 욕실과 심지어는 작은 서재까지 딸려 있다지만, 일주일 동안 방 밖에 한 발자국도 나오지 못하셨는데, 이게 감금이 아니면 무엇인지요?"

주인공은 다름 아닌 도리스였다. 순간 윤수는 아까와는 비교도 할 수 없을 만큼 얼굴이 화끈거리기 시작했다.

물론 이 방에 들어온 지 꽤 많은 시간이 흘렀다는 건 알았지만, 그 정도인 줄은 정말 몰랐다. 그야말로 먹고 자는 시간을 빼면 카이트 곁에 붙어 있기 바빴으니까. 게다가 그는 계속해서 커튼을 굳게 쳐 둔 채 윤수를 잠시도 품에서 놔주지 않았고, 간혹 가다 시간을 궁금해하면 그저 사흘 정도가 지났을 뿐이라며 그녀를 안심시키지 않았던가.

"게다가 한 나라의 황제라는 분께서, 아직 결혼도 안 한 처녀를 일주일씩이나 방에 잡아 두시다니! 이건 권력 남용이라구요!

이 독재자!"

도리스의 음성이 또 한 차례 귓가를 강타했다.

윤수는 손발을 부들부들 떨면서 바닥에 떨어져 있는 가운을 주섬주섬 주워 입었다.

만나자마자 일주일이 넘는 시간을 꼬박 방 안에서 보내다니. 다른 사람들이 대체 자신들을 뭐라 생각했을까? 그야말로 금수 같은 한 쌍이라고 손가락질당해도 할 말이 없다.

게다가 그는 이제 한 나라의 황제다.

그러므로 온 성의 사람들이, 아니 온 나라의 사람들이 모두 그의 일거수일투족에 귀를 기울이고 있을 텐데!

참을 수 없는 민망함과 함께 화가 치밀어 올랐다.

"아직 사흘 밖에 안 지났다면서…… 이 거짓말쟁이!"

윤수는 저를 흘끗 돌아보는 카이트를 향해 참지 못하고 이렇게 소리쳤다.

*   *   *

하지만 다행히도 윤수는 도리스를 방에 들이지 않았다.

덕분에 카이트는 기분이 몹시 좋았다. 그 최고의 방해꾼이 윤수의 말에는 순순히 물러섰기 때문이었다.

문제는 자신과는 달리 그녀의 기분이 아직도 무척이나 좋지 않다는 거였다. 윤수가 도리스를 돌려보낸 건, 차마 그녀를 볼

낯이 없을 정도로 민망했기 때문이라는 걸 카이트는 아직 잘 모르고 있었다.

"흠."

그는 괜히 헛기침을 하며 윤수의 곁으로 슬쩍 다가앉았다. 그러자 그녀가 고개를 팩 돌리며 몸을 또다시 옆으로 쌩하니 옮기는 게 아닌가.

카이트의 두 눈썹이 즉시 시무룩하게 처졌다.

"……미안하다."

카이트는 계속해서 슬슬 윤수의 눈치를 보며 즉각 사과했다. 사실 미안하다는 말은 아까부터 스무 번도 넘게 입에 담은 터였다.

"두 번 다시 거짓말하지 않으마."

그는 그녀가 화난 이유가 자신이 날짜를 속인 탓이라고 굳게 믿고 있었다. 그러나 윤수의 토라진 고개는 돌아올 생각을 하지 않았다.

'후우.'

가슴이 답답해진 카이트는 속으로 남몰래 한숨을 내쉬었다.

사실 그는 억울했다.

그도 그럴 것이 그녀를 만나기까지 자신은 누구에게도 말 못할 고통의 시간을 보내지 않았던가. 그들이 전생을 기억하게 된 것은 윤수에게도 말했다시피 모두가 반복해서 꾸던 꿈 덕분이었다. 그리고 결국 모든 것이 밝혀졌을 때, 카이트는 아직 소년

티를 벗지 못했던 시기였다.

동생인 프롤라인을 빼고 대부분의 사람들은 카이트보다 나이가 많았다. 덕분에 그들은 그를 누구보다 살뜰히 보살피기 바빴는데, 특히 도리스가 그랬다. 또래보다 어른스러웠던 그녀의 눈에 카이트는 아직 철부지나 마찬가지였다. 따라서 저리 어린 소년이 실은 전생에 쭉 사랑하던 여인이 있었음을 어떻게 받아들일지가 걱정되었던 것이다.

게다가 그때는 페라트도 본격적인 우울증을 앓기 전이라, 카이트는 두 사람의 감시 아닌 감시하에 그 시기를 보내야만 했다. 하지만 미성숙한 소년이 어른이 되기까지에는 그다지 많은 시간이 필요하지 않았다. 아니, 아직 어른이라고는 할 수 없었지만 몸은 이미 어른에 가까웠다.

그때부터 카이트만의 지독한 싸움이 시작되었다.

눈을 감으면 아른거리는 그녀의 얼굴. 그뿐만 아니라 아무리 가슴속 깊은 곳에 묻어놔도 저절로 들려오는 달콤한 웃음소리는 심장에 너무나 해로웠다. 이미 상태가 거기까지 진행되면 그밤은 잠자리에 들기 틀렸다고 봐도 무방했다.

보드라운 살결과, 촉촉한 입술, 저를 바라볼 때면 항상 달떠 있었던 예쁜 눈빛…… 카이트는 그 어느 것도 잊지 않고 윤수를 기억하고 있었다. 그녀를 향한 그리움과 더불어 원초적인 본능이 부추기는 갈증은 점점 더 심해져만 갔다. 따라서 매일 같이 번뇌에 시달렸다. 아직 실체가 없는, 경험에 덧그려진 상상 속

유혹이라 더더욱 괴로웠다.

덕분에 매일같이 검을 휘두르던 시절이었다. 그래도 몸을 좀 움직이면 나아졌으니까. 하지만 어떨 때는 너무 심하게 몰두해 어깨 탈골마저 일어날 정도였으니, 당시 견뎌야 했던 그 괴로움은 말로 다 표현할 수 없으리라.

그러던 찰나, 그녀를 만났다.

헬터라는 이름의 이웃 나라 공주를.

헬터 공주의 부모와 카이트의 부모는 오래전부터 각별한 친구 사이였다. 당시 그녀는 국왕 부부를 따라 페어라센에 놀러 온 참이었는데, 웃는 모습이 윤수와 무척이나 닮아 있었다. 그런 헬터와 마주한 카이트는 저도 모르게 심장이 뛰었다.

그리고 그 순간 깨달았다.

제 연인은 다시 태어난 본인의 인생에 예전과는 달리 아름다운 기억이 가득하기를 누구보다 바라고 있다는 것을.

가슴이 벅차올랐고, 동시에 씁쓸한 기분이 들었다.

윤수의 의도대로 헬터 공주는 확실히 카이트에게 있어서는 선물 같은 존재였다.

늘 상상만 했던 얼굴과 매우 닮은 모습의 여자를 눈앞에 마주한다는 것은 그에게 남다른 기쁨을 안겨 주었으니까.

그래서 카이트는 공주의 청을 거절하지 않고 들어줬다.

그녀가 원하는 대로 다과회라든지 그림 전시, 음악회 같은 곳에 함께 다녀주었다.

본인의 체질과는 전혀 맞지 않는 그런 곳들을.

하지만 그뿐이었다.

남녀 사이의 진전이 있긴커녕 그는 공주에게 손끝조차 대지 않았다. 그에게 있어 여자는 오로지 한 명뿐. 게다가 몸의 반응마저도 그 한결같은 마음을 굳건히 따르고 있으니, 이건 그에게도 무척이나 신기한 경험이 아닐 수 없었다.

그러다 보니 카이트에게 품었던 공주의 흥미가 자연스럽게 식어버렸다. 두 사람의 부모는 그 어떤 기대를 멋대로 했었는지 적잖은 실망을 한 것 같았지만, 카이트는 그저 그녀를 통해 다른 세계에 있을 자신의 진짜 연인을 잠시나마 그려보았을 따름이었다.

"……덕분에 공주에게는 늘 빚진 마음이 있었지. 결국 그녀가 18세가 되던 해, 시골 귀족의 아들과 사랑에 빠진 덕에 그 빚을 조금이나마 갚을 수 있었지만……."

카이트는 저도 모르게 혼잣말을 중얼거렸다.

"뭐?"

"아, 아니다."

윤수는 여전히 토라진 목소리였다.

하지만 그래도 그녀의 얼굴이 드디어 제게 향한 게 좋아서 카이트는 입가에 행복한 미소를 지었다.

사실 그때 헬터 공주의 연애를 도와준 건 카이트였다.

신분의 차이 때문에 상대 남자를 반대하던 그녀의 부모님 몰래 공주와 그녀의 애인을 만날 수 있게 해 주었던 것이다. 카이

트 황태자의 초청이라고 둘러대면 공주는 합법적으로 성에서 나
갈 수 있었으니까.

아무튼 중요한 건 이런 것이 아니라―그동안 카이트는 그토
록 힘겹게 윤수를 기다려왔단 거다.

그러니 일주일이란 시간이 만족스러울 리 없었다.

둘이서 붙어 지낸 지 고작 일주일밖에 지나지 않았다고 하는
게 오히려 맞는 소리다. 게다가 빨리 성례식을 치러야 한다는 도
리스의 말도 반은 맞고 반은 틀린 거였다.

어서 부부가 되어야 함은 마땅하지만 문제는 거기까지 걸리
는 시간이었다. 아무리 그 규모를 간소하게 한다 하더라도 신분
이 황제다 보니 식을 축소시키는 것에는 한계가 있었다. 도리스
의 말마따나 3일은 족히 걸릴 것이다.

게다가 문제는 그 행사가 열리는 내내 신부를 만나지 못한다
는 빌어먹을 전통이 있다는 거였다.

아니, 잠깐. 3일? 정말 3일로 끝낼 수 있을까?

카이트의 두 눈에 갑자기 불안감이 엄습했다.

그동안 다른 나라 왕자와 공주의 혼인을 축하하기 위해 늘 어
마어마한 선물을 보내곤 했는데, 국고를 관리하는 페라트는 이
걸 카이트의 결혼식 때 전부 거둬들일 거라며 단단히 벼르고 있
었다. 그러니 주변의 동맹국들은 물론이요, 몇 주씩이나 걸려 도
착할 먼 나라의 귀빈들도 전부 초대될 것이다.

따라서 그 준비만 해도 족히 반년은 걸릴 텐데……

"젠장, 안 돼."

카이트는 거칠게 말을 내뱉으며 윤수를 막무가내로 껴안았다.

영원히 그녀와 이 방에서 나가고 싶지 않은 건 사실이지만, 어서 부부가 되길 바라는 마음도 그에 못지않게 컸다. 그런데 그걸 위해서는 또다시 그 많은 시간을 기다려야 한다니.

이제 기다림은 정말이지 지긋지긋하다.

"대체 또 뭐가 안 된다는 거야?"

그녀가 바르작대며 반항했지만 카이트는 놔주지 않았다.

아, 나는 왜 황제일까.

처음으로 이런 후회가 마음속 깊이 들었다.

한 반나절 내로 빨리 끝낼 수 있는 그런 간단한 결혼식이 있는 나라는 어디 없을까?

그러나 제가 아는 한 주변국은 물론이고, 다른 나라도 그런 식의 결혼을 하는 곳은 없었다.

그렇다면……

순간 카이트의 눈빛이 반짝였다.

그녀가 사는 곳은 어떨까?

카이트는 여전히 바둥대는 윤수를 더욱 강하게 끌어안으며 사랑스러워 견딜 수 없다는 듯 정수리에 턱을 비볐다.

'나는 아직 그녀의 세계에 대해 아무것도 모르고 있으니.'

그저 책 속 악역에 불과했던 예전에는 다른 세계가 있다는 것을 알았어도 올라갈 생각조차 하지 못했지만, 지금은 달랐다. 왜냐하면 이곳에는 일일이 세지도 못할 통로가 수십 개, 아니 수백 개 정도 있기 때문이다. 게다가 그 통로는 그녀뿐만이 아닌 자신을 위한 것이기도 했다.

이런 생각을 하자 카이트의 입술 끝이 더더욱 위로 올라갔다.

이 모든 걸 어디서부터, 아니 무엇부터 말해야 할지 도무지 감이 서질 않았다. 그래서 카이트는 우선, 윤수의 마음부터 풀어주기로 마음먹었다.

"미안하다. 방이 너무 깜깜해서 좀 갑갑했지?"

그렇게 말하며 그는 창문으로 성큼성큼 다가가 손수 커튼을 활짝 젖혔다.

촤악!

시원스레 천이 걷히는 소리와 함께 갑자기 쏟아져 들어오는 빛에 윤수가 두 눈을 손으로 가렸다.

"……."

순간 방에 묘한 침묵이 흘렀다.

자신을 뚫어져라 바라보는 그의 이상야릇한 시선을 눈치챈 윤수가 비명을 지르며 몸을 웅크렸다.

"꺄아악!"

애써 가운을 입은 보람도 없이 앞섶이 죄다 벌어져 그녀의 뽀얀 알몸이 밝은 빛 속에 고스란히 드러나 있었다.

몸의 특정한 부분으로 즉시 힘이 솟구치는 바람에 카이트는 황급히 이를 악물었다. 여기서 또 다짜고짜 욕심대로 안아버리면 그녀는 마음이 풀어지긴커녕 자신을 진짜 짐승으로 몰지도 모를 일이었으니까.

"네게 줄 것이 있다."

애써 욕망을 누른 채 카이트는 방 안에 꾸며진 작은 서재 쪽으로 걸어갔다. 그곳에 놓인 커다란 책상의 서랍을 뒤지는 동안 윤수는 창밖의 풍경에 정신이 팔려 있었다.

"와아…… 정말…… 아름답다."

그녀가 감탄하며 바라보고 있는 것은 유리창 밖으로 펼쳐진 수도의 모습이었다. 가장 높은 지대에 세워진 덕분에 성에서는 색색깔의 크고 작은 지붕들이 빽빽하게 들어차 있는 도시의 진풍경을 감상할 수가 있었다.

윤수의 눈에는 어느새 그렁그렁한 눈물이 차올랐다. 카이트가 정말 이 나라의 황제가 되었다는 사실이 너무나 감개무량했다.

"아직 감격하기엔 일러."

뒤에서부터 긴팔을 둘러 윤수를 껴안은 카이트는 달콤하게 속삭이며 그녀의 손안에 무언가를 살며시 쥐여 주었다. 그것은 언젠가 반드시 그녀에게 돌려주리라 마음먹은, 그의 모든 힘이 담겨 있는 특별한 선물이었다.

"어!?"

제 손안에 들린 두 가지의 물건을 번갈아 바라보던 윤수는 믿을 수 없다는 듯이 탄성을 내질렀다.

그가 준 것은 손에 쏙 들어오는 작은 수첩과 펜이었다.

다만 예전에 들고 다녔던 것보다 훨씬 더 화려하고 예뻤다.

윤수는 수첩의 테두리를 따라 빠짐없이 박혀 있는 색색의 보석들과 펜대 위에 커다랗게 박힌 다이아몬드를 한참 동안 넋 놓고 바라보았다.

그러다 퍼뜩 정신이 돌아와 이렇게 물었다.

"이건 그러니까…… 예전의 그 수첩과 똑같은…… 거야?"

카이트가 또다시 다정한 웃음을 건네며 대답해 주었다.

"글쎄, 어떨까."

그러면서 여전히 그것들을 마냥 쓰다듬고만 있는 그녀의 손에 가만히 펜을 쥐어 주었다.

"그 확실한 진가는 주인인 네가 직접 써 봐야 알게 되겠지."

윤수의 두 눈이 반짝였다.

그녀는 허겁지겁 부드러운 가죽으로 된 앞면을 펼쳤다.

그러자 놀라운 일이 일어났다.

그 즉시 펜 끝이 옅은 보라색으로 빛나기 시작하는 것을 바라보며 윤수가 놀라 소리쳤다.

"와아!"

이건 틀림없이 예전에 가졌던 그 특별한 수첩과 똑같은 힘을 가진 것이 분명했다.

게다가 잉크도 필요 없다니!

"대체 이걸 어떻게 다시 만들어 냈어?!"

연신 쏟아지는 감탄 속에, 들뜬 흥분이 가득했다.

"그냥, 뭐. 주인공이 된 김에 이런 것도 만들어 볼 수 있지 않을까 해서."

대수롭지 않게 말하긴 했지만 사실 카이트도 뿌듯하기 그지없었다.

그래, 바로 이 얼굴이었다. 이렇게 해맑게 웃는 얼굴을 보기 위해, 그 오랜 시간을 공들여 노력한 거였다.

그는 그녀가 잃은 것은 그게 무엇이든지 간에 하나도 빠짐없이 되찾아주고 싶었다. 그러나 마력을 작은 수첩에 담는 것은 쉽지 않은 일이었다. 어떨 때는 본인이 되레 그 힘에 잠식당해 몇 날 며칠을 꼼짝없이 앓아누웠던 적도 많았다. 그럼에도 불구하고 포기하지 않았다. 이미 자신은 그녀에 의해 너무나 많은 선물을 받지 않았던가.

그러니 이 정도쯤은 아무것도 아니었다.

물론 완성하기까지 꼬박 3년이 걸리긴 했지만, 아마 30년이 걸린다 해도 포기하지 못했으리라.

"카이트."

윤수는 감격에 겨워 눈물을 글썽이며 그의 목을 껴안았다. 살짝 떨리는 등을 토닥여주며 카이트는 다시 한 번 미소 지었다. 사실 전해 줄 선물은 이것 외에 매우 많았다.

자신은 이제 더 이상 가진 거라곤 낡은 성 하나뿐이었던 3황자가 아니었으니까.

이 수첩 다음으로 떠올린 것은 커다란 열쇠였다.

사실 이 성에는 카이트가 직접 만들어 놓은 차원 이동 통로가 여러 개 있었는데 열쇠는 그 통로들에 모두 맞도록 되어 있었다. 물론 수첩이니, 열쇠니 하는 것들은 모두 전생의 기억에서부터 고안해 낸 거였다.

그뿐만 아니라 비싸고 진귀한 것들도 많았다. 그녀가 생각날 때마다 하나씩 모으고 사들였던 것들을 보관하고 있는 커다란 방만 해도 몇 개가 넘을 정도다. 그러니 하루에 서너 개씩 건네 줘도 아마 1년은 족히 걸릴지도 모른다.

하지만 지금은…….

"카이트."

카이트는 계속해서 자신의 이름을 중얼거리며 안겨드는 몸을 힘주어 안았다. 한 손으로 자그마한 얼굴을 단단히 잡아 고정시키자 눈가가 촉촉해진 것이 눈에 들어왔다.

그는 더 이상 참지 못하고 그 위로 자신의 입술을 힘주어 눌렀다. 방 안을 하얗게 비추는 오후의 긴 햇살 속에서 뜨거운 입맞춤이 오래도록 이어졌다.

"으응……."

카이트의 손가락이 가느다란 목선을 따라 미끄러지듯 내려갔다. 반대쪽 손은 어느새 날씬한 종아리를 타고 점점 위로 올라왔다. 마치 훨훨 타오르는 불 속에 갇힌 것처럼 뜨거운 무언가가 몸 깊은 곳에서부터 솟구쳤다.

입고 있던 가운이 어깨 아래로 스르륵 떨어지자 윤수가 기겁해서 얼른 몸을 뗐다.

"자, 잠깐."

그녀는 얼굴을 붉히며 자신의 상체를 황급히 팔로 가렸다.

하지만 소용없었다.

카이트의 두 눈은 이미 뽀얀 살결에 탐욕스러울 정도로 고정되어 있는 상태였으니까.

그는 저도 모르게 마른침을 삼켰다.

한번 참아보려 했던 욕망이 오히려 더욱 부추김당했다.

"안 돼."

하지만 그런 애타는 마음을 아는지 모르는지 윤수는 그저 천진난만한 미소를 지은 채 고개를 저었다.

"왜 안 되지?"

카이트는 홧홧하게 오르는 열감을 참지 못하고 제 몸 위를 덮고 있던 천을 거칠게 벗어 던졌다. 그런 그의 눈앞에 그녀는 보석이 반짝거리는 수첩을 흔들어 보였다.

"아하. 이젠 그게 있으니 함부로 까불지 말아라?"

짐짓 상처받은 척했지만 카이트의 눈에도 어느새 장난기가 가득 매달려 있었다.

"까불다니. 황제 폐하에게 감히 어찌 그런 생각을 품겠어. 다만 이걸 빨리 써 보고 싶어서 그래."

숨넘어갈 듯 보채는 윤수를 향해 그가 너털웃음을 터뜨렸다.

"은혜를 원수로 갚는군."

물론 얼른 수첩을 사용해 보고 싶어 하는 그 마음을 모르는 것은 아니지만, 카이트는 이미 다른 의미로 안달이 난 상태였다.

"그러고 보니 대단한 능력이었지. 어떨 때는 이 나를 꼼짝도 못 하게 만들 때가 많았으니까."

그러자 윤수가 의기양양하게 고개를 쳐들었다.

"그래. 그랬었지."

하지만 카이트의 입가에 서린 짓궂은 미소는 떠날 줄을 몰랐다.

그녀는 아직 저에 대해 모르고 있는 게 많았다.

"그러니까 빨리 밖으로 나가서…… 어?"

순간 윤수의 두 눈이 휘둥그렇게 변했다. 양손이 갑자기 옴짝달싹 못 하게 되었기 때문이었다.

한데 모인 두 손목에 마치 밧줄처럼 칭칭 감겨 있는 것은 그의 손끝에서 흘러나온 작은 빛줄기였다.

"세상에……!"

윤수가 놀라 소리쳤다. 마력을 다룰 수 있다는 건 알았지만 이 정도일 줄은 몰랐다.

그의 힘은 대체 어디까지 무궁무진해진 걸까?

"말했잖아. 주인공이라는 건 생각보다 매우 편리한 거라고."

마치 그런 속마음을 읽기라도 한 듯 그가 으슥한 목소리로 낮게 중얼거렸다. 그리고 곧바로 아까부터 눈을 돌릴 수 없었던 말랑한 살결을 덥석 물었다. 뜨거운 혀가 보드라운 피부 위를 간지럽게 지나가자 윤수는 저도 모르게 신음했다.

"하으……!"

조금 전까지는 분명 피곤에 늘어진 몸이었는데 어디서 이런 격정이 솟아오르는 건지 도무지 모를 일이었다.

둔중한 열기가 눈앞에 퍼졌다. 묵직함을 동반한 익숙한 움직임과 뜨거운 호흡이 그녀의 위를 짓눌렀다.

"아, 으……!"

제아무리 참아보려 해도 입에서는 저절로 앓는 소리가 터졌다. 그럴 때면 몸짓은 더욱 격해졌다. 사정없이 치고 들어올 때마다 가느다란 허리가 바르르 경련했다.

"하윽. 아, 아!"

커다란 침대가 삐걱거리는 소리에 맞춰 가느다란 어깨가 마구 흔들렸다.

"카이트. 이제 나 이거 풀어 주면 안 돼……?"

어느새 다 쉬어 버린 목소리로 윤수가 사정했다. 그제야 아차 싶었던지 그가 움직임을 멈추고 고개를 바짝 들었다.

"이런."

카이트는 낭패라는 듯 중얼거렸다. 이마에서 흐른 땀이 흔들리는 고운 살결 위로 한 방울 토옥 떨어졌다.

"미안하다."

그는 윤수의 손을 죄고 있었던 그 빛을 다시 제게로 허겁지겁 거두어들였다. 너무 열중한 나머지 아직까지 그녀가 움직일 수 없는 상태라는 걸 그만 잊고 만 것이다.

"미안."

면목 없어진 카이트는 또 한 차례 사과를 건넸다.

그러자 윤수가 고개를 살래살래 저었다.

"……나도 안아주고 싶어."

그러면서 그녀는 유혹적인 미소와 함께 그의 목에 살그머니 팔을 둘렀다. 동시에 카이트의 입술 위로 쪽, 소리와 함께 짧은 입맞춤이 닿았다 떨어졌다.

"윽."

그의 것을 품고 있는 그녀의 깊숙한 안쪽에 순간 은근한 힘이 전해져왔다. 아찔한 욕망이 또다시 모든 것을 뒤흔들었다.

"후후, 얼굴 좀 봐."

저도 모르게 이상한 표정을 지었는지 윤수가 소리 내어 웃었다. 하지만 카이트는 그래도 좋았다. 그녀를 위해서라면 자신은 그 어떤 우스꽝스러운 모습이 되어도 상관없었고, 또한 뭘 내주든 전혀 아깝지 않았으니까. 그들의 행복한 웃음 위로 또다시 길고 뜨거운 호흡이 덧입혀졌다.

두 사람만의 시간은 한동안 계속되었다. 그 뒤로 해와 달이 몇 번씩 뜨고 졌지만 더 이상 아무도 그것을 신경 쓰지 않았다.

덕분에 도리스가 윤수를 위해 애써 꾸며놓은 방은 한동안 텅 빈 채 하염없이 주인을 기다려야만 했지만.

＊　　　＊　　　＊

"좋아…… 다 됐다!"

페라트는 그렇게 외치며 커다란 두루마리를 둘둘 감아댔다. 이로써 초대된 귀빈들의 일정을 모두 완벽하게 마무리했다.

"이 정도면 폐하도 틀림없이 만족스러워하시겠지."

혼잣말을 중얼거리는 그의 입가에는 자랑스러운 미소가 가득했으나, 대신 눈 위로는 감출 수 없는 피로가 얹어져 있었다.

아닌 게 아니라 정말 지옥 같은 3개월이었다.

저를 쥐 잡듯 잡아댄 카이트 황제 덕분에 말이다.

페라트는 피곤한 눈가를 쓱쓱 문지르며 지난 3개월을 회상했다. 황제의 결혼식을 생략한다는 것이 도저히 있을 수 없는 일이라면 준비 기간을 최대한 단축하라는 명과 함께 카이트가 자신을 얼마나 들들 볶았는지를.

페라트는 잠도 제대로 자지 못한 채 그 명을 받들어야만 했다. 낮에는 재상으로서의 본래 업무에 매진했고, 밤에는 국가 행사에 준하는 성례 준비에 매달렸다. 초대 손님 명단을 정하고 그 손님들이 식 당일에 제대로 도착할 수 있게끔 모든 일정을 조정했다. 그 와중에 신부의 꾸밈에 여념이 없는 도리스의 까다로운 요구에도 빠짐없이 응해 주었다.

아마 다른 사람이라면 절대로 불가능한 일이었을 것이다. 그러니 그 어찌 스스로가 자랑스럽지 아니할 수 있겠는가?

페라트는 자리를 박차고 일어났다.

이제 남은 것은 내일모레 펼쳐질 결혼식이 무사히 끝나는 것 뿐이었다. 아마 큰일은 없을 것이다.

'식 중간에 신부가 또 갑자기 사라지거나 하는 일만 없다 면……'

거기까지 생각하던 페라트는 황급히 고개를 저었다.

괜히 재수 없는 생각을 했다가 당일 날 그런 사태가 정말 벌어 지면 안 되니까.

그래, 별일 없겠지.

그는 스멀스멀 기어 올라오는 불안감을 애써 잠재우려 노력 하며 또다시 고개를 마구 흔들었다.

*   *   *

신성한 성례식 당일.

아침부터 성을 뒤흔든 건 도리스의 목소리였다.

"신부는 대체 어디로 가신 거지?!"

"그게요, 시녀장님. 분명 방금 전까진 여기 계셨는데……."

"뭐야?! 또 갑자기 사라지셨다고?"

"……네에."

하녀들이 겁먹은 눈동자를 깜빡이며 대답했다.

모두가 당혹스럽기 짝이 없었다. 신부가 사라졌다는 것 때문이 아닌, 하필이면 식 당일에 신부에게 또다시 '그런 일'이 발생했다는 사실 때문이었다.

"하아."

도리스는 이마를 감싼 채 한숨을 내쉬었다.

덕분에 마음이 급해진 하녀들이 이리 뛰고 저리 뛰었지만, 그들이 할 수 있는 일은 아무것도 없었다.

그저 다시 돌아오기를 여기 가만히 앉아서 기다릴 수밖에.

"왜 이렇게 소란하지?"

그때 도리스의 등 뒤에서 굵직한 목소리가 들려왔다.

그새를 못 참고 윤수를 만나러 온 카이트가 주위를 두리번거리고 있었다. 붉은색의 전통 예복을 완벽하게 차려입고 있는 그의 모습은 너무나도 근사했다.

하지만 지금 도리스의 눈에 그런 게 들어올 리 없었다.

"폐하! 본식 행사가 있기 전까지 신부와 마주쳐서는 안 된다고 말씀드렸잖아요!"

도리스는 카이트를 마구 나무랐다.

"그런 건 그저 미신 아니던가?"

그의 능글맞은 대답에 안 그래도 심기 불편했던 도리스는 눈썹을 더더욱 뾰족하게 치켜세웠다.

"미신이 아니라 전통이죠! 게다가 차원 이동 장치를 왜 그렇게 많이 만들어 놓으셨어요?!"

그 말에 카이트의 얼굴이 일순 굳었다.

"……설마 그녀가 또 통로로 빨려 들어가 버렸나?"

"그래요, 바로 그 설마랍니다. 아아. 하필이면 이런 중요한 날에……!"

도리스는 계속해서 한숨을 푹푹 내쉬었다. 그러고는 또다시 언성을 높여 이렇게 소리쳤다.

"아니, 여기저기에 수도 없이 통로를 만들어 놓으신 것까진 좋다 이거예요. 예전에 그걸 찾느라 엄청 고생했던 기억은 제게도 생생하게 남아 있으니까요. 하지만 그리 많이 만들어 놓으셨으면 최소한 그게 어디에 있는지는 전부 기억하고 계셨어야죠!"

그녀의 책망에 카이트는 아무 말 하지 못하고 그저 이마를 긁적였다.

내가 못 살아!

그런 그의 모습에 도리스는 애꿎은 가슴을 팡팡 두드렸다. 그리고 이렇게 외쳤다.

"이번엔 제발 깨끗한 채로 돌아오셔야 할 텐데!"

아닌 게 아니라, 지금 윤수가 입고 있는 것은 신부용 드레스이니 그게 더럽혀지면 큰일이었다. 하지만 도리스의 뇌리에는 이미, 얼마 전 썩은 음식물 냄새를 가득 묻힌 채로 돌아온 그녀의 모습에 대한 기억만이 가득했다.

*　　*　　*

주르륵, 첨벙!

요란한 소리와 함께 이른 아침에 때 아닌 물보라가 커다랗게 일었다.

"꾸에에엑!"

그 소동에 주위를 한가롭게 거닐던 오리 몇 마리가 기겁해서 급히 도망쳤다.

"앗! 차가워!"

윤수는 저도 모르게 손발을 허우적거리며 비명을 질렀다. 이루 말할 수 없는 한기가 온몸을 가득 적셨다.

동시에 심상찮은 물비린내가 코를 확 찔렀다.

"여, 여긴 또 어디야?!"

드러낸 그녀의 어깨가 덜덜 떨려 왔다. 아침 공기는 너무나 차가웠고, 밤새 내내 떨어진 기온 탓에 물은 마치 얼음장 같았다. 머리카락에서 뚝뚝 흘러내리는 물방울을 짜내며 윤수는 불안한 눈으로 주위를 두리번거렸다.

자신이 빠진 이 커다란 호수, 그리고 그 너머로 보이는 높은 빌딩들. 익숙한 듯 익숙하지 않은 풍경이 눈에 들어왔다.

'대체 여기가 어디더라……'

하지만 그렇게 고민한 것도 잠시. 윤수의 얼굴색이 점점 창백하게 변해 갔다.

"맙소사, 여, 여긴 우리 학교잖아!"

저 멀리 우뚝 서 있는 통유리창 건물과 그 앞의 아치형 다리를 보니 더더욱 확실했다.

졸업한 지 이미 시간이 어느 정도 흘렀기에 미처 한눈에 알아보지 못했을 뿐 여긴 그녀가 다니던 대학이 틀림없었다.

"으아아!"

윤수는 또 한 차례 비명을 질렀다.

캠퍼스 안에 조성되어 있는 호수는 그 물에 한 번 빠지면 평생 낫지 않는 피부병에 걸린다는 루머가 있다는 걸 기억해 냈기 때문이었다. 물론 근거 없는 헛소리겠지만 당시 학생들은 작기로 유명한 모 대학 캠퍼스가 이 호수 안에 몽땅 들어간다는 우스갯소리보다, 그 소문을 더욱 열렬히 믿었다. 온통 진흙투성이가 되어 버린 손발을 열심히 움직여 윤수는 얼른 물 밖으로 기어 나왔다.

다행히 여기서부터 집은 그리 멀지 않았다.

게다가 꼭 집에 가지 않아도, 근처에 있는 대형 쇼핑몰 뒤에 또 다른 통로가 하나 존재한다는 걸 그녀는 이미 알고 있었다. 왜냐하면 바로 얼마 전 또다시 강제 소환당해 그 앞으로 떨어졌던 기억이 있으니까. 그때는 쇼핑몰 식당가에서 쓰는 것이 분명한 대형 음식물 쓰레기 통 사이에서 기어 나와야만 했다.

하지만 지금의 상황과 비교해 봤을 때 무엇이 더 나은지는 그녀 자신도 알 수가 없었다.

……그래, 어쩌면 일전에 소환되었을 때가 더 나았을지도 모른다. 왜냐하면 그때와는 달리, 지금 본인은 엄청나게 화려한 드레스 차림이었으니까. 그것도 쫄딱 젖어버려서는.

아니, 아니다.

그런 것은 사실 아무렇지도 않았다.

진짜 문제는 바로……

어느새 주위에 몰려든 사람들의 시선을 눈치챈 윤수는 두 눈을 꾹 감은 채 울상을 지었다.

"헐, 대박."

"저 사람 미쳤나 봐."

이제 막 1교시가 시작하려는 시간. 평일의 캠퍼스에는 강의동 사이를 바삐 오가는 학생들이 가득했다.

"대박, 대애박! 저 여자 드레스 입은 것 좀 봐."

"근데 할로윈은 벌써 지나지 않았어?"

"그렇게 단속해도 매년 저기에 빠지는 사람이 한 명 이상씩은 꼭 나온다더니 그걸 내 눈으로 보게 될 줄이야."

그들은 수업도 잊은 채 여기저기서 수군대며 드레스 차림으로 호수에 빠진 윤수를 호기심 어린, 혹은 경악이 서린 눈초리로 구경하기 바빴다. 그 후 얼마 지나지 않아 저 멀리서 요란한 호루라기 소리가 귓전을 때렸다.

"이봐요! 어이, 학생!"

커다란 모포를 안고 헐레벌떡 뛰어온 것은 교내에서 근무를 서고 있던 경비원이었다.

"제정신이요?! 이 날씨에 호수에는 왜 뛰어들어! 아, 얼른 나와요!"

그는 온통 진흙투성이에 물이 뚝뚝 떨어지는 윤수의 어깨 위로 모포를 덮어주며 연신 혀를 찼다.

"여기 들어가면 안 된다고 저기 푯말 세운 거 못 봤습니까?! 아이고, 대체 이 아침까지 술을 얼마나 먹었으면……!"

남자는 윤수가 취했다고 단정 짓고 있었다. 하긴, 이 추운 날씨에 맨정신으로 이 연못에 뛰어들 사람은 없을 테니까.

학생들의 키득거리는 웃음소리는 커져만 갔다. 윤수는 점점 더 고개를 들 수가 없었다.

만약 동영상이라도 찍혔으면 어떡하지? 그래서 포털 사이트에 'XX대 만취녀' 이런 제목으로 돌아다니게 되면?!

그런 걱정을 하면서도 윤수는 이를 부드득 갈았다.

'돌아가면 두고 보자, 죽여 버릴 거야, 카이트……!'

어느새 입김이 나오는 계절이 되어 버린 그녀의 세계와는 달리, 페어라센의 날씨는 마냥 화창했다. 청명한 하늘에서 내려 쬐는 햇살은 따듯한 걸 넘어서서 머리끝이 따가울 정도로 더웠다.

야외에 차려진 테이블에 앉아 우아하게 신랑 신부를 기다리던 손님들의 얼굴도 점점 벌겋게 익어갔다.

차갑게 식힌 음료수와 샴페인 등이 끝도 없이 내어졌다.

"어떡하죠?! 아이참, 어떡해!"

도리스는 미간에 주름을 잔뜩 잡은 채로 연신 발을 동동 굴렀다. 식이 미뤄진 지 벌써 반나절이나 흘렀는데 신부가 여전히 행방불명된 상태라니.

이대로라면 어쩌면 식 자체를 취소해야 할지도 모른다.

카이트도 윤수가 걱정이 되었는지 그저 팔짱을 낀 채 묵묵히 창밖을 바라보고만 있었다. 그런 그의 뒤에서 페라트가 고개를 절레절레 흔들며 한숨을 내쉬었다.

그러다 퍼뜩 생각이 나 품 안에서 돌돌 말린 두루마리를 꺼내며 일렬로 서 있는 하녀들을 향해 이렇게 물었다.

"그러니까 이번에는 그분께서 성의 동쪽 화원이 보이는 방에서 차원 이동을 하셨다, 이겁니까?"

그러자 하녀 한 명이 고개를 끄덕였다.

"네, 페라트 공작님. 제가 드레스의 뒤쪽을 보여드리려고 벽에 세워진 큰 거울 앞으로 모신 찰나, 갑자기 온몸이 빛나면서 벽을 통해 사라지셨어요."

"그렇군요. 그 방의 벽도 통로였나 봅니다."

페라트는 그 말을 들으며 펜에 검은색 잉크를 찍어 두루마리의 어느 한 지점에 'X' 자를 그었다.

그가 들고 있는 것은 이 성의 지도였다. 그 위에는 이미 무수히 많은 X자 표시가 나 있었는데, 빨간색은 카이트 황제가 기억하는 곳이고, 검은색은 기억하지 못하는 곳이었다.

그리고 그 둘의 비율은 놀랍게도 서로 비슷했다.

"이건 누가 뭐라 해도 황제님 탓입니다."

페라트가 자신을 그렇게 책망하자 안 그래도 어두운 카이트의 안색이 점점 더 흙빛으로 변했다. 사실 그는 윤수가 원할 때는 언제든 원래의 세계에 갈 수 있기를 바랐을 뿐이었다. 물론 페어라센에서의 삶도 소중하지만, 그곳에는 뭐니 뭐니 해도 평생을 함께해 온 윤수의 가족과 친구들이 있으니까. 게다가 카이트의 뇌리 속에 아직도 아프게 박혀 있는 것은 바인 황자 앞에서 절망스러운 눈물을 흘리던 그녀의 얼굴이었다.

비통함과 좌절감에 휩싸여 몸부림치던 기억.

그때만 생각하면 아직도 피가 거꾸로 솟을 정도다.

그러므로 그는 윤수에게 두 번 다시는 그런 괴로운 경험을 겪게 하고 싶지 않았다.

……하지만 욕심이 너무 과했나?

흰 장갑을 낀 손으로 카이트는 자신의 턱을 한 번 쓰윽 문질렀다.

사실 그는 어두컴컴한 바인의 지하 카브 안에서 길을 잃고 헤매는 꿈을 꿀 때가 종종 있었다. 지금은 많이 줄었지만 예전에는 거의 하루걸러 한 번씩 그런 지독한 악몽을 꾸곤 했다.

그럴 때면 비몽사몽간에 몸을 일으켜 성 구석구석을 정처 없이 휘젓고 다니며 여기저기 통로를 만들고, 또 만들었다. 그녀가 혹시 이곳을 통해 돌아와 주진 않을까 하는 간절한 마음도 담아서. 그러다 몸이 지친 나머지 그대로 그 자리에 누워 잠든 것을 하인들이 발견해 낸 적도 많았다. 따라서 카이트가 기억하지 못하는 대부분의 통로는 모두 그런 시기에 만들어진 거였다.

게다가 윤수가 시도 때도 없이 통로로 빨려 들어가는 건 그녀의 힘이 점점 돌아오고 있는 탓도 컸다. 열쇠를 몸에 지니지 않고도 통로 앞에서 빛을 뿜어냈다는 건 분명 그런 의미이리라.

"흐윽, 바서 님. 빨리 좀 오세요, 제발……."

그러는 동안, 도리스의 조바심이 극에 달하고 말했다. 그녀는 이제 거의 울음을 터뜨리기 일보 직전이었다. 카이트는 그런 도리스를 위로해 줄 요량으로 다정스레 말을 건넸다.

"걱정하지 마라. 곧 다시 올 테니까."

"하지만 폐하, 대체 언제까지 이렇게 지내야 하는 건가요?! 있을 만하면 사라지고, 저기 계시네 하면 그새 또 빨려가 버리고! 게다가 열쇠를 몸에 지니시지 않았는데도 이러시니……"

단단히 성이 났는지 불만을 토해 내는 도리스의 입술은 제자리를 찾을 기미가 보이질 않았다.

그는 뒷목을 긁적이며 변명을 우물거렸다.

"아니, 지금은 그렇지만 나중에 그녀의 힘이 조금 더 안정되고 나면 분명 스스로 그런 현상을 제어할 수 있을 것…… 윽!"

동시에 푹신하고 두꺼운 무언가가 갑자기 그의 등을 강타했다.

놀란 카이트는 말을 하다 말고 얼른 뒤를 돌아보았다.

저를 쏘아보고 있는 매서운 눈빛. 그녀의 차림새를 바라보던 카이트는 몹시 미안한 얼굴로 관자놀이를 긁적였다.

"오, 오셨다!"

반색하며 뛰쳐나가려던 도리스 역시도 어찌 된 셈인지 그 자리에서 돌이 된 것처럼 굳고 말았다.

"아, 안 돼! 바서 님! 옷이 그게 뭐예요!"

방 안에 도리스의 비명이 울려 퍼졌다.

"카이트! 너, 진짜!"

씩씩대던 윤수는 또다시 쿠션을 집어 들고 카이트를 마구 때리기 시작했다.

"윽! 자, 잠깐!"

"내가 가만 안 둘 거야!"

그러나 그녀의 분노는 사그라들 줄을 몰랐다.

퍽, 퍽! 소리와 함께 먼지가 마구 날았다.

"아아, 안 돼! 이건 3년에 걸쳐 딱 한 벌 생산하는 장인의 드레스인데! 게다가 화장은 다 번지고, 애써 올린 머리도 전부 엉망이 되어 버렸네. 흐윽, 난 몰라……!"

도리스는 계속해서 발을 동동 구르며 파랗게 질린 입술로 소리쳤다.

이 난리 통에 주위 사람들이 당황해 어쩔 줄을 몰랐다.

특히 평소 예의범절에 누구보다도 엄격한 노령의 귀족들은 그 얼굴이 본인들 수염만큼이나 하얗게 질려 있었다.

황제 폐하를 저, 저렇게 함부로 때리시다니!

하지만 윤수 역시도 곧 황후가 되실 몸이었다.

게다가 결혼식 날 아침 신부가 저런 봉변을 당했으니 폐하는 맞아도 싼…… 걸까? 그런 걸까?

"너 진짜 내가 얼마나 창피를 당했는지 알아?!"

"미, 미안하다…… 윽!"

속수무책으로 맞고 있는 카이트 뒤에서, 페라트가 조용히 입을 열었다. 이 상황에서 해결사는 오로지 본인밖에는 없다는 믿음이 그의 얼굴에 만연했다.

"안 되겠습니다. 식을 미룹시다."

그 소리에 카이트를 때리던 윤수의 손과 방어에 전념하던 카이트의 팔, 그리고 마구 바닥을 구르던 도리스의 발이 모두 약속이나 한 것처럼 멈췄다.

"전 찬성이에요! 신부를 이렇게 다 젖은 꼴로 내보일 수는 없으니까요!"

도리스가 즉시 고개를 끄덕이며 외쳤다.

페라트는 이번에는 윤수에게 물었다.

"바서 님 생각은 어떠십니까?"

"저도 괜찮아요. 무엇보다 일단 목욕부터 좀 해야겠어요."

"그러시답니다. 폐하."

페라트는 마지막으로 카이트를 향해 천천히 몸을 돌렸다.

하지만 그의 얼굴은 마냥 심각했다.

그토록 기다렸던 결혼인데, 이걸 또 미룬다고?

"아니, 그건 안 된다!"

카이트는 혼자서 꿋꿋하게 반대를 외쳤다. 마치 세상을 다 잃은 듯 절망적인 표정으로.

"지금 상황이 이런데 식을 거행하는 건 도저히 무리입니다."

"하지만 초대된 손님들이⋯⋯."

"제가 알아서 설명하겠습니다. 그 누구도 화내시는 분 없도록 잘 마무리 지을 테니 걱정하지 마십시오."

끄응. 카이트의 미간이 점점 더 구겨졌다.

윤수는 여전히 화가 난 표정으로 자신을 노려보고 있었다. 그런데 그런 얼굴마저도 너무 예뻐 미치겠으니 오늘 식을 올리지 못하면 자신은 어쩌면 죽을지도 모른다.

그렇게 생각한 카이트는 갑자기 몸을 휙 돌렸다. 그러고는 그누구도 말릴 틈 없이 밖으로 성큼성큼 걸어 나갔다.

"폐하! 어딜 가십니까?!"

모두가 애타게 그를 불렀지만 카이트는 조금도 뒤돌아보지 않았다. 손님들이 앉아 있는 정원으로 나간 그는 허리춤에서 재빠르게 검을 빼냈다. 난데없는 신랑의 등장과 어딘가 이상한 그의 행동에 모두의 눈이 커다랗게 뜨여진 찰나.

은빛 장검이 허공을 갈랐다.

콰앙!

동시에 커다란 굉음과 함께 가운데에서 우아하게 물을 내뿜고 있던 분수가 양옆으로 찌억 갈라졌다.

"꺄아악!"

누군과의 비명과 함께 커다란 물줄기가 사방으로 시원스레 솟구쳤다.

"으, 으악, 차가워!"

마치 폭우라도 만난 것처럼 모두 순식간에 젖어 들었다.

귀빈들의 시중을 들고 있던 시종들은 물론이고, 부인들의 아름다운 드레스 자락이 엉망이 되었다.

가장 크게 젖은 것은 물론, 카이트 본인이었고 말이다.

"폐, 폐하! 갑자기 이게 무슨!"

"으앗, 어서 닦을 천을 가져와라!"

갑자기 닥친 봉변에 모두 이리 뛰고 저리 뛰느라 정신이 없었다. 그 와중에 카이트는 방 안에서 아연실색한 표정으로 절 바라보고 있는 나머지 사람들을 향해 쩌렁쩌렁한 목소리로 이렇게 외쳤다.

"어서 속히 식을 거행하라!"

그야말로 서릿발 같은 음성이었다.

그러니 그런 황제의 명령에 불복할 자 감히 누가 있으랴.

덕분에 식은 그대로 거행되었다.

신부도, 신랑도, 그리고 나머지 하객들도 온통 물이 뚝뚝 떨어져 내리는 이상한 차림새를 하고 있었지만, 그런대로 아름다운 결혼식이었다.

몰래몰래 성의 복도를 가로지르는 발걸음은 마치 도망가는 고양이처럼 아무런 소리가 나질 않았다. 시중을 들 시녀들은 이미 몰래 밖에 나가서 대기 중인지라, 지금 그녀는 혼자였다. 쭉 뻗은 날씬한 허벅지 위로 레이스 달린 분홍빛 치마가 마치 꽃잎처럼 아슬아슬 흔들렸다.

이처럼 높은 하이힐을 신고도 아무 소음 없이 사뿐사뿐 걸을 수 있는 것은 어렸을 때부터 숙녀의 예절에 대한 교육을 철저히 받은 덕분이었다. 물론 지금 이 순간 그 덕을 볼 줄은 자신도 몰랐던 일이지만.

하지만 그것도 잠시.

"공주!"

뒤에서 들려오는 노기 서린 음성에 두 발이 그 자리에서 딱 멈췄다.

"잠깐 거기 멈추시오!"

'아니야, 아닐 거야.'

그녀는 세차게 고개를 흔들며 자신의 귀를 부정했다.

그러고는 여전히 뒤를 돌아보지 않은 채 또다시 발걸음을 옮기던 찰나.

"슈타티스트! 내가 멈춰 서라 했습니다!"

이번에는 좀 더 커다란 호통이 쏟아졌다.

예쁜 호박색 두 눈동자 속 가득히 원망과 좌절이 차올랐다.

앞으로 약 오십 보 정도만 더 가면 성 밖으로 빠져나가는 문 앞에 당도할 수 있었건만. 아아, 원통하다!

하지만 들킨 이상 어쩔 수 없었다. 그녀는 포기를 뜻하는 처연한 몸짓으로 천천히 뒤를 향해 돌았다.

그곳에는 나이치고는 꽤나 듬직한 풍채가 돋보이는 한 중년의 여인이 서 있었다. 흰 머리가 드문드문 섞여 있는 옅은 금발, 어떤 일에도—물론 꾸중을 내릴 때는 제외하고—쉽사리 동요하지 않는 회갈색 눈동자, 그리고 늘 아래를 향해 내려뜨려져 있는 입꼬리는 여인의 인상을 더욱 엄격하게 보이도록 만들었다. 보기만 해도 어마어마한 위엄이 느껴지는 이 여인이 바로 오로지 여성만이 왕위를 승계 받을 수 있는 것으로 유명한 미틀러렌 왕국의 18대 통치자이자 공주의 어머니인 프란카 여제였다.

그런 어머니가 어깨에 두르고 있는 보랏빛 망토가 오늘따라 어쩐지 더욱 갑갑해 보였다.

"어마마마."

그녀는 속으로 한숨을 내쉬면서도 황급히 무릎을 굽혀 여왕에게 인사를 건넸다. 그러자 안 그래도 짧은 치마가 더욱 들려 올라가 허벅지 안쪽이 훤히 드러났다.

그걸 바라보는 여왕의 눈초리가 점점 못마땅하게 휘어졌다.

"슈타티스트."

그녀는 딱딱한 목소리로 딸의 이름을 불렀다. 어렸을 때부터 늘 천방지축에 사고뭉치라, 본인의 팔자주름을 더욱 깊어지게 한 그 장본인의 이름을 말이다.

"네, 어마마마."

"지금 옷차림새가 그게 뭡니까?!"

"네……? 제 옷 말씀이십니까?"

"그래요! 보아하니 어디 외출을 하려는 모양인데, 설마 그 망측한 드레스를 입고 성 밖을 나서려는 건 아니겠지요?!"

그러면서 프란카 여왕은 손에 들고 있는 커다란 상아빛 지팡이로 대리석 바닥을 쿠웅! 내리쳤다. 지팡이의 손잡이를 장식한 보석들이 딸랑거리며 흔들렸다. 그걸 가만히 바라보고 있던 공주의 눈초리가 점점 더 시무룩하게 꺼졌다.

"지금 도대체 어딜 가는 길입니까?"

"그게…… 오늘은 알폰소 대백작가에서 연회가 열리는지라

저 역시 참석을……."

"맙소사!"

하지만 여왕은 슈타티스트의 말이 끝나기도 전에 이마를 감싸며 말도 안 된다는 듯 신음했다.

"그렇다면 내가 알고 있는 그 연회가 맞겠군요. 각국의 대사들과 미틀러렌의 중추 역할을 맡고 있는 가문의 대표들이 빠짐없이 참석하는."

"네…… 그렇습니다. 폐하."

슈타티스트 공주의 목소리는 점점 더 기어들어가기 시작했다.

"그처럼 중요한 자리를 이런 헐벗은 차림으로 참석하겠다고요?"

프란카 여제는 다시 한 번 혀를 쯧, 차며 훤히 드러난 딸의 두 다리를 못마땅한 눈으로 바라보았다.

"내 생애 이토록 야한 드레스는 처음 봅니다. 허벅지 아래가 죄다 노출되고 있지 않습니까! 너무나 망측하여 감히 잠옷으로도 입을 수 없을 정도인데, 왕실의 일원인 공주가 어찌하여……."

"하지만 어마마마."

여왕의 훈계가 시작되려 하자, 슈타티스트가 황급히 그 말을 잘랐다. 한번 발동이 걸리면, 보통 30분은 거뜬히 이어지는 잔소리였기 때문이었다.

"사실 이건 요즘 페어라센에서 유행하는 차림입니다."

"페어라센에서요?"

"네에. 카이트 황제께서 이번에 새 황후를 맞이하시지 않으셨습니까? 그래서 그분의 일거수일투족이 요즘 매우 화제가 되고 있사옵니다. 특히 이런 치마는 황후폐하의 고향에서 평범하게 입을 수 있는 모양입니다. 물론 조금 짧긴 하지만 입어보니 무척이나 가볍고 또 편하여, 지금 우리나라 여성들에게도 선풍적인 인기를⋯⋯."

"그 입 다무시오!"

하지만 공주의 변명은 여왕의 화를 더욱 돋운 듯했다.

그녀는 또다시 지팡이를 들어 바닥을 매섭게 내리쳤다.

쿵! 소리와 함께 슈타티스트의 어깨가 절로 위축이 되었다.

"페어라센은 페어라센이고, 여기는 미틀러렌입니다! 그리고 공주는 이 미틀러렌 왕실을 대표하는, 매우 중요한 위치에 있는 인물이고요. 그걸 잊지는 않았겠죠?!"

"네에⋯⋯."

슈타티스트의 얼굴은 어느새 울상이 되었다.

하지만 그녀의 어머니는 인정사정없이 꾸지람을 계속했다.

"한 나라를 대표하는 사람이 그런 짧은 치마를 입고 두 다리를 훤히 내놓는 것은 있을 수 없는 일입니다! 차기 지도자로서의 자각이 아직도 그리 없나요? 게다가 이제 공주는 어린아이가 아닙니다. 곧 좋은 혼처를 찾아 시집도 가야 할 터인데 그런 정신없는 몸가짐으로 어찌 좋은 아내, 좋은 엄마가 되겠습니까?!"

휴우.

역시나 오늘의 꾸지람도 일정한 흐름대로 흘러갔다.

왕실의 유일한 후계자로서의 좀 더 책임감을 지니는 것, 그리고 좋은 아내와 엄마가 되는 것.

어머니는 과연 내가 좋은 여왕이 되길 바라시는 걸까, 아니면 정숙한 아내이자 엄마가 되길 바라시는 걸까?

"잘못했습니다, 폐하."

그러나 결국 슈타티스트는 고개를 숙인 채 이러한 말을 웅얼거릴 수밖에 없었다. 그렇지 않으면 어머니의 진노가 점점 더 크게 타올라 그 후에는 머리를 싸매고 자리에 누워 버리실 것이 눈에 선했기 때문이었다. 그렇게 되면 모든 사람들이 자신을 두고 또 얼마나 수군댈지도 뻔했다.

이제는 그녀도 어렸을 때부터 꼬리표처럼 따라다녔던 별명들을 버리고 싶었다. 왕실의 문제아, 혹은 미틀러렌에서 제일가는 골칫덩이라는 그 별명 말이다.

"내 공주의 자유분방한 성격은 잘 알고 있습니다. 그래서 오히려 더 엄격하게 다루고자 함이니, 너무 서운하게 생각하진 말아 주세요. 이해할 수 있습니까?"

공주의 사과에 한결 마음이 누그러진 프란카 여왕은 우울한 딸의 얼굴을 바라보며 부드러운 목소리로 타일렀다.

"네. 어마마마."

"그리고 말이 나왔으니 말인데 공주도 벌써 스물두 살입니다. 결코 적지 않은 나이이지요. 그러니 이 어미가 약속하지요. 공주

마음에도 쏙 차는 그런 좋은 혼처를 곧 찾아보겠습니다. 얼른 결혼을 해서, 본인의 가정을 이루어야 해요. 가정의 소중함을 아는 자가 좋은 여왕이 될 수 있는 법입니다."

"······네."

이번에는 살짝 늦게 대답이 나왔다. 그게 마음에 걸렸지만, 프란카 여왕은 이쯤하기로 했다.

워낙 천방지축인 딸을 키우다 보니 본인도 조금 물러서야 할 때가 있음을 그간 세월 속에서 배운 덕분이었다.

"좋습니다."

그녀는 정다운 손길로 딸의 얼굴을 천천히 쓰다듬어 주었다.

공주의 피부는 도자기처럼 희었으며 두 뺨은 마치 장밋빛으로 물든 것처럼 화사했다. 어디 그뿐인가? 샛별처럼 반짝이는 눈동자와 과한 화장도 하지 않았는데 붉은 꽃처럼 탐스러운 입술은 얼마나 아름다운가?

여왕의 마음속에는 어느새 흐뭇함이 차올랐다.

물론 제 배 아파 낳은 딸이지만 공주는 객관적으로도 너무나 어여뻤다.

그러니 어떻게든 좋은 남자와 짝을 맺어줄 생각이었다.

물론 공주의 성격이 조금 지나치게 활달하긴 하지만, 분명 그 모든 걸 너그럽게 포용해 줄 남자가 있을 것이다.

'침착하고, 사리분별력이 강하고, 그러면서도 기본적으로는 선한 남자여야만 해. 이해심이 깊고, 참을성이 많으면 더더욱 좋

으련만.'

여왕은 계속해서 머릿속으로 생각을 이어 나갔다.

'공주가 혼처를 구한다는 소문이 퍼지면, 세상에서 가장 도량이 넓은 척하는 남자들이 줄을 서겠지. 비록 이 나라에서 제일가는 말괄량이라 해도 언젠가는 미틀러렌의 차기 여왕이 될 신분이니 그걸 탐내는 자들이 많을 거야. 하지만 그런 녀석에게는 절대로 내 소중한 딸을 넘길 수는 없지.'

암, 그럴 수는 없고말고.

여왕은 확고한 의지를 담아 입술을 꾸욱 물었다.

물론 이런 바람이 딸 가진 엄마로서의 욕심일 수도 있지만, 어차피 부모 마음은 다 똑같은 것 아닌가.

그녀는 추욱 처진 딸의 어깨를 토닥여 주었다.

"그럼 드레스는 얼른 갈아입도록 하세요."

하지만 마지막까지 이런 당부를 하는 것을 잊지 않았다.

"네, 폐하."

슈타티스트는 또다시 몰래 한숨을 내쉬었다.

그제야 어머니는 만족한 듯 몸을 돌렸다.

우아하게 발걸음을 옮기는 여왕의 뒤를 고급 실크 망토가 천천히 따랐다. 그곳에 수놓아진 화려한 금빛 꽃문양이 공주의 가라앉은 눈동자 안에 가득 담겼다. 미틀러렌 왕실을 형상화한 성스러운 무늬. 하지만 지금은 그저 가슴 속을 턱 막히게 하는 답답함의 상징일 뿐이었다.

슈타티스트는 한동안 그 자리에 서서 우울한 한숨을 쉴 새 없이 쏟아 내었다.

*   *   *

쿵, 쿵.

요란한 발걸음 소리가 복도에 울려 퍼졌다.

'어머니는 정말이지 너무 앞뒤 꽉 막힌 분이야!'

결국 옷을 갈아입으러 가는 공주의 모습은 조신한 요조숙녀와는 거리가 멀었다. 하지만 지금은 아무도 그녀를 말릴 수 없었다. 아닌 게 아니라 지금 공주가 입고 있는 짧은 드레스는 페어라센뿐만 아니라 미틀러렌 내에서도 최신 유행을 달리는 거였다. 아마도 어머니가 바라는 대로 길고 치렁치렁한 드레스로 바꿔 입는다면, 오늘 연회에서 그녀는 가장 고루한 옷차림을 한 유일한 여자가 될 것이다. 미틀러렌의 내로라하는 귀부인들도 모두 공주보다 짧으면 짧았지, 더 이상 긴 치맛자락을 두르지 않았다.

단지 어머니인 프란카 여왕만 그것을 모를 뿐이었다.

"시종들이 다들 어디로 갔지?"

전담시녀들은 모두 밖에서 대기 중이니 다른 시종을 불러야 했다.

공주는 잠시 발걸음을 멈추고 주위를 두리번거렸다.

그러다 자신의 방에 상주하고 있는 시녀의 도움을 받기로 결정하고는 다시금 발을 옮기려던 그때였다.

제3 응접실 옆쪽에 붙어 있는 작은 방에서 까르르 하는 웃음과 함께 도란도란 말소리가 흘러나왔다.

"빨리 말해 봐, 안나. 너 그 뒤에 안톤이랑 어떻게 됐어?!"

"어떻게 되긴 뭘. 그대로 나무에 기대서 키스를…… 했지!"

"와! 안톤 그렇게 안 봤는데 엄청 박력 있네!"

"그런데 말이야……."

그곳에 옹기종기 모여 있는 것은 성의 허드렛일을 도맡아 하는 미혼의 젊은 하녀들이었다. 그녀들은 밖에 누가 서 있는지도 모르고 계속해서 은밀한 이야기를 이어 나갔다.

"안톤의 손이 갑자기 목 아래로 내려 오는 거야."

"헉!"

"그, 그래서?"

여기저기서 꿀꺽, 하며 침 넘어 가는 소리가 들려왔다.

"뜨거운 숨결을 몇 번 참아 넘긴다 싶더니 그대로 내 가슴을……."

"꺄아악! 웬일이야!"

"아니, 첫 데이트에 키스까진 그렇다 쳐도 가슴을 만지다니, 그건 너무 나간 거 아니야?!"

사방에서 방정맞은 소리가 튀어나왔다.

꿀꺽.

동시에 슈타티스트도 마른침을 삼켰다.

공주가 엿듣고 있다는 것은 꿈에도 모른 채 안나라는 이름의 하녀는 계속해서 본인의 생생한 경험담을 풀기 바빴다.

"근데 나도 거부하려고 했는데……."

"했는데?!"

"내 입안을 마구 헤집는 난폭한 키스였지만, 다른 한편으로는 그게 얼마나 기분이 좋았는지, 다리에 힘이 빠져서 그만……."

거기까지 말하고 안나는 새빨개진 얼굴을 가린 채 후후, 웃었다.

"그래서 그게 끝이야?! 응? 아니지?"

"아, 숨 넘어 가겠네! 빨리 좀 말해 봐, 안나."

슈타티스트는 저도 모르게 그녀들과 한마음이 되어 주먹을 꽉 쥔 채로 마구 고개를 끄덕였다. 그러자 그 마음에 부응하기라도 하려는 듯 안나의 목소리가 더욱더 야릇하게 변했다.

"그가 앞쪽의 리본을 풀면서 이렇게 말했어. 네 가슴이 어떻게 생겼을지, 늘 상상하고 또 상상했어, 라고……."

"어머, 어머머!"

그런데 이번에 들려온 괴성은 어딘가 조금 이상했다.

……뭐지? 설마 문밖에 누가 있어?

하녀들은 시선을 교환하며 저마다 귀를 쫑긋 세웠다.

"그래서 안나? 그 뒤에는 어떻게 되었지?"

그 순간 모두에게 너무나 익숙한 목소리가 들려왔다.

문을 활짝 열어젖히며 난데없이 등장한 사람은 슈타티스트였다.

"헉! 고, 공주님!"

덕분에 하녀들은 모두 아연실색하고 말았다.

"죄송합니다!"

"이런 사담에 정신이 팔려 공주님이 오신 것도 눈치채지 못하다니, 죽을죄를 지었습니다!"

당황한 그녀들은 일제히 허리를 굽힌 채로 고개도 들지 못했다.

"아니, 그래서 그 뒤에 어떻게 되었느냔 말이야. 응?"

그러나 공주는 그저 뒷이야기가 듣고 싶어 애가 탈 뿐이었다. 하지만 그런 슈타티스트의 마음을 일절 알지 못하는 하녀들은 약속처럼 모두 입을 다물었다.

"얼른 이, 일하러 가야지!"

"공주님, 무언가 필요한 게 있으신지요?"

급기야는 다들 이렇게 말하며 허둥지둥 도망치듯 삽시간에 흩어지는 것이 아닌가.

결국 공주에게 남은 건 타는 듯한 목마름뿐이었다.

그야말로 실망, 또 실망이 아닐 수 없었다. 슈타티스트는 쩝, 하고 아쉬운 입맛을 다셨다.

"하아."

발목까지 내려오는 치렁치렁한 드레스를 입고 마지못해 연회에 참석하고 돌아온 길. 오전부터 어머니에게 꾸중을 들어서 그런지 몰라도 오늘은 유난히 피로가 몰려왔다.

하지만 슈타티스트의 정신은 또랑또랑하니 깨어 있었다.

특히 아까 듣다 만 이야기의 뒤가 궁금해 견딜 수가 없었다. 사실 아까 연회에서도 머릿속에는 온통 그 생각뿐이었다.

"그가 앞쪽의 리본을 풀면서 이렇게 말했어. 네 가슴이 어떻게 생겼을지, 늘 상상하고 또 상상했어……."

"꺄아."

안나라는 하녀가 풀어 놓은 뜨거운 경험담을 또 한 차례 떠올린 슈타티스트는 하얀 쿠션을 안고 넓은 침대 위를 거침없이 굴렀다. 생각만 해도 얼굴이 홧홧하게 달아올랐다. 한 것도 없이 괜히 숨이 거칠다.

'만약 내게도 그런 연인이 있다면…….'

슈타티스트는 두 눈을 꼭 감기가 무섭게 상상의 나래로 빠져들었다.

낮은 음성과 탄탄한 가슴, 피부를 스치는 커다란 손과, 움찔거리는 목울대…….

상상에 깊이가 더해질수록 온몸에 열기가 퍼졌다. 게다가 그 상상은 어느 순간부터 노골적으로 한 사람의 얼굴만을 그려대기 시작했다.

절 향해 웃어주는 건 맑은 청색 눈동자였다. 그리고 늘 차분하고 이지적인 분위기를 자랑하는 그가 만약 제 앞에서 땀에 젖은 은발 머리를 격하게 쓸어 넘기며 신음한다면……

거기까지 떠올린 슈타티스트는 더 이상 참을 수 없었다.

벌떡 몸을 일으켜 어두운 방 안을 서성이며 달아오른 심장을 진정시키는데 그녀의 두 눈에 보랏빛의 고급 두루마리가 들어왔다. 책상 한 귀퉁이에 차곡차곡 쌓여 있는 그것은 평소 귀족들이나 외국 대사들과 형식적인 서신을 주고받을 때 이용하는 빈 두루마리였다. 그것과 그 옆에 놓인 보석 펜대를 번갈아가며 바라보던 그녀의 두 눈이 반짝였다. 공주는 서둘러 책상 앞에 앉았다. 그러고는 펜에 잉크를 찍어 두루마리 위로 신들린 듯 손을 움직였다.

샘솟듯 뿜어져 나오는 호기심과 그녀의 안에 고이 간직된 뜨거운 열기가 밤새도록 쉬지 않고 이어졌다.

*　　　*　　　*

"아, 오셨습니까. 페라트 님."

"오래 기다리게 해서 죄송합니다. 수비대장."

그를 기다리고 있는 건 국경 수비대의 총괄 대장직을 역임하고 있는 자였다.

"별말씀을요. 워낙 바쁘신 것을 저 역시 잘 알고 있습니다."

그렇게 말하며 남자는 눈앞의 미청년을 남몰래 흘끗거렸다.

이렇게 곱상하게 생긴 남자가 한 나라의 재상이라는 것을 아직도 믿을 수 없기 때문이었다. 게다가 혈기왕성한 젊은 나이임에도 불구하고 세상에서 둘째가라면 서러울 지독한 일벌레라는 점도 매우 놀라웠고 말이다.

"그래서 밀수로 인한 압류 물품은 이게 다입니까?"

그 속마음을 읽기라도 한 듯, 페라트는 다짜고짜 일 이야기를 꺼냈다.

"그렇습니다."

그렇게 말하며 한 발 물러선 남자의 뒤로 산더미처럼 쌓아 놓은 물건들이 보였다.

"흐음, 어디 봅시다. 과연. 수입을 금지하고 있는 과일과 허가받지 않은 나무뿌리, 이 약통은 뭡니까?"

미리 보고받은 서류와 실제 물건을 일일이 대조 중인 청색 눈동자는 몹시 예리하여 그야말로 빈틈이라고는 하나도 보이질 않았다.

"건강 보조제라고 하더군요. 남성의 활력을 증진시켜준다는 소문에 시중에서 퍽이나 인기가 있는 모양입니다."

대장의 대답이 떨어지자마자 은발 아래에서 단정하게 뻗어있던 눈썹이 엉망으로 찌푸려졌다.

"성분도 제대로 알 수 없는 정체불명의 약품을."

그는 한숨을 내쉬며 절레절레 고개를 흔들었다.

그러던 순간, 난생처음 보는 것이 페라트의 눈에 띄었다.

뒤쪽 구석에 산더미처럼 쌓여 있는 것은 다름 아닌 둘둘 말린 두루마리들이었다.

"저건 또 뭡니까?"

그의 날카로운 질문에 수비대장의 목 언저리가 어쩐지 붉게 물들었다.

"그, 그게……."

"말씀해 보십시오."

"정식 승인을 받지 않은 음란…… 서적입니다. 서류 맨 하단에 나와 있을 텐데요."

"네?"

남자의 대답에 페라트는 제 두 귀를 의심했다.

미틀러렌과 페어라센은 예로부터 동맹의 역사가 강하여, 두 나라 국민은 별다른 절차 없이도 서로의 나라를 자유롭게 왕래할 수 있었다. 방문 목적이 관광이든 아니면 사업이든 간에 말이다. 하지만 국경 출입이 자유롭다고 해서 모든 것들이 다 용인되는 건 아니었다.

그곳에는 마치 커다란 하역장을 방불케 하는 수하물 검문소가 여러 채 세워져 있는데 바로 이곳에서 관광객으로 위장한 밀수업자들이 심심찮게 걸려들었다.

물론 카이트는 모든 죄를 매우 엄중히 다스리는 황제였기에,

밀수를 하다 걸리면 징역이나 벌금형이 불가피했다.

그뿐만 아니라 불법 수입을 막기 위해 세금도 파격적으로 감면시켰다. 그럼에도 불구하고 밀수는 좀처럼 근절될 기미가 보이지 않았다. 바로 옆 나라이지만, 기후라든지 서로 지니고 있는 문화가 너무나 다른 탓이었다.

따라서 밀수가 자행되는 품목도 실로 다양했다.

가장 큰 비율을 차지하고 있는 것은 역시 먹을 수 있는 과실류였다. 페어라센보다 더운 기후를 자랑하는 미틀러렌에서는 매해 신기하게 생긴 과일들이 열리곤 했는데 그중 가장 유명한 것은 알갱이 하나가 거의 아이 주먹만 한 크기의 포도였다. 마치 갓 캐어낸 수북한 감자 더미 같은 포도송이에, 페어라센 사람들은 무척이나 열광했다.

그 열기에 힘입어 몇몇 업자들이 몇 그루를 몰래 들여와 자신들의 농장에 심기 이르렀는데 바로 그다음 해 페어라센의 모든 포도나무에 병충해 피해가 발생하고 말았다.

그때 하마터면 전국의 포도 농가를 전멸시킬 뻔한 페어라센은 그 뒤로 확인되지 않은 병충해를 지녔을지도 모를 과실류의 반입을 엄격히 금지했다. 그리고 그 법망은 페라트가 재상으로 취임한 이후 더욱더 촘촘해졌다.

그러나 제아무리 엄격하게 단속한들 불법을 저지르는 자들은 언제 어디서건 늘 존재하는 법이었다.

게다가 밀수되는 품목도 점점 더 다양하게 늘어났다.

아직도 몸이 아플 때면 병원보다는 민간요법을 더 중요시하게 여기는 미틀러렌에서는, 듣지도 보지도 못한 별별 희귀한 약을 다 만들어 팔았다. 그것이 때로는 페어라센에서 이상야릇한 이름을 달고 날개 돋친 듯 팔린 적도 있었다.

어디 그뿐이랴. 동물의 신체 일부분을 수집하는 괴벽이 있는 귀족이 수백 개의 박제품을 들여오려다 걸린 적도 있었고, 거래를 금한 분재를 비밀리에 사 모으던 저명한 학자도 있었다.

그 모든 걸 인정사정없이 잡아낸 건 바로 새로 취임한 재상 페라트였다. 그가 취임한 이후 세운 공은 이처럼 일일이 따지기 힘들 정도다.

하지만 그런 그도 이런 건 처음이었다.

음란 서적이라니.

집무실 책상에 앉아 줄곧 어느 한 곳을 응시하던 페라트는 피곤한 듯 관자놀이를 꾸욱 눌렀다. 게다가 이것들의 발행지가 바로 저 미틀러렌의 왕궁이라니.

도무지 믿을 수가 없었다.

그는 두 손을 단정하게 모아 깍지를 꼈다. 그러고는 그 위에 조용히 턱을 얹고 눈을 감았다.

모든 직원들이 퇴근하고 없는 늦은 밤. 아까 수비대장하고 나눈 이야기가 그의 머릿속에 떠올랐다.

"이 서적이 요즘 미틀러렌의 귀부인들 사이에서 선풍적

인 인기랍니다."

"그래요?"

"네, 너무나 사실적이고도 현실적인 생생한 묘사가 일
품……."

"읽어 봤습니까?"

그런 페라트의 질문에 수비대장은 흠흠 헛기침을 하며 시선
을 회피했다.

"아무튼 미틀러렌 쪽 높으신 분들과 친분이 두터운 페어
라센의 몇몇 귀족들이 비밀리에 요청하여 들어온 것으로
알고 있습니다. 그 후 일반 평민들에게까지 퍼졌고요."

그 말에 페라트는 다시 한 번 인상을 썼다.

두 나라 모두 성인들이 즐길 수 있는 서적을 딱히 금하는 것은
아니었다. 다만 미성년자들이 접할 수 없도록 따로 엄격한 관리
를 하고 있을 뿐. 그런데 그토록 인기 있는 서적이 정식 유통도
아닌, 음란물 딱지를 달고 몰래 밀수가 되어 들어오고 있다는 것
은 뻔했다. 정식 허가를 받지 못할 만큼 저속한, 즉 수위가 상당
한 서적일 것이다.

그리 단정 지은 페라트는 냉정한 목소리로 이렇게 지시를 내
렸다.

"이건 미틀러렌에서도 제대로 허가받지 않은 서적일 확률이 높겠군요. 그렇다면 미틀러렌 쪽 수비대에도 연락을 취하십시오. 몰래 야한 책을 만드는 불법 작가가 있으니 엄중히 관리하라고."

그러자 수비대장은 한 차례 곤란한 표정을 지었다. 그는 의아한 눈빛을 하는 페라트를 향해 이렇게 말했다.

"저 그게…… 안 그래도 제 쪽에서 이미 병사를 시켜 알아봤습니다만……."

"그런데요?"

"미틀러렌 수비대도 이 딱지 안 붙인 분홍빛 서적이 여기저기 돌아다니는 것을 이미 인지하고 있습니다. 하지만…… 그저 속수무책으로 바라볼 수밖에 없다더군요."

"불법인 걸 알면서도 바라보기만 한다니, 대체 그 이유가 뭡니까?"

"이 책의 작가가 실은 미틀러렌의 왕족……이라는 소문이 있는 모양입니다."

거기까지 생각을 마친 페라트는 두 눈을 천천히 떴다.

실은 아까부터 몇 번이고 곱씹어 본 대화였지만 도무지 믿을 수가 없었다. 그는 손을 뻗어 책상 위에 얌전히 놓여 있는 두루마리를 쭉 펴들었다. 그러고는 그 안에 빼곡하게 적혀 있는 글귀를 천천히 읽어 내려가기 시작했다.

"얌전히 있어."

그는 그렇게 말하며 내 드레스를 거칠게 잡아 뜯었다.

상처받은 야수의 눈빛.

정황상 아직도 내가 자신을 배반했을 것이라고 믿고 있는 게 틀림없었다.

"발칙한 계집."

그뿐만 아니라 나를 모욕주려는 발언도 스스럼없이 입에 담았다. 하지만 그러면 그럴수록 몸속에서 피어오르는 이 야릇한 기분은 무엇일까?

"꺄······!"

드레스의 치마가 훌렁 뒤집어졌다. 뽀얗게 드러난 엉덩이에 수치심을 느낄 새도 없이 그의 뜨거운 숨결이 그곳에 닿았다. 반응은 금방이었다. 나의 둥근 가슴 또한 터질듯이 부풀어······.

"하."

페라트는 짧게 신음하며 얼른 두루마리를 급히 말았다.

사무실에는 저 혼자뿐인데도, 어쩐지 나쁜 짓을 하다 들킨 사람처럼 얼굴이 화끈 달아올랐다. 그는 아예 그 두루마리를 서랍 깊숙이 넣어버렸다. 그러고는 책상 위를 손가락으로 톡톡 두드리며 다시금 생각에 잠겼다.

만약 이 책의 작가가 정말 미틀러렌 왕실 사람이라면, 정황상 이런 짓을 벌일 사람은 딱 한 명뿐이었다. 프란카 여왕이 평소 최고의 골칫거리라고 공공연히 말하고 다니는 딸. 뭐니 뭐니 해도 그녀는 전생에도—물론 기억하지 못하겠지만—이런 쪽으로는 꽤나 소질이 있지 않았던가.

페라트는 한숨을 내쉬며 천천히 몸을 일으켰다.

여기저기 지저분하게 널려 있던 서류를 깔끔하게 모두 정리하고, 삐뚤어진 의자를 바로 한 뒤 화초에 물까지 주었다. 그러고 나서야 청색 망토를 몸에 단정히 두르고, 먼지 하나 묻어 있지 않은 하얀 장갑을 손에 꼈다.

그는 그 후 곧장 퇴근길에 올랐지만, 시간은 이미 자정을 훌쩍 넘어 있었다.

*　　　*　　　*

"오셨어요, 페라트 님?"

"폐하는 지금 어디에 계십니까?"

본성 안으로 발걸음하자마자 마주친 이는 시녀장 도리스였다.

그러자 그녀는 입술을 삐쭉 내밀며 이렇게 말했다.

"어디긴 어디겠어요? 오늘은 쉬신다고 하셨으니 계실 곳은 뻔하죠. 아직 방에 계세요. 정확히 말하면 어젯밤부터 한 발자국도 안 나오시고 있는 상태긴 하지만."

그러면서 복도를 따라 늘어서 있는 장식장 안의 보검을 닦아대는 그녀의 손길이 꽤나 거칠었다.

각종 진귀한 물건이 진열되어 있는 장식장 열쇠를 관리하고 있는 것은 시녀장 도리스였다. 그러므로 매일같이 이곳을 쓸고 닦는 건 그녀의 몫이었다. 아니, 사실은 그리 매일같이 하지 않아도 되는 것이지만, 도리스는 부아가 나는 일이 생길 때마다 이곳을 닦고 또 닦아댔다.

그 손길을 멍하니 바라보고 있던 페라트는 그제야 문득 오늘이 휴일이란 걸 깨달았다.

"……그렇군요."

요즘 한창 신혼의 단꿈에 푸욱 빠져 있는 카이트 황제는 시간이 나기가 무섭게 황후를 찾아가 마치 꿀이라도 발라 놓은 것처럼 그 곁에서 떨어질 줄을 몰랐다.

어떨 때는 회의가 있다는 것도 깜빡 잊어 뒤늦게 부랴부랴 나타날 때도 많았다. 그렇지만 그런 황제를 뭐라 할 수는 없었다. 왜냐하면 너무 바쁜 탓에 그 둘은 아직 신혼여행도 가지 못하고 있었으니까.

그런 상황인지라 카이트는 휴일만큼은 제발 좀 저를 가만 내버려 두라며 주위 신하들에게 단단히 선포한 터였다.

"그렇다면 오늘 만큼은 폐하를 방해하면 안 되겠군요."

페라트가 한숨을 푸욱 내쉬며 말하자 도리스가 냉큼 대답했다.

"찾아가면 죽일지도 몰라요."

그 말에 그는 저도 모르게 피식 미소 지었다.

"하지만 무언가 중요한 용무가 생긴 것이 아닌가요? 페라트 님이 휴일에 손수 본성 쪽으로 발걸음하신 걸 보면?"

눈치 빠른 도리스의 질문에, 페라트는 자신의 손에 들린 두루마리를 슬쩍 내려다보았다.

도리스의 말대로 중요하다면 중요한 일이었다.

왜냐하면 이 일에는 저 미틀러렌의 공주가 엮여 있으니까.

물론 페어라센의 재상직을 맡고 있긴 하지만 출신 자체가 평민인 자신이 툭 끼어들어 이래라 저래라 하기엔 조금 난감한 문제였다.

그래서 황족인 카이트의 도움이 필요했던 거였는데.

또한 슈타티스트 공주는 가끔 연회나 행사 등에서 마주칠 때면 자신을 뚫어져라 쳐다보곤 했다. 그녀의 전생을 기억하는 그로서는 그 시선이 실로 부담스러웠다.

도대체 왜 그렇게 바라보는 것인지 그 이유는 모르지만 그렇다고 해서 지금 한창 알콩달콩한 시간을 보내고 있을 신혼부부를 방해하기도 싫었다. 무엇보다 낯 뜨거운 남의 애정 행각은 이제 그만 마주하고 싶다.

특히 페라트는 카이트를 가장 가까이에서 보좌하는 사람이다 보니, 아무 때나 시도 때도 없이 펼치는 황제의 진한 스킨십을 수도 없이 목격했다. 허리를 지분대며 목덜미에 얼굴을 묻는다거나, 벽으로 민 채 격렬한 키스를 나눈다거나 하는 것들을. 그럴 때면 황급히 몸을 돌려 모른 척하기 일쑤였지만, 그래도 이미 봐버린 이상 두고두고 민망한 것은 오롯이 그의 몫이었다.

게다가 그가 마주치기 꺼리는 것은 그뿐만이 아니었다.

페라트는 사실 윤수가 그렇게 마냥 편하지만은 않았다.

이유는 여러 가지가 있지만, 그중 가장 큰 것은 바로 전생의 기억 때문이었다.

누군가 나를, 혹은 나의 공로를 알아줬으면 하고 바랐던 실로 유치한 소망.

그걸 생각하면 지금도 얼굴이 화끈거리기 일쑤였다.

그러한 데다가 제기랄.

페라트는 저도 모르게 속으로 욕설을 내뱉었다.

윤수가 얼마 전 눈물을 글썽이며 제 손을 꼭 잡고 한 말이 귓가에 아른거렸기 때문이다.

'두 번 떨어졌어도 포기하지 않고, 세 번째에 결국 시험을 통과해서 재상이…… 된 거라면서요? 어쩜 너무 대단해요! 존경스러워요!'

그걸 떠올리자 다시금 귓불이 달아올랐다.

본인이 삼수한 것은 절대로 알리고 싶지 않았건만.

사실 그건 두 번 다시는 생각하기 싫을 정도로 어려운 시험이었다. 그야말로 피를 토하는 심정으로 기약 없는 수험 공부에 임했다. 물론 전생에는 이러한 기회조차 얻지 못했었기에 기본적으로는 늘 감사하는 마음을 지니고 있었지만, 그래도 힘든 적이 많았다.

그 감사함이 없었더라면 포기했을 정도로.

도전은 즐거움보다 어려움이 더 많다는 걸 배운 것도 그때였다. 하지만 그래도 삼수씩이나 했다는 걸 말할 필요는 없잖은가. 그 뒤로 윤수는 페라트만 보면 눈물을 글썽이며 엄지손가락을 척, 치켜 올리곤 했다.

그 모습을 생각하니 또다시 얼굴이 붉어진다.

입 싼 황제 같으니라고.

페라트는 또다시 속으로 카이트를 남몰래 욕했다.

그러고는 한숨을 쉬며 몸을 돌렸다. 아무래도 이 일은 그냥 제 선에서 처리하고 끝내자는 다짐을 하며.

* * *

쨍그랑!

그녀는 그만 손에 들린 작은 은 스푼을 찻잔 위로 떨어뜨리고 말았다.

"뭐, 뭐라고?"

"……페어라센의 재상이신 페라트 공작님께서 알현을 청하러 오셨습니다만."

미심쩍은 하녀의 눈길이 쏟아지는 것도 모른 채 공주는 손끝을 바르르 떨어댔다.

나를? 나를 보러?

페라트 님이 손수?

늘 공식 연회 자리 아니면 볼 수 없던 남자가 자신을 직접 찾아오다니. 슈타티스트는 그가 과연 무슨 볼일이 있는지를 궁금해하기보다 이 현실을 즐기느라 마냥 바빴다.

세상에! 이건 상상하던 것보다 훨씬 더 떨리는 일이잖아!

그냥 상상 속에서나 떠올려보던 남자였는데 자신은 그를 생각 이상으로 짝사랑하고 있었다는 걸 깨달은 순간이었다. 난생처음 느껴 본 거센 감정, 갑자기 맞닥뜨려진 이 상황.

무엇을 먼저 해야 할지, 어떻게 하는 것이 가장 좋을지 모르겠다. 당장 머릿속에 떠오른 건 아름답게 단장해야 한다는 필사의 각오뿐이었다.

공주는 후다닥 몸을 일으키며 시녀들을 향해 큰 소리로 외쳤다.

"목, 목욕! 목욕을 해야겠어!"

"네에?!"

손님이 오셨는데 갑자기 목욕이라니.

시녀들은 그저 황당할 따름이었다.

*　　*　　*

'왜 이렇게 오래 걸리지.'

주머니에서 회중시계를 꺼내 들어 시간을 확인한 페라트는, 저도 모르게 한숨을 내쉬었다.

벌써 몇 번째 보는 시계인지 모르겠다.

하지만 공주는 감감무소식이었다.

"죄송합니다. 곧 오실 거예요."

곁에서 시중을 들고 있는 하녀가 그의 눈치를 보며 안절부절 못했다. 페라트는 그런 그녀를 향해 괜찮다는 듯 눈짓을 해 보였다. 어차피 변덕스러운 왕족들 밑에서 일하는 자들의 사정은 어디나 다 비슷했고, 그런 거라면 누구보다도 본인이 제일 잘 알고 있었기 때문이었다.

"괜찮습니다. 갑자기 찾아온 제가 오히려 결례를 범한 것은 아닐지 모르겠습니다."

그는 부드러운 미소를 띠며 발을 동동 구르는 하녀를 달랬다.

그 미소에 그녀의 볼이 발그스름하게 물들었다.

어쩜, 이렇게 온화하신 신사분이 다 계실까.

제아무리 평민 출신이라 해도 페어라센의 재상직을 맡고 있는 몸인데, 그에게서는 잘난 척이라든지 거들먹거림 따위는 조금도 찾아볼 수가 없었다.

"아아, 페라트 님, 오래 기다리셨죠? 너무나 죄송합니다."

그때 문 쪽에서 반색하는 목소리가 들려왔다.

동시에 뒤를 돌아다본 페라트의 두 눈이 커다랗게 변했다.

드디어 등장한 슈타티스트 공주는 어마어마한 차림새를 하고 있었다. 마치 왕실에서 열리는 정식 무도회에서나 입을 법한 화려한 드레스에 한쪽으로 정성 들여 땋은 머리, 그리고 어느 하나 흠잡을 데 없는 완벽한 화장.

그것이 설마 절 위한 거라는 걸 알 길이 없었던 페라트는 곤란한 표정을 지으며 벌떡 몸을 일으켰다.

"죄송합니다, 공주님. 오늘 중요한 약속이 있으신지도 모르고 이렇게 불쑥 찾아왔군요. 정말 실례했습니다."

물론 사전에 미리 공주의 일정을 확인하긴 했었다. 따라서 오늘은 분명 아무런 약속이 없는 것을 알고는 있었지만, 그래도 그런 건 얼마든지 바뀔 수 있는 법이었다.

하지만 공주는 상큼한 미소를 마음껏 발사하며 고개를 살래살래 저었다.

"아뇨, 오늘은 아무 일도 없는걸요. 그러니 그런 말씀 마세요."

"네? 그럼 왜 그런 차림을⋯⋯?"

"아이참, 평상복일 뿐이에요."

공주의 말에 페라트는 그저 어안이 벙벙했다.

평상복이라니. 보기만 해도 무거워 보이는 이런 드레스가?

하지만 그는 그 작은 호기심을 곧 거두어들였다.

그러고는 오늘 자신이 이렇게 미틀러렌의 왕궁에 찾아온 이유를 떠올렸다. 꺼내기 참 어렵지만 반드시 해야 할 이야기. 그는 저도 모르게 입술을 꽉 물었다.

공주 또한 단정하게 맞물리는 그 입술을 열띤 눈으로 쳐다보았다.

어쩜 이리도 아름답게 생긴 남자가 다 있을까?

그뿐만 아니라 단추 하나 비뚤어지지 않은 그의 말끔한 차림새는 그 섬세한 미모와 묘하게 대비되어 그녀를 더욱 애타게 했다.

이처럼 막상 페라트와 마주하고 나니 공주의 심장은 도무지 가만히 있지를 못했다. 태연한 척하고는 있지만 심장 박동 소리가 들릴까 봐 혼자 온갖 걱정을 하고 있던 찰나였다.

"너무 많은 시간은 빼앗지 않을 테니 염려치 마십시오. 바쁘신 분이니 얼른 본론으로 들어가겠습니다."

"어머, 바쁘다니요. 오늘은 정말 하나도 바쁘지 않으니 걱정 마시고……."

"슈타티스트 공주님."

그렇게 손사래를 치며 대답하는 공주의 말을 그가 매정하게 잘랐다. 그러고는 그녀의 눈앞에 무언가를 쓱 내밀었다.

"이걸 보십시오."

페라트의 손에 들린 것은 작은 두루마리였다.

"이게 뭔가요?"

궁금한지 고개를 갸웃거리는 슈타티스트를 향해 페라트는 한층 더 무뚝뚝한 음성으로 말을 이어 갔다.

"직접 보십시오."

그러자 하얗고 가느다란 손가락이 지체 없이 두루마리를 쫙 펴들었다. 옅은 호박색의 아름다운 눈동자가 그 위를 데굴데굴, 바삐 굴러갔다.

"아……."

마지막으로 변화가 인 것은 그녀의 얼굴이었다.

두루마리의 정체를 눈치챈 공주는 그야말로 가여울 정도로 두 뺨을 새빨갛게 붉히고 말았다.

"그, 그러니까 이게 왜……."

"페어라센의 국경 수비대에 의해 압류된 밀수품입니다."

"네?!"

국경 수비대.

압류된 품목.

그 두 가지 단어 덕분에 순간 그녀의 머릿속에도 모든 정황이 재빠르게 펼쳐졌다. 제발 공유하지 말라고 그렇게 사정했건만 그새를 못 참고 벌써 복제본을 만들었어?!

슈타티스트는 고개도 들지 못하고 이를 부드득 갈았다.

비밀은 기필코 지킬 테니 빨리 다음 편을 써달라며 천진난만하게 웃던 친한 귀족 부인들의 얼굴이 차례로 떠올랐다.

"저기, 페라트 님. 이건 그, 그러니까……."

공주는 잠시 숨을 고르며 신중하게 말을 골랐다. 그러다 갑자기 좋은 묘수라도 떠올랐는지 고개를 바짝 치켜들었다.

"이게 도대체 무슨 서적인가요? 왜 이런 것이 밀수되는지 저는 모르는 일……."

사실 좋은 묘수라기에는 조금 비루하지만 지금은 그 수밖에는 없었다.

그래, 시치미를 떼자.

하지만 페라트는 이미 그런 슈타티스트의 머리 꼭대기에 있었다.

"매우 어렵게 구한 것입니다만 여기 원본도 있습니다. 이 원본 속의 필체는 공주님의 그것과 똑같더군요. 혹시 몰라 얼마 전 페어라센으로 직접 보내 주신 외교 문서도 들고 왔습니다."

어느새 그가 꺼내 든 두 개의 또 다른 두루마리를 슬쩍 훔쳐본 공주가 땅이 꺼져라 한숨을 쉬었다.

"대조해 보시겠습니까?"

세상에. 원본까지 넘어가다니.

이미 세게 맞아서 아픈 뒤통수를 또다시 크게 강타당했다.

슈타티스트는 황급히 고개를 저었다.

그러다 한참 동안 무언가를 고민하듯 입술을 달싹이더니 조용한 목소리로 이렇게 물었다.

"혹시 내용도 읽어…… 보셨나요?"

그 질문에는 페라트도 섣불리 대답할 수 없었다.

하지만 그렇다고 해서 왕족의 앞에서 거짓을 고할 수는 없는 일이었다.

"……조금요."

아흑.

그 말에 그녀는 애써 공들여 칠한 입술을 아프도록 깨물었다. 만약 지금 이 순간 그녀에게 삽이 주어진다면 응접실에 깔린 양탄자를 둘둘 걷어내고 바로 그 자리에서 바닥을 파 내려갔으리라.

"그래서 도대체 절 찾아오신 용건이 뭔가요? 게다가 밀수라니, 그건 결코 제가 자행한 게 아닙니다만."

결국 슈타티스트에게 마지막으로 남은 건, 사회적 권리에 편승하는 것뿐이었다. 페어라센이나 미틀러렌 모두 여권(女權)이 강한 나라였다. 만약 이런 것으로 탄압받는다면 온 나라의 부인들이 들고일어날 거다.

그러니까, 그래…… 내가 썼다, 왜! 공주도 여잔데, 그런 것 좀 즐기지 말란 법은 없잖아……!

하지만 상대는 남몰래 짝사랑해오던 남자였다.

창피함과 민망함에 바들바들 떨리는 턱을 들키지 않으려 수도 없이 깜박이는 그녀의 두 눈은 그저 애처로웠다.

"공주님."

하지만 부드러운 목소리로 그녀를 부른 것도 잠시.

"이런 걸 쓰시려면, 정식으로 성인판 등록을 하십시오. 그게 안 되어 있으니까 이렇게 페어라센에까지 불법으로 흘러들어오는 것 아닙니까."

페라트는 가차 없이 그녀에게 직언을 날렸다.

물론 그는 노골적으로 한숨 쉬지도 않았고, 경멸의 눈빛도 없었으며, 무례한 언사 같은 것도 하지 않았다.

한 나라의 왕족인 그녀가 이런 일을 저질렀는데도 불구하고 그저 공적인 용무로써 담담히 대할 뿐인 그의 태도.

공주는 조용히 저 멀리 있는 양탄자 모서리만을 바라보았다.

차라리 제게 무언가 개인적인 실망을 한 것 같은 기색을 비쳤더라면 이렇게까지 마음이 허하진 않을 것이다. 덕분에 공주의 목소리가 금세 시무룩하게 잦아들었다.

"……하지만 진짜로 정식 등록 같은 걸 해버리면, 들키는 건 시간문제인걸요. 아마 여왕 폐하께서 아시면 크게 진노하실 거여요."

"프란카 여왕님이라면 그러고도 남으시겠죠."

"게다가 이건 몰래 한 취미 생활일 뿐이었어요. 그저 답답함을 풀기 위해서……."

엄격한 왕실 안에서 늘 억제당하는 생활이란 건 그녀의 성격과 도통 맞지 않으니까.

어머니가 골라주는 좋은 혼처보다는 좋아하는 남자와 그저 뜨겁게 연애 한번 해봤으면 하는 바람이 더욱 컸으니까.

우울함은 어느새 공주의 발끝까지 내려왔다.

하지만 페라트의 두 눈동자에는 여전히 아무런 변화가 없었다.

"저는 지금까지 발각된 밀수 건에 대해서는 모두 똑같이 처분을 내렸습니다. 그 대상이 설령 귀족이나 왕족이라고 해서 눈 감고 넘어가 드린 적은 한 번도 없습니다."

그는 끼고 있던 하얀 가죽 장갑을 벗어 한 손에 가지런히 든 채로 건조하게 말을 이어 갔다.

"그러니 공주님도 마찬가지입니다. 제아무리 미틀러렌의 차기 후계자라 하셔도 이러한 일이 계속되면 저는 나름의 조치를 취할 수밖에 없습니다."

"……조치요?"

"네. 평민이든 공주님이든 정해진 법을 따라야 하는 건 마찬가지 아닙니까. 그리고 일이 그렇게 되면 공주님이 저지르신 것이 모두에게 드러날 거고, 그건 더 창피하시겠지요."

"네……."

마치 선생님에게 꾸지람 듣는 학생처럼 슈타티스트는 조용히 고개를 끄덕였다. 그 모습을 바라보며 페라트는 계속해서 입술을 빈틈없이 움직여댔다.

"그러니 불법을 조장하는 일은 그만두십시오. 그 어떤 즐거운 취미라 하셔도, 이미 부정적인 해를 끼쳤다면 그건 공주님 본인에게도 득이 아닌 실이 될 겁니다. 그리고 다시 한 번 말하지만 저는, 눈앞의 상대가 높으신 왕족이라 해도 결코 신념을 꺾을 수 없습니다. 이 점은 부디 양해해 주십시오."

칼같이 떨어지는 페라트의 그 말에 공주는 물기 서린 눈으로 그를 물끄러미 바라봤다.

자신은 곧 한 나라의 여왕이 될 여자.

아무리 왕국 최고의 말썽쟁이 아가씨라고 남들이 손가락질해도, 그런 여자를 아내로 맞이하기 위한 보이지 않는 물밑 다툼은 무척이나 치열할 것이다.

그 증거로 남자들은 하나같이 저만 보면 너도나도 아첨하느라 바쁜 나날들을 보내고 있었으니까. 하지만 눈앞의 이 남자는 유일하게 그런 제게 관심이 없는 사람이었다.

공주도 사실은 마음 한구석으로는 이미 어느 정도 포기를 하고는 있었다. 별처럼 많은 쓸데없는 호기심과 우아한 숙녀답지 않게 통통 튀는 이 성격을 죽이지 않으면 안 된다는 것을. 까르르 소리 내어 웃는 것보다 어머니처럼 근엄한 표정을 짓고 있는 게 앞으로 미틀러렌을 다스리는 데 더욱 큰 도움이 될 거라는 것도.

그러니 곁에 붙어서 입안의 혀처럼 달콤하게 구는 남자와 평생을 사는 게 더 편하고 쉬울지 모른다.

하지만 즐겁지는 않을 것이다.

왜냐하면 그런 남자는 단 한 번이라도 자신이 공주라는 것을 잊게 해 줄 수 있을 리가 없기에. 그러므로 그녀는 감히 제게 이런 말을 서슴없이 하는 그가 좋은 건지도 모른다. 평민이든 공주든 상관없다며 본인만의 신념을 관철시키는 이 은발 머리 청년이 말이다.

"……좋아요, 그럼 페라트 님 말대로 하도록 하겠습니다. 하지만 개인적으로는 참 즐거웠던 취미를 관둬야 하기에 무척이나 아쉽기 그지없군요. 그러므로……."

그러니까 딱 이번 한 번만 내 멋대로.

"……그러므로?"

"허가받지 않은 서적이 더 이상 들어오길 원치 않으신다면, 페라트 님도 대신 제 부탁을 하나 들어주셔야겠습니다."

어차피 말괄량이에 속 썩이는 골칫덩어리라고 불려왔으니까, 어차피 그 모든 걸 다 내려놓기 전에 마지막으로 딱 한 번만.

"제게 부탁이요……?"

소망해 볼 수 있을까?

"네, 저랑……."

좋아하는 남자와 행복한 연애를 하고 있는 본인의 모습을 그저 상상에서만 이어갈 게 아니라 현실로 만들어 볼 수만 있다면.

"딱 세 번만 데이트해 주세요."

아무리 찰나의 순간이었다 하더라도 그 기억만으로도 평생 행복한 여왕이 될 수 있을 텐데.

공주는 꼴깍 침을 삼키며 떨리는 목소리로 말을 이었다.

"그래 주신다면, 저 역시 더 이상 폐 끼치지 않겠습니다."

　　　　*　　　　*　　　　*

　책상 위 어마어마하게 쌓여 있는 두루마리 형태의 서류를 이리저리 헤치고 있던 그의 손이 일순 멈췄다.

　'데이트? 데이트라고?'

　한참 동안 미동이 없던 그는 이마를 감싸 쥔 채 크게 한숨을 내쉬었다.

　"후우."

　그저께와 어제에 걸쳐 이틀간, 또다시 몇 건의 밀수를 잡아냈다. 그리고 그중에는 예의 그녀의 그 '두루마리'들이 여러 개 섞여 있었다.

　"보란 듯이 다음 편을 써서는."

　페라트는 구겨진 이마에 주름을 펴지 않은 채 홀로 중얼거렸다. 그러다 퍼뜩 이런 생각을 했다.

　'그러지 말고 그냥 이 두루마리를 불법으로 유통시키는 자들을 잡아 족칠까?'

　'잡아 족친다'라니. 본인 스스로도 깜짝 놀랄 정도로 거친 표현이었다.

　하지만 지금은 어쩐지 그게 전혀 이상하지 않았다.

　그저 왕궁 생활이 답답해서 취미 생활로 하던 것일 뿐이라며 눈물을 글썽이던 공주의 얼굴이 떠오를 때면 괜스레 화가 치밀어 올랐기 때문이었다. 그것도 점점 더.

사실 공주도 일이 이렇게까지 되리라곤 생각하지 못했으리라. 그저 본인이 현실을 잊고자 쓴 이야기. 퍼진다고 해 봤자 주변의 몇몇 사람끼리 돌려보고 말 거라고 믿었겠지. 그러니까 제일 나쁜 건 그녀 몰래 이런 복제본을 만들어 옆 나라에까지 반입되게 만든 자들이었다.

게다가 더욱 심각한 건 그런 자들은 필시 중간에 부당 이익을 취하고 있을 거라는 점이다.

"……진짜로 잡아내 볼까."

어느새 의자 깊숙이 몸을 묻은 그는 저도 모르게 이렇게 중얼거렸다.

물론 못 할 건 없었다. 이것이 공주의 손에서 나온 것이라면 분명 귀족 부인들이 다수 연루되어 있을 게 확실하지만 이제는 그도 권력과 지위가 있는 몸이니까.

하지만 문제는 다른 데 있었다.

그러다가 만약 공주의 친한 지인이 연루되어 있다는 게 밝혀지면?

그녀는 아마 굉장히 상처받으리라. 믿고 있었던 사람이 뒤통수를 친 격일 테지. 게다가 그렇게 되면 더더욱 프랑카 여왕의 귀에 이 사실이 들어가고야 만다.

이웃 국가의 재상이 직접 나서서 본인 나라에서 일어나고 있는 불법 유통을 근절시켰다는 사실을 여왕이 알게 되면, 신세 지는 걸 싫어하는 성격상 여왕은 미틀러렌의 수비대를 그야말로 영혼까지 탈탈 털 것이다.

그뿐만 아니라 모든 문제의 근원지는 바로 슈타티스트 공주에게 있다고 생각할 것이니, 그쯤 되면 그녀의 어머니는 진노하는 것을 넘어서서 공주를 아예 어딘가로 멀리 보내버릴지도 모른다. 그러므로 가장 좋은 해결책은 역시 공주가 다른 취미를 발견해 내는 수밖에는 없었다.

"저랑 딱 세 번만 데이트해 주세요."

"하아."

그녀의 말과 그때의 애절한 눈빛을 떠올린 페라트는 또다시 한숨을 내쉬었다.

물론 그는 그녀가 전생에 어떤 여자였는지를 똑똑히 기억하고 있었다. 하지만 전생은 전생일 뿐, 지금 생에서는 전혀 다른 사람이 되어 버린 공주에게 악감정 같은 건 더 이상 남아 있지 않았다.

다만 이왕 새로 삶을 얻은 거 잘 살기를 바랐는데 또다시 무언가에 허덕이는 것 같은 그녀가 안타까울 따름이었다.

그래, 그녀는 결핍되어 있었다.

조금만 눈을 돌리면 자신은 이미 가진 게 많다는 걸 깨달을 텐데도, 그걸 모르는 듯싶었다.

그리고 그런 모습은 예전의 자신을 떠올리게 했다.

물론 성질은 다르지만, 그 처지에서 벗어나고픈 갈망으로 허덕이는 마음이라면 누구보다 본인이 제일 잘 알고 있었다. 그래서인지 모른다. 그녀를 도저히 가만두고 볼 수 없는 이유가.

"흠."

짧게 헛기침하는 것으로 결심을 마친 그는 페어라센을 상징하는 붉은색의 빈 두루마리 하나를 꺼냈다. 그리고 그 위에 무언가를 차분히 써 내려 가기 시작했다. 간격 하나 흐트러짐 없이, 본인의 평소 모습처럼 매우 단정한 글씨로.

*   *   *

'어떡해, 어떡하지?'

공주는 초조한 표정으로 손톱을 깨물었다.

보기 싫은 행동이니 남자 앞에서는 절대로 하지 말라는 하녀들의 신신당부가 있었지만, 지금은 뭐든지 좋으니 격렬하게 떨고 있는 이 심장을 진정시켜야만 했다.

자신의 제의에 페라트 재상이 긍정적인 답변을 보내온 날에는 물론, 뛸 듯이 기뻤다.

허나 막상 첫 데이트 날이 다가오자 공주는 가출해 버린 정신을 찾기 위해 온갖 노력을 해야만 했다.

오늘은 정말 단둘이서 하루 종일. 그 사실을 떠올리자마자 눈앞이 또다시 분홍빛으로 물들었다.

"아, 안 돼. 차, 차라리 아무 생각하지 말자!"

그녀가 낀 레이스 장갑 위로 촉촉한 땀이 배어 나왔다.

그리고 곧, 하녀가 문을 열며 이렇게 말했다.

"공주님, 준비는 다 되셨는지요? 페어라센의 페라트 공작님께서 기다리고 계십니다."

애써 다잡은 보람도 없이 심장이 또 한 차례 쿵, 하고 떨어졌다.

그는 정말이지 완벽한 남자였다. 무릎까지 내려오는 은회색 코트와, 짙은 남색의 고급 가죽 부츠, 그리고 그 안에 살짝 화려한 느낌이 나는 흰색 실크 셔츠를 받쳐 입음으로써 다소 밋밋하고 지루해 보일 수 있는 의상을 살렸다. 그야말로 야외에서 하는 가벼운 데이트에는 최적인 복장이었다.

반면에 공주는 여전히 부피 큰 드레스에 작고 깜찍하지만 햇볕은 전혀 가려주지 못하는 모자를 쓰고, 어디 공식석상에나 어울릴 법한 화려한 숄을 두르고 있었다.

덕분에 슈타티스트는 울상이 된 얼굴로 그저 속상한 한숨만을 폭폭 내쉴 수밖에 없었다.

왜냐하면 레이스가 겹겹이 달린 풍성한 치맛자락은 그의 곁에서 나란히 걷는 데 거추장스럽기 짝이 없었고, 모자는 은근히 무거웠으며, 어깨에 두른 숄 때문에 더웠다.

게다가 너무 신경 써야 할 게 많았던 탓일까.

그녀는 아까부터 온갖 실수를 남발하고 있었다.

높은 귀족 아니면 왕족밖에는 갈 수 없는 최고급 식당에서 포크를 바닥에 두 번이나 요란스럽게 떨어뜨렸고, 차를 마시러 간 티 살롱에서는 찻물을 치마에 쏟고 말았다.

어디 그뿐인가? 긴 숄로 옆 테이블에 앉아 있는 남의 와인 잔까지 쓸어 엎었다.

하지만 그럴 때마다 그는 아무런 동요도 하지 않고 차분히 그녀를 보살펴 주었다. 민망해하는 그녀를 대신해 새 포크를 요청해 줬고, 품에서 꺼낸 손수건으로 손수 치맛자락을 닦아 주었으며, 아무 거리낌 없이 살짝 고개를 숙여 옆 테이블 손님에게 사과를 하고 그들이 마시고 있는 것보다 훨씬 더 비싼 와인을 주문해 주기까지 했다.

난리법석을 떠는 자신과는 달리 교양과 인성, 지성까지 모든 게 갖춰진 남자.

아, 물론 그 아름다운 외모는 말할 것도 없고.

그런 그의 옆에 직접 서고 보니 더욱 자신이 작아진다. 이건 연인처럼 보이는 게 아니라, 마치 보호자와 아이 같아 보일 거라는 생각을 하면서.

"힘내세요, 공주님!"

"오늘 공주님은 누구보다 아름다워요. 그러니까 그분을

꼭 사로잡아 버리세요!"

그러니 데이트를 나서기 전 이렇게 용기를 북돋아 준 시녀들의 열띤 응원도 더 이상 아무런 위로가 되지 못했다.

첫 번째 데이트는 불행하게도 그렇게 끝나고 말았다.

그날 남은 건 밤새도록 베개를 적신 공주의 눈물 자국뿐이었다.

*   *   *

그리고 대망의 두 번째 데이트 날이 밝았다.

공주는 이전의 실수를 만회하고자 일부러 조용히 둘만 있을 수 있는 곳을 데이트 장소로 골랐다.

미리 예약한 손님만 들어갈 수 있는 미술 전시장과 관객이 둘뿐인 연극 같은 것을.

하지만 이번의 문제는 페라트였다.

"……괜찮으세요?"

공주의 걱정스러운 시선을 느낀 그가 감겨오는 자신의 두 눈을 거칠게 쓱쓱 문질렀다.

"죄송합니다."

"아니에요, 피곤하신 게 당연하죠. 무려 사흘이나 철야를 하셨으니…….''

최근 페어라센 쪽에 갑자기 많은 일이 터진 탓에 그는 잠을 별로 자지 못했다고 했다.

그리고 보니 슈타티스트도 얼핏 전해 듣긴 했었다. 그 나라 북쪽에서 지금까지 본 적 없었던 새로운 광물이 발견 되었다던가 뭐라던가 하는 소식을. 그 이야기가 발표되자마자 주위 나라뿐만 아니라 미틀러렌에서도 즉시 외교 특사를 보내 계약 경쟁에 뛰어들었을 정도니, 페라트가 그간 얼마나 바빴을지는 보지 않고서도 알 수 있었다.

공주는 또다시 물끄러미 그를 바라보았다.

이 남자는 그동안 잠뿐만이 아니라 식사도 제대로 하지 못한 게 틀림없었다. 안 그래도 선이 고운 형태를 띠고 있는 그의 얼굴이 한층 더 여위어 있었으니까.

하지만 가장 시급해 보이는 건 역시 휴식이었다.

억지로 뜨려는 페라트의 두 눈 밑에 피로가 가득하다.

"안되겠어요, 페라트 님."

공주는 그렇게 말하며 주위를 두리번거렸다. 두 사람이 오르고 있는 이 호젓한 오솔길을 따라 쭉 가면 예약해 놓은 미술 회장이 나올 테지만, 공주에게는 이미 거기까지 갈 마음이 없었다.

마침 커다란 전나무 아래 길게 놓인 벤치가 눈에 띄었다.

"여기 누우세요."

"네?"

그녀는 먼저 그곳으로 쪼르르 달려가 냉큼 앉았다.

"어서요."

머리 위로 부서지는 햇살을 손으로 막아내며 공주가 웃었다.

그 웃음에 페라트도 홀린 듯이 발길을 옮겼다.

"하지만 지금 가지 않으면 시간이……."

"그런 건 다음에 봐도 괜찮아요."

그러면서 공주는 다시 한 번 자신의 무릎을 탁탁 두드리며 말했다.

"자요, 제 무릎을 빌려드릴게요."

그 말에 페라트가 황급히 손사래를 쳤다.

"아닙니다. 감히 공주님께 그럴 수는……."

"하지만 벤치가 이렇게 긴 걸요. 잠깐 누워서 눈을 붙이시면, 피로가 풀릴 거예요."

푸른 하늘 위로 흘러가는 흰 구름의 그림자가 두 사람 사이에 끼어들었다 사라졌다. 또다시 쏟아지는 눈부신 햇살 아래, 그녀가 입고 있는 옅은 연두색 드레스가 봄처럼 빛났다. 적당한 온도의 상쾌한 바람이 불자 오솔길 주위에 나 있는 작은 제비꽃밭이 보랏빛 파도가 되어 물결쳤다.

별것 아닌데도 불구하고 난생처음으로 보는 것 같은 아름다운 광경이라는 생각이 들었다.

그래서 그만 홀려버린 걸까?

페라트는 말 잘 듣는 아이처럼 순순히 그녀의 곁에 앉아 저도 모르게 스르르 몸을 눕혔다.

"……그럼 잠시만 실례하겠습니다."

공주의 무릎에 머리를 뉘이자 레이스 자락 하나가 귀엽게 볼을 간질였다. 그 감촉에 어쩐지 미소가 지어진다.

넓고 딱딱한 나무 벤치가 어떤 침대보다 편할 수도 있다는 걸 그는 처음으로 깨달았다. 그리고 목 아래에서 느껴지는 그녀의 체온이 매우 따듯하다는 것도.

페라트의 숨소리가 이내 규칙적으로 잦아들었다.

또다시 바람이 불자 전나무 위에서 오렌지색 가슴 털을 지닌 작은 새 두 마리가 푸드덕 날아갔다. 무언가 다투기라도 하는지 녀석들은 쉼 없이 공중을 돌며 제법 시끄럽게 짹짹 댔다. 하지만 자신의 무릎을 베고 누운 남자는 미동은커녕, 더욱더 깊은 잠에 빠져들었다.

더할 나위 없이 편안한 표정으로.

그런 그의 얼굴에 또다시 심술궂은 햇살이 쏟아졌다.

그 모습을 바라보며 슈타티스트는 조용히 양산을 펴 들었다.

제아무리 유명한 화가라 해도 전부 표현해 낼 수 없을 것 같은 아름다운 그림이 그녀의 마음에 새겨지듯 그려졌다.

*　　*　　*

드디어 마지막 데이트 날.

공주는 아까부터 제 손에 들린 두루마리를 뚫어져라 바라보왔다.

'그렇다면 공주님이 가지고 계신 옷 중 가장 편한 옷을 입고 나오시라'는 그의 전갈을.

사실 이 제안을 먼저 한 것은 슈타티스트 본인이었다.

그녀가 한 제안이란 건 다름 아닌 일반 서민들이 평범하게 다니는 거리를 보고 싶다는 거였다.

다만 화려하거나 근사하지 않아도 괜찮으니 수도 외곽으로 나갔으면 좋겠다는 조건도 덧붙였다. 수도 안에는 아무래도 공주를 알아보는 사람들이 많을 테니까. 누군가가 자신의 앞에서 '아이구, 공주님. 이런 누추한 곳에는 어쩐 일이십니까!'라고 말하며 무릎을 꿇는 일은 이제 지긋지긋했다. 게다가 마지막 데이트이니 만큼 그녀는 신분이니 하는 것들을 모두 집어던질 작정이었다.

그래, 마지막 데이트.

이걸로 끝이었다. 그러므로 딱 한 번, 진정으로 자유로워져 보고 싶었다. 만나면 만날수록 자신의 마음을 정신없이 뺏어가는 그 남자 앞에서. 하지만 그런 마음과는 별도로 눈에는 어느덧 눈물이 그렁그렁 차올랐다.

세 번의 행복한 추억. 정말 이걸로 만족하며 살아갈 수 있을까?

인생이 감히 얼마나 긴지도 모르면서, 그뿐만 아니라 제 안의 욕심 또한 이다지도 깊은 것일 줄 미처 깨닫지 못하고 너무 무모한 약속을 해 버린 것이 아닌가 싶다.

하지만 이제 와서 물릴 수 있는 건 아무것도 없었다.

공주는 또다시 눈물을 참으며 옷을 갈아입었다. 이번에는 시녀들의 도움도 일부러 받지 않았다.

편한 옷이란 건 어차피 딱 한 벌밖에는 없었는데, 그건 다름 아닌 얼마 전 어머니에게 치마가 너무 짧다고 꾸지람 들은 그 옷이었다.

"페라트 님, 오래 기다리셨죠? 죄송합니다."

뒤에서 들려온 낭랑한 목소리에 페라트가 얼른 몸을 돌렸다.

"아닙니다. 저도 방금 전에 도착한……."

순간 그는 말문을 잃은 채 그녀의 모습을 멍하니 바라보았다.

"……페라트 님?"

"……."

슈타티스트는 어딘가 묘한 표정을 하고 있는 그의 이름을 조심스럽게 불렀다. 하지만 아무 대답이 없었다.

"저기, 페라트 님?"

"네, 네?"

좀 더 가까이 다가가 다시 한 번 부르자 그의 얼굴이 비로소 그녀를 향했다.

"왜 그러고 계시죠?"

그런 페라트를 향해 슈타티스트가 맑게 웃었다.

하지만 그의 표정은 여전히 굳어 있었다.

편한 옷이라고 했지, 저렇게 다리가 훤히 드러나는 옷이라고 는 말하지 않았는데.

저런 옷을 입고 바깥의 거리를 걷겠다고?

잘 교육받은 다수의 시종들과 교양 넘치는 귀족들로 가득한 수도와는 달리, 외곽은 별의별 사람들이 다 있는 곳이었다.

예를 들면 아름다운 여자를 보면 휘파람을 불며 추파를 던지 기도 하는 그런 무례한 남자들이 심심찮게 보일 정도로.

그걸 생각하자 페라트는 여기까지 오는 내내 들떠 있었던 자 신의 마음속에 어쩐지 찬물이 끼얹어지는 것 같은 느낌이 들었 다. 더불어 어쩐지 목이 말라 와 그는 응접실에 놓인 와인을 단 번에 쭉 들이켰다.

물론 갈증은 전혀 조금도 해소되지 못했다.

이런 기분은 난생처음이었다.

*   *   *

"마지막 데이트인 만큼 재미있게 놀아요, 우리."

외곽으로 향하는 마차에서 슈타티스는 들뜬 목소리로 내내 이렇게 말했다.

그 소리에 그의 두 눈썹이 또 한 번 꿈틀거렸다.

마지막 데이트.

물론 맞는 말이었다. 하지만 왜 이렇게 기분이 가라앉는 걸까?

게다가 그의 신경을 예민하게 만드는 건 그것뿐만이 아니었다. 굉장히 즐거워 보이는 그녀의 태도가 묘하게 거슬린다. 어쩐지 하나도 아쉽지 않아 보이는 예쁜 얼굴이 페라트의 가슴에 잔인하게 박혀들었다.

　물론 딱 세 번만 데이트하자는 것 자체가 공주가 먼저 제시한 것이긴 했다. 많지도 적지도 않은 적당한 횟수. 만약 그보다 많았으면 그는 어쩌면 그 제안을 거절했을지도 모른다. 다섯 번이라든가 열 번 정도였다면 분명 일에 지장을 받았을 거고, 페라트에게 있어 현재 재상 업무보다 더 중요한 건 없었으니까. 하지만 지금 이 순간 그는 마음속으로 공주가 좀 더 욕심 내지 않은 것을 후회하고 있었다.

　게다가 오늘 아침 길을 나서기 전 그는 공교롭게도 누군가와 마주치고 말았다.

　"요즘 어쩐지 미틀러렌 쪽에 출입이 무척이나 잦군. 설마
　나 몰래 이민이라도 가려는 건 아니겠지?"

　그렇게 말하며 노골적으로 능글거리는 미소를 지은 건 카이트 황제였다.

　"그럴 리가 있겠습니까? 그저, 개인적인 볼일이 있을 뿐
　입니다."

이처럼 평소보다 무뚝뚝한 목소리로 대답하는 찰나.

"그래, 아니라면 됐다. 아, 참. 슈타티스트 공주에게 안부
전해 줘."

카이트가 먼저 선수를 치고 말았다. 그러면서 그는 결국 큰
소리로 소리 내어 웃었다. 그런 그의 옆구리를 팔꿈치로 찌르며
눈치를 준 건 황후였고 말이다.

그때 생각을 하니 또다시 절로 얼굴이 달아오르고 말았다.

누구에게도 일절 말한 적 없었는데, 대체 어떻게 눈치를 챈 거
지?

물론 전생의 인연이 깊다는 건 잘 알지만, 다들 남의 일에 관
심이 많아도 너무 많은 것 아닌가?

페라트는 마뜩찮은 표정을 지으며 시선을 돌렸다.

그러자 조금 가라앉아가던 얼굴의 체온이 다시 확 올랐다.

그의 눈에 들어온 건 껑충 짧아진 치마 아래 드러난 하얀 허벅
지였다.

"흠."

붉어진 목덜미를 문지르며 페라트는 얼른 창밖으로 눈을 돌
렸다.

요즘 양국 여성들 사이에 무슨 옷이 유행인지는 그도 잘 알고

있었다. 하지만 지금 이 순간 공주께서 그런 옷을 입고 있는 게 굉장히 신경 쓰였다.

'하필이면 이런 쓸데없는 유행을 들여오시다니.'

덕분에 이번에는 그 비난의 화살이 윤수에게로 돌아갔다.

물론 카이트 황제는 아무 말 없이 몇 벌이고 비슷한 옷을 선물하는 것으로 그녀의 짧은 치마를 지지했다.

사실 그는 그녀가 뭘 입든 좋아할 것이다. 길이가 길든 짧든, 그리고 그게 치마든 바지든.

하지만 페라트는 달랐다.

그는 제 여자를 다른 사람이 쳐다보는 게 무척 싫었다.

특히 저렇게 남자들의 시선을 끄는 늘씬한 다리 같은 건 저만 봤으면 좋겠다……는 생각을 하다 이내 고개를 가로저었다.

……내 여자라니.

감히 꿈도 꾸지 못할 생각이었다. 자신은 그저 한 가지의 조건을 약속받고 공주님의 작은 일탈에 동참해 주었을 뿐이다. 게다가 그것이 본인에게도 생각보다 무척 즐거웠다는 점에서 이미 차고 넘치게 보상받았다 할 수 있으리라.

그는 그렇게 다짐하며 스쳐 지나가는 풍경에 애써 시선을 고정시켰다.

악역이었던 3황자의 심복이라는 전생과는 달리 지금은 스스로 많은 것을 손에 거머쥐었건만, 왜 그때와 달라진 게 없는 것 같은 기분이 드는지 모르겠다.

울적한 마음이 커다란 자루와도 같이 그를 감쌌다.

계속해서 창밖만 쳐다보고 있는 페라트의 옆모습은 아무 웃음기도 없이 그저 서늘하기만 했다. 그걸 몰래 힐끔거리던 공주는 속으로 아픈 한숨을 토해 냈다.

'참 성가신 여자라고 생각하고 계시겠지.'

그녀는 그가 그동안 제게 얼마나 잘 맞춰 주었는지를 기억하고 있었다. 게다가 오늘로써 데이트는 마지막이니, 그간 쌓인 피로가 겉으로 드러나는 것도 무리는 아니었다.

역시 즐거웠던 건 자신뿐이었을까?

또다시 눈에 눈물이 서렸다.

사실 그녀는 아까부터 일부러 더욱 크게 웃고, 유난히 높은 목소리로 떠들기 위해 노력 중이었다.

그렇지 않으면 그의 앞에서 왈칵 울음을 쏟아 내며 이후에도 절 만나달라고 추하게 떼를 쓸 게 분명하니까.

슈타티스트는 더 이상 페라트를 난처하게 만들고 싶지 않았다. 그가 제게 할애해 준 이 세 번의 시간만으로도 이미 충분히 선물 받았다고 생각했다. 하지만 그런 마음과는 달리 또다시 속절없는 눈물이 배어 나왔다.

그들은 각각 서로에게 고개를 돌린 채 그저 하염없이 창밖만을 바라볼 뿐이었다.

반대쪽과 똑같은 풍경이 스쳐 지나가는 것도 모른 채.

                    *   *   *

"저도 마셔볼래요!"

"안 됩니다."

"어째서요?!"

"이런 독한 술까지 드시게 되면 이튿날 기억이 통째로 날아갈 지도 모릅니다. 게다가 머리는 분명 쪼개질 듯 아프겠죠."

하지만 그런 으름장도 소용없었다. 공주의 반짝거리는 두 눈은 이미 투명한 초록빛 음료에 고정되어 있었다.

원래는 본인이 마시고 싶어 시킨 술이었다. 전생에 자주 마시던 싸구려 술. 이제는 도통 찾을 수 없어 아쉽던 찰나, 미틀러렌의 변두리 술집에서 그 술을 발견할 줄은 몰랐다.

"생각보다 숙취를 자주 겪으시나 봐요. 어쩜 그리 증상을 잘 알고 계세요?"

슈타티스트가 두 볼을 붉히며 배시시 웃었다. 살짝 취해 풀린 입술이 아찔할 정도로 유혹적이었다.

제기랄.

페라트는 또다시 두 눈을 질끈 감은 채 눈앞에 놓인 작은 잔을 들어 단숨에 들이켰다.

독한 음료가 식도 아래로 불처럼 넘어갔다.

"……카이트 폐하의 술 상대를 많이 했으니까요."

아닌 게 아니라 원래 술을 잘하지 못하던 그가 이토록 주량이 늘게 된 것도 모두 카이트 덕분이었다. 하지만 그녀는 이미 그의 이야기를 듣고 있지 않는 듯 보였다.

"아, 너무해. 나도 마셔보고 싶었는데!"

그렇게 투덜거린 슈타티스트는 비틀거리며 테이블 위로 쭉 손을 뻗었다. 그러고는 그가 남긴 빈 잔을 들어 입구에 묻은 초록빛 술 방울을 살짝 핥았다.

"생각보다 달콤한 맛이 나네요."

또다시 눈웃음이 물결쳤다. 아니, 그보다 더 크게 출렁거리는 것은 확확 열을 내는 그의 심장이었다.

미쳐버릴 것 같았다.

방금 전 들이킨 술이 커다란 기폭제가 되어 몸 안쪽을 전부 다 시커멓게 태우는 것 같은 착각마저 들었다.

그의 입에서 부자연스럽게 뚝뚝 끊기는 말이 흘러나왔다.

"잠깐 손 좀, 씻으러, 다녀오겠습니다."

"네. 얼른 다녀오세요."

아무것도 모르는 순진한 공주는 웃으며 손까지 흔들어 주었다.

잘 마시지도 못하는 술을 마신 게 화근이었을까.

페라트는 방금 전 하마터면 악마처럼 아름다운 그녀를 붙잡고 미친 듯 키스를 퍼부을 뻔한 자신을 깨닫고는 그만 등골이 싸늘해졌다.

퀴퀴한 담배 냄새로 가득한, 서서 마시는 싸구려 술집 안에서, 공주님의 입술을.

씻어내야 할 건 손이 아니라 뜨겁게 달아오른 얼굴과 그런 시커먼 생각이 잔뜩 담긴 본인의 마음이었다.

그렇게 뒤돌아서서 화장실을 향해 뚜벅뚜벅 걸어가던 찰나.

무슨 생각을 했는지 그가 갑자기 뒤를 돌아 홀로 테이블에 서 있는 공주를 찬찬히 눈에 담기 시작했다.

구불거리는 금빛 머리와 천성적으로 가느다란 허리, 그리고 분홍색의 짧은 드레스 아래로 쭉 뻗은 늘씬한 다리까지.

미치겠네.

그는 또 한 차례 주먹을 꽉 쥐었다.

오늘따라 예뻐도 너무 예뻤다.

아니, 사실 슈타티스트는 예전부터 늘 아름다웠다.

카이트를 꽃의 기사로 만들기 위해 그녀를 일부러 꼬여냈던 순간부터. 그때부터 그는 공주가 아름답다는 생각을 주욱 하고 있었다.

그건 누구도 반문할 수 없는 진실이었다. 그리고 이런 것은 맹세코 단 한 번도 느껴 본 적 없는 감정이었다.

페라트를 기다리던 슈타티스트 곁으로 커다란 그림자가 슬쩍 다가왔다. 반가운 표정으로 얼굴을 돌리지 않은 것은 사내에게서 풍기는 담배 냄새가 지독했기 때문이었다.

페라트는 담배를 피우지 않았다. 그러므로 언제나 기분 좋은 상쾌한 공기를 지닌 남자였고 말이다.

"처음 뵙는 아가씨군요."

나름대로 공손히 인사를 건넨 건 미틀러렌의 하급 병사였다.

"관심 없어요."

하지만 슈타티스트는 쌀쌀맞은 목소리로 남자가 미처 무슨 이야길 꺼내기도 전에 그렇게 말했다. 그런 그녀의 가슴은 마냥 두근두근거렸다. 무서워서가 아니라, 자신에게도 이런 일이 일어난다는 사실이 흥미로워서였다.

"제가 술 한 잔 살까요?"

어쩜. 이 진부한 대사까지 상상하던 딱 그대로였다.

평범한 남녀 사이에서 일어나는 흔한 접촉이었지만 그녀에게는 그저 늘 책 속에서나 보던 상황일 뿐이었다. 덕분에 공주는 마치 스스로가 연극의 주인공이 된 것 같은 기분에 사로잡히고 말았다.

"꺼져요."

그래서 그만 과한 대답을 해 버렸다.

그래, 이거야! 바로 이 대사를 해 보고 싶었어!

하지만 그 말은 나름대로 예의를 지키려던 남자의 기분을 팍 상하게 만들었다. 그녀가 속으로 꺅꺅대며 일인 연극을 펼치는 사이, 그의 눈썹이 무섭게 일그러졌다.

"뭐? 꺼져?! 하 참, 얌전하게 생긴 게 말본새 하고는!"

남자는 인상을 쓰며 소리쳤다.

고급스러운 분위기가 심상치 않아 혹시 귀족의 따님인가 싶어 접근한 거였는데, 이제 보니 그렇고 그런 계집애인 듯싶었다.

"어디서 사치하는 버릇은 있어 가지고. 내가 좀 고쳐줘야겠는걸."

그는 비릿하게 웃으며 슈타티스트의 손목을 덥석 잡으려 했다.

하지만 그 순간 누군가가 먼저 그의 손을 낚아챘다.

"손대지 마십시오."

사내의 곁에는 키 크고 호리호리한 은발 청년이 서 있었다.

"감히 당신이 손댈 분이 아닙니다."

뭐?!

그 말에 술에 취해 이리저리 흔들리던 병사의 고개가 우뚝 멈췄다. 남자는 천천히 두 눈을 들어 눈앞의 은발머리 청년을 바라보았다.

웬만한 여인은 저리가라 할 정도로 예쁘장하게 생긴 얼굴이었다. 게다가 사내 새끼 주제에 입가에 걸린 옅은 미소는 왜 이리 상큼해?!

페라트의 얼굴을 마주한 그는 덕분에 더욱더 기분이 상하고 말았다. 이 병사는 페라트를 동네 여자들 사이를 주름잡고 다니는 호색한 정도쯤으로 여겼다.

남자 역시 술에 취해 있었기 때문에 그의 주변에 흐르는 기품 있는 분위기를 미처 눈치채지 못한 탓이었다.

"허여멀겋게 생긴 새끼가……! 이 동네 여자가 뭐 다 네 거라도 되냐?!"

그가 그렇게 말하며 손길을 거칠게 뿌리치던 찰나였다.

페라트의 벌어진 옷깃 안에서 작은 은색 회중시계가 차르륵 소리와 함께 튀어나왔다. 눈부시도록 반짝이는 뒷면에는 붉은색의 사자 문양이 각인되어 있었다.

그리고 그 아래에 쓰인 글자 하나.

[KANZLER]

남자는 저도 모르게 두 눈을 쓱쓱 비볐다.

예전에 국가 행사가 있었을 때, 그의 부대가 외부 호위를 한 번 맡았던 적이 있어 잘 알고 있었다. 저 붉은색의 사자 문양은 페어라셴의 고위 공직자에게만 주어지는 것이 틀림없었다. 게다가 가방끈이 짧아 잘은 모르지만 저 단어가 뜻하는 건 분명히…….

"페어라셴의…… 재상……?"

이 젊고 잘생긴 청년이?

남자가 속으로 그리 반문할 때였다. 이 소동에 모여든 사람들 중 누군가가 큰 소리로 외쳤다.

"어? 서, 설마 공주님 아니십니까?!"

아뿔싸, 그녀를 알아본 자가 있었다.

동시에 페라트와 슈타티스트의 얼굴이 어둡게 변했다.

꿈같은 둘만의 연극은 이렇게 막을 내렸다.

*　　　*　　　*

"……여기서 마차를 기다리는 게 좋을 것 같습니다만."

"싫어요. 전 조금 더 걷고 싶어요."

아까부터 벌써 몇 번째 계속되는 실랑이인지 몰랐다.

페라트는 조용히 한숨을 쉬었다.

덕분에 슈타티스트의 눈에서는 또다시 눈물이 나올 것만 같았다. 그의 그 한숨이 드디어 자신에게 질려버리고 말았다는 표현 같아서 말이다.

하지만 그럼에도 불구하고 그녀는 계속 우겼다.

하이힐을 신고 있어 걷기에는 좀 불편하긴 했지만 자신은 아직 그와 헤어지고 싶지 않았다.

결국 공주를 이길 수 없었던 페라트는 조용히 그녀를 따라 걷기 시작했다.

부엉이도 울지 않는 밤.

늦은 새벽 한바탕 비가 쏟아지려는지 달빛조차 보이지 않았다.

이제야 뭉근히 올라오는 술의 기운이 그녀의 눈앞을 야금야금 먹어치웠다.

"위험합니다."

그가 팔을 잡아주자 위태위태한 발걸음이 겨우 멈췄다.

동시에 두 볼 가득히 홍조가 들었지만 개의치 않았다.

그녀 안의 열기는 어둠을 장작 삼아 이미 좀처럼 꺼지지 않을 상태가 되었으니까.

"페라트 님. 사실 고백할 게 있어요."

그렇게 타닥타닥 타들어 가는 가슴속에서부터 커다란 용기가 연기처럼 샘솟아 올랐다.

"뭡니까?"

"제가 취미로 끄적거리던 그거요⋯⋯ 사실 페라트 님을 상상하면서 쓴 거였어요."

"네?!"

생각지도 못한 엄청난 고백에 그의 발이 우뚝 멈췄다.

"⋯⋯죄송해요. 기분 나쁘셨죠?"

공주의 목소리는 점점 더 기어들어갔다. 하지만 그녀의 안에서 시작된 이 묘한 용기는 어느새 그에게로 옮겨가 있었다.

"아니요, 기분 나쁘지 않았습니다."

순간 공주는 제 귀를 의심하려 했지만 곧 관두었다. 그만큼 확고한 음성이었다.

"⋯⋯정말요?"

"정말입니다."

심지어는 고개를 크게 끄덕이기까지.

슈타티스트의 눈빛은 여전히 혼란스러워 보였다.

하지만 페라트는 진심이었다.

다른 남자를 떠올리며 그런 걸 썼다고 가정해 보았더니, 그것이 오히려 더욱 기분 나빴기 때문이었다.

공주는 두근거리는 가슴을 안고 그의 앞에 바짝 다가섰다. 그러다 이내 키가 닿지 않는다는 것을 깨닫고, 앙큼하게도 옆에 나 있는 돌계단을 두어 개 딛고 올라섰다.

"정말 아무렇지도 않으세요?"

"네."

"정말이시죠?"

"전 거짓말 안 합니다."

그 말대로 솔직하고 담백한 눈동자였다.

그녀의 마음속으로 팽팽하게 당겨진 감격의 활시위가 거침없이 쏘아졌다.

사실 제아무리 야한 상상을 했어도 그녀의 가슴을 가장 두근거리게 만든 행위는 정작 따로 있었다.

공주의 용기가 종착역을 향해 폭주하기 시작했다.

그가 괜찮다면, 아니 그만 허락해 준다면 한번 눈 딱 감고 그걸…… 해 봐도 될까?

"하고 싶어요."

하지만 그 고민에 대한 답을 내리기도 전 기대감을 가득 품은 입술이 먼저 움직였다.

"무엇을요?"

그리고 두 눈을 꼭 감고는 그 단어를 말하고 말았다.

"키스요."

생애 처음으로 좋아하게 되어 버린 당신과.

"……네?"

"하게 해 주세요."

"그러니까 지금 저와……."

하지만 페라트는 끝까지 말을 이을 수 없었다.

어느새 눈높이가 같아진 그녀가 목에 팔을 두른다 싶더니, 무어라 표현할 수 없이 부드럽고 따듯한 감촉이 당돌하게 그의 입술을 막았기 때문이었다.

맙소사.

이래도 되는가 하는 이성이 미처 출발하기도 전에 그는 본능적으로 그녀의 허리 위에 팔을 둘렀다.

그저 꾹 닿았다 떨어지는 느낌뿐이었는데도 호흡하는 걸 잊을 정도로 머릿속이 아득하다.

"하."

기습적으로 다가온 적에게 심장을 꿰뚫린 느낌. 페라트는 짧게 신음하듯 숨을 토해 냈다.

하지만 공주의 공격은 아직 끝나지 않았다.

"혀도 넣어보고 싶어요."

그리고 그 공격은 상상 이상으로 강력했고, 보다 과격했다.

"뭘…… 넣는다고요?"

그렇게 말하며 입술을 벌린 순간. 작고 촉촉한 무언가가 그의 안쪽을 살며시 훑었다. 그러고는 잠시 소심하게 더듬거리더니 이내 주춤거리며 빠져나갔다.

"……감사합니다."

이 상황에 절대로 어울리지 않는 이상한 인사를 건네더니, 그 제야 수줍은 듯 떨궈지는 고개.

페라트는 더 이상 참을 수 없었다. 그녀가 공주든 뭐든 혹은 전생의 기억이 어땠든 간에 그에게는 그저 이 아름다운 여자를 안고 싶다, 라는 욕망만이 가득했다.

그녀가 계단을 내려서는 순간, 뒤에서부터 갑자기 몸이 거세 게 잡혔다.

"페라……."

마지막 글자 하나가 빨려 들어간 곳은 그의 입술 속이었다.

그는 상상 이상으로 거칠었다. 금세 살결이 부풀어 오를 정도 로 입술을 잘근잘근 씹다 거세게 빨았고, 숨이 막혀 인상을 찡그 릴 정도로 입 안을 헤집었다.

하지만 그래서 더욱 그녀를 기쁘게 했다.

그 거침의 강도는 그녀가 수백 번 상상하며 써내려간 그 어떤 것보다도 짜릿했으니까.

더불어 그 어떤 묘사도 실제의 경험을 능가할 수는 없다는 것 을, 슈타티스트는 처음으로 깨달았다.

＊　　　＊　　　＊

그 일이 있고 난 후, 두 사람은 계속해서 서신을 주고받았다. 그리고 공주는 자신의 욕망 가득한 고수위 상상을 더 이상 주위에 공유하지 않지 않게 되었다.

단 그녀의 낭만적인 사랑 이야기는 멈추지 않고 계속되었는데, 그 유일한 독자는 오로지 페어라센의 재상이자 카이트 황제의 측근인 페라트 공작뿐이었다.

허나 그 둘의 관계는 얼마 지나지 않아 곧 프란카 여왕에게 들키고 말았다. 여왕은 그 길로 페어라센으로 달려가 자신의 이상에 꼭 맞아 떨어지는 이 예비 사윗감을 얼싸 안았다. 그녀는 기쁨의 눈물을 흩뿌리면서도 두 나라의 관계를 볼모로 삼아 앞으로도 재상께서 공주를 책임져 주서야겠다며 은근한 압박을 가했다.

다소 제멋대로인 여왕의 모습에 과연 모전여전이라며 카이트 황제가 큰 소리로 웃었다. 그리고 옆에서 이 모든 것을 바라보던 윤수가 조용히 고개를 끄덕였다.

평소 자신이 가지고 있던 작가적 신념이 옳았음을 다시 한 번 확인한 사건이었다.

결말은 역시 모두가 행복한 해피엔딩이 최고라고.

주머니에서 무언가가 부르르 떨리기에 꺼내어 봤더니, 그녀에게서 연락이 와 있었다.

[한 시간 정도 후에 일 끝날 것 같아.]

손에 쏙 들어오는 그것의 화면을 뚫어져라 바라보던 그의 입가에 미소가 서렸다.

[알았다. 그쪽으로 가 있도록 하지.]

그는 이제 제법 익숙해진 손길로 화면 위를 톡톡 열심히 눌러서 답장을 보냈다.

편하다. 이건 정말이지 너무나 편한 물건이었다.

손가락을 몇 차례 움직이는 것만으로도 상대와 바로바로 서신을 주고받을 수 있고 심지어는 목소리도 들을 수 있다니.

정말 우리나라에도 한번 상용화시켜 볼까.

그는 주위 사람 몰래 제 손끝에서 일렁이고 있는 보랏빛을 슬쩍 바라보며 그런 생각을 했다. 얼마 전 마력을 이용해서 이것과 비슷한 물건을 한번 장난 삼아 만들어 냈던 적이 있었다. 그때 페라트 재상의 흥분한 얼굴이란.

'참으로 볼만했지.'

그런 생각을 하던 그의 입가에 피식 미소가 지어졌다.

그는 언제나 냉정한 자신의 심복이 그리 흥분하는 것을 처음 보았다.

띠리리리리—

그때 어디선가 날카로운 알림이 울렸다.

안내를 하는 여성의 음성이 끝난 직후 저 멀리서 엄청난 속도로 빠르게 움직이는 길고 커다란 물체가 환한 빛을 몰고 도착했다.

그가 입고 있는 커다란 검은색 코트가 바람에 펄럭였다.

우르르 몰려드는 사람들과 함께 좁은 내부로 성큼 들어서면서 그는 마찬가지로 검은색의 모자를 더욱더 깊숙이 눌러쓰는 걸 잊지 않았다.

이 이동 수단을 이용하는 방법을 알려 준 것도 그녀였다.

"안 그래도 폐하는 키가 커서 눈에 잘 뜨인단 말이야. 그러니까 이 튀는 붉은색 머리를 가리는 편이 훨씬 더 나아."

제게 신신당부하듯 말하며 꼼꼼한 손길로 손수 모자를 씌워주던 그 얼굴이 생각났다.

아닌 게 아니라 이처럼 훤한 불빛은 조금 불편하긴 했다. 아직도 적응할 수 없는 것이 있다면 밤인지 낮인지 알 수 없게 만드는 머리 위의 수많은 전등들이었다.

게다가 괴물처럼 빠르게 움직이는 이것의 내부는 그에게는 너무 좁고 답답했다.

늘 넓은 성에서 살았고 또 이 세계에서는 어디를 가도 웬만한 남자보다 머리 하나가 껑충 튀어나와 있는 키를 자랑했으니 당연하다면 당연한 일이었다.

그는 제 관자놀이 근처에서 규칙적으로 흔들리고 있는 손잡이들을 피해 구석 쪽으로 다가가 자리를 잡았다.

그러고는 아까부터 자신을 힐끗거리고 있는 몇몇 여자들의 시선을 외면한 채 조용히 팔짱을 꼈다.

이곳에 온 것이 처음은 아니지만 여기에는 늘 그의 가슴을 두근거리게 만드는 무언가가 있었다.

감히 상상조차 할 수 없을 정도로 발달한 문명을 접하는 게 즐거워서 그런 것일 수도 있지만, 어쩌면 사랑하는 그녀가 태어나고 자란 곳이기 때문이라는 이유가 더욱 클지도 모르겠다. 이 세계에 익숙해지면 익숙해질수록 그녀와 더 가까워지는 것 같은 기분이 들었으니까.

게다가 그가 지금 여기에 있다는 건 잠시 휴가를 얻었다는 증거이기도 했다. 어쨌든 이게 얼마 만에 얻은 달콤한 휴가인지 몰랐다. 그런 만큼 최대한 즐길 생각이었다.

그는 어느새 입가에 미소를 띠운 채, 온통 검은빛 일색인 창밖을 뚫어져라 응시했다.

* * *

"야, 그 초콜릿 속에는 뭐가 들어 있어?"

"헤이즐넛 크림이랑, 캐러멜 크런치."

"아, 정말? 그럼 내 떡이랑 하나만 바꿔 먹자. 속에 슈크림 들어있어."

"그래, 여기. 너 다 먹어도 돼. 나 아까 예비소집장에서 하도 까먹었더니, 이제 질린다 질려."

"거짓말. 이따 가서 또 먹을 거면서. 그러지 말고 많이 먹어둬. 단 거를 먹어야 뇌가 잘 돌아간다잖아."

빌라 근처의 작은 놀이터.

춥지도 않은지 커다란 패딩을 껴입은 두 명의 여자들이 코를 훌쩍이며 벤치에 앉아 있었다. 그런 그녀들의 무릎에는 지금까지 까먹은 초콜릿 포장지며 떡에서 떨어진 콩가루 같은 것들이 가득했다. 하나로 질끈 묶은 머리와 목도리를 둘둘 감은 모양새가 몹시 평범했지만 둘 다 어찌 된 셈인지 표정만큼은 매우 결연하기 짝이 없었다.

"뭔 놈의 시간이 이렇게 빠르냐. 수능이 벌써 코앞이라니. 가연이 넌 준비 많이 했어?"

"준비는. 여기까지 왔으면 이제는 그냥 실력으로 부딪혀 보는 것뿐이지, 뭐."

하지만 기세등등한 목소리와는 달리 그녀의 눈은 금세 시무룩해지고 말았다.

"이번엔 무슨 수를 써서든 붙어야 해. 만약 3수하게 되면 우리 엄마가 날 죽일지도 몰라."

"야, 넌 재수 없게 시험 전에 벌써 3수 걱정부터 하냐? 걱정 마, 우리 인생에는 재수까지밖에 없을 테니까."

둘은 같은 단과 학원에서 만난 친구 사이였다. 살고 있는 동네, 그리고 재수생이라는 처지도 같았다.

"아무튼 가연이 너도 이제 그만 집에 가. 나까지 너희 엄마한테 혼날라."

그러자 가연이 한숨을 쉬며 대답했다.

"알았어. 나 이것만 마저 보고 들어 갈 거니까 너 먼저 가. 집에서는 엄마한테 들킬까 봐 조마조마해서 제대로 못 보거든."

가연의 손에 들린 스마트폰 화면 위로, 익숙한 웹소설 페이지가 펼쳐졌다. 그걸 유심히 바라보던 그녀의 친구가 갑자기 두 주먹을 야무지게 쥐었다.

"난 대학 들어가면 아르바이트부터 할 거야. 그래서 굿즈랑

소장본 같은 거 엄청 사 모을 거야."

그러자 가연이 눈을 빛내며 마구 발을 굴렀다.

"나두, 나두! 난 이런 것들도 무조건 다 현질해서 볼 거야!"

아, 빨리 대학생이 되면 얼마나 좋을까?

그 생각만으로 흥분한 가연은 점점 더 격렬하게 발을 굴렀다. 그러던 찰나 그녀의 뒤로 무언가 와르르 떨어지는 소리가 들렸다. 그러더니 곧 등이 가벼워졌다.

"야, 너 가방 다 열렸다."

"앗, 내 문제집!"

'필승 총정리'라든가 '마지막으로 꼭 봐야 할 기출 문제' 같은 제목을 달고 있는 책들이 바닥을 구르고 있었다.

가연이 벌떡 몸을 일으키자 아직도 열려 있는 가방 문이 덜렁덜렁거렸다.

그런데 그때.

갑자기 뒤에서 커다란 손이 불쑥 나타났다. 누군가가 한쪽 무릎을 꿇고 앉아 그녀의 문제집을 주워 주고 있었다.

"어? 저, 저기……."

가연이 당황하는 새 남자는 땅에 떨어진 것들을 전부 그러모았다. 그가 이윽고 서서히 몸을 일으켰다.

동시에 그녀들의 눈이 누가 먼저 랄 것도 없이 휘둥그레졌다.

이 남자, 키가 엄청 크다!

까만색 모자를 눌러 쓴 남자는 두터운 까만색 터틀넥 셔츠를 입고 까만색 코트를 두른 채 서 있었다.

심지어는 바지와 짧은 가죽 부츠마저 까만색이다.

어찌나 꽁꽁 숨겼는지 얼굴은 확인할 수 없었지만 그의 저변에서 풍기는 이 엄청난 잘생김의 아우라.

아직은 소녀 쪽에 가까운 두 여자의 볼에 홍조가 차올랐다.

"여기 있습니다."

가연의 손 위로 문제집 여러 권이 얹어졌다.

"가, 감사합니다."

인사를 건네는 가연의 목소리에는 어느새 떨림이 가득했다.

이것 봐. 손만 봐도 잘생겼네.

진짜다! 진짜가 나타났다!

가연이 속으로 이렇게 소리를 치고 있는데, 갑자기 그가 불쑥 입을 열었다.

"그러고 보니 오랜만입니다. 그때는 날 도와줘서 참 고마웠소."

이게 무슨 소리야? 그때는 도와줘서 고마웠다니, 설마…… 나랑 만난 적이 있어?

가연은 급히 고개를 들었다.

그러자 깊게 눌러쓴 모자 아래로 태양처럼 붉은색의 머리카락이 드러난 것이 눈에 보였다.

잠깐, 내가 왜 이렇게 이 장면이 눈에 익을까?

가연의 얼굴에 알 수 없는 혼란이 서렸다.

그녀는 찬찬히 그의 외양을 관찰했다.

남자는 얼굴도 잘생겼고, 키도 엄청 크고, 비록 코트에 가려져 있긴 하지만 보아하니 몸매도 끝내 줄 것 같은데!

그런데 머리, 저 붉은색 머리카락이 지금 이 순간 너무나 신경 쓰인다!

"와아. 머리카락 색깔이 정말 예뻐요. 염색이 엄청 잘 먹었나 봐요."

너무나 자연스러운 발색에 가연은 저도 모르게 탄성을 내질 렀다. 그러자 남자가 싱긋 웃었다. 마치 그녀의 그런 모습이 너 무나 익숙하다는 듯이.

"언젠가는 꼭 한 번 만나 직접 감사의 인사를 건네고 싶었습니 다. 그대 덕분에 그 사람을…… 만날 수 있었으니까."

남자는 멍하니 입술을 벌리고 서 있는 가연의 앞에서 살짝 고 개를 숙였다.

"그럼 건강하게 잘 지내십시오."

그러고는 이 말을 끝으로 빌라 쪽에 나 있는 골목을 향해 저벅 저벅 걸어갔다.

"대박! 대박!"

아직도 멍하니 그 자리에 서 있는 가연의 어깨를 흥분한 친구 가 마구 흔들었다.

"저 남자 누구야?! 응? 누구냐니까?"

하지만 가연은 여전히 말이 없었다. 그건 스스로에게도 묻고 싶은 질문이었다.

대체 누구였지? 누군데 이렇게 낯설지 않을까?

"너 언제 저런 끝내주는 남자를 만난 건데!? 날 도와줘서 고맙다는 말이 무슨 소리야? 혹시 버스 카드라도 대신 찍어줬어?"

하지만 가연이 정신을 놓았거나 말거나 그녀의 친구는 여전히 흥분을 가라앉히지 못했다.

그리고 그날 밤.

가연은 어머니에게 크게 혼나고 말았다.

아앗! 맞다! 3황자! 하면서 저도 모르게 꽥 소리를 지른 탓에 스마트 폰으로 몰래 웹소설을 보고 있다는 걸 그만 들켰기 때문이었다.

덕분에 수능 직전에도 정신 못 차리고 소설이나 보고 앉아 있다면서, 그녀는 호되게 등짝을 맞아야 했다.

동시에 핸드폰을 압수당한 건 말할 것도 없고 말이다.

*　　　*　　　*

"안녕히 계세요, 강사님."

"네, 조심히 들어가시고요. 다음 수업 때 또 뵐게요."

외부 교육원의 크지 않은 강의실. 학생들이 우르르 빠져나가자 답답했던 공기가 그제야 좀 맑아지는 느낌이 들었다.

몇 개월에 고작 한두 번 정도 있는 강의가 또 이렇게 끝났다.

그 안도감에 가만히 한숨을 내쉬며 뜨거운 바람을 잔뜩 뿜고 있는 히터를 끄고 있는데 뒤에서 인기척이 들려왔다.

"안녕하세요, 바서 작가님."

웬 젊은 남자의 목소리에 윤수의 눈살이 찌푸려졌다.

그녀는 누군가가 자신의 예전 필명을 들먹이는 게 별로 달갑지 않았다. 이제 더 이상 책을 쓰지 않고 있었으므로 작가라고 불릴 이유는 더더욱 없었고.

"왜 안 가고 거기 계세요?"

윤수는 그렇게 대답하며 얼른 교탁에 놓인 명단을 훑었다.

그는 분명 오늘 수업에 참여한 학생이었다.

"……박……준성 씨?"

그녀가―비록 명단에서 찾은 거지만―자신의 이름을 부르자 남자가 씨익 웃었다.

"네, 박준성입니다. 다름이 아니라 작가님에게 궁금한 것이 있어서요."

"그게 뭔가요?"

"왜 황자 시리즈 더 안 쓰세요? 아직 현역에서 물러날 나이도 아니고, 무엇보다 아까운 경력 아닙니까? 전작이 그렇게 성공했는데."

남자의 주제넘은 질문에 윤수의 구겨진 눈살은 퍼질 기미가 보이질 않았다.

지금 그녀는 다니던 회사를 관두고 아르바이트 삼아 웹소설 강의를 뛰고 있었다. 어느 작은 콘텐츠 창작 회사에서 열어 준 강좌 중 하나로, 소설 작법 수업은 3개월에 고작 2번이 다였다. 다른 사람이라면 이걸로 생계가 될 리 없겠지만 서로 다른 두 세계를 왔다 갔다 하며 살고 있는 그녀에게는 그야말로 안성맞춤인 직장이었다.

사람들은 그녀의 필명을 보고 꽤 모여들었고 그 연령대도 웹소설 강의를 듣는 이유도 다양했다. 그리고 개중에는 간혹 이렇게 쓸데없는 참견을 하는 자도 적지 않았고 말이다.

"저는 이런 사람입니다."

그가 대기업 로고가 찍힌 명함을 자랑스레 내밀었다.

그러고 보니 윤수도 기억이 났다.

아까 자기소개의 시간 때, 어차피 자신은 본업이 따로 있기에 소설은 그저 취미로 써 보려고 한다든가, 예전부터 워낙 글에 재능이 있었다든가 하는 자랑을 늘어놓던 남자의 모습이 말이다.

사실 별로 유명하지도 않은 작은 강좌일 뿐이었지만 그중에는 정말 생계를 책임져 볼 요량으로 이 길에 뛰어든 사람도 많았다. 건강이 좋지 않아 잘 움직이지도 못하면서 소설이 쓰고 싶어 컴퓨터를 놓지 못하는 수강생도 있었고 말이다. 그러므로 그때 남자가 제 소개랍시고 늘어놓은 발언들은 너무나 교만한 거였다.

한 마디로 진짜 재수 없는 타입.

싸늘한 표정을 감추지 않은 채 윤수가 휙 몸을 돌리며 대답했다.

"명함이라면 아까 받았어요."

하지만 이렇게 노골적으로 티를 냈음에도 불구하고 남자는 계속해서 그녀의 뒤를 졸졸 쫓아 다녔다.

그리고 점점 더 저급한 질문들을 입에 담기 시작했다.

"황자 시리즈로 많이 버셨죠?"

"아니요."

"에이, 인기 많았잖아요. 그 정도면 얼마만큼 벌 수 있습니까? 제 연봉의 삼 분의 일쯤 됩니까?"

"……."

윤수는 더 이상 대답하지 않았다. 그러나 그는 끈질겼다.

"저 그때 매 회차마다 댓글 남겼었는데. '일류맨'이라는 아이디였는데 혹시 본 적 있어요? 작가님이 이렇게 젊고 예쁜 분인 줄 알았으면 그 즉시 바로 작업 걸었을 텐데 아깝네요."

이쯤 되니 윤수도 더 이상 참을 수 없었다.

강의 평가에 안 좋은 점수를 받는다 해도, 이런 남자는 그저 무시가 상책이리라.

그런 마음가짐으로 남자 쪽으로는 눈길도 주지 않은 채 코트를 집어 드는데, 손에 들고 있던 핸드폰이 울렸다.

화면이 깜빡이며 메시지가 하나 떴다.

[지금 근처에 다 왔어.]

발신자는 바로 정말 오래간만에 휴가를 얻은 그녀의 남편이었다.

＊　　　＊　　　＊

"집에 가시는 거예요?"

"네."

"저도 지하철역으로 가는데 같이 가시죠."

아, 정말.

확 뒤돌아서 정강이를 차버릴까.

하지만 그러기엔 남자가 아주 약간 불쌍했다.

요즘 페어라센에서 다시 검을 휘두르는 데 재미를 붙인 그녀가 마음먹고 정강이를 걷어차면 그는 정말로 병원 신세를 져야 할지도 모를 일이었으니까. 그렇게 생각한 윤수는 마음속으로 간신히 참을 인(忍) 자를 새겼다.

그러나 남자의 들썩이는 입은 다물어질 줄을 몰랐다.

"작가 님, 지금 사귀는 사람 있어요?"

"결혼했어요."

준성이 그제야 발걸음을 우뚝 멈췄다.

하지만 그것도 잠시 그는 실실 기분 나쁜 웃음을 머금었다.

"에이, 또또 거짓말하신다. 결혼한 티 전혀 안 나는데요, 뭘. 반지도 안 꼈고. 게다가 작가 님 나이에 벌써 결혼이라뇨. 요즘

처럼 비혼 주의가 심한 때에."

"그런 게 아니라 전 정말 결혼했고요, 남편하고 여기서 만나기로 했으니까 이제 그만 가 주세요."

하지만 이 남자는 정말 끈적대기가 요즘 유행하는 슬라임보다 더 심했다.

"어, 그래요? 이왕 이렇게 된 거 남편분께도 인사드리면 되겠네요!"

아, 머리야.

저도 모르게 이마를 감싸는 윤수를 바라보며 준성이 슬그머니 웃었다.

사실 그는 윤수가 쓴 황자 시리즈의 엄청난 팬이었다.

이 강좌를 신청한 것도 실은 그래서였다. 도대체 작가가 누군지 얼굴 한번 보자는 의도에서.

그런데 그녀가 생각보다 젊고, 꽤나 예뻤다.

그걸 안 순간 준성은 저도 모르게 윤수에게 욕심이 생겼다. 대한민국에서 제일 큰 대기업에 다닌다는 자부심이 있는 만큼, 자신의 여자 친구는 그에 걸맞은 여자여야만 했다.

다분히 속물적인 근성이 강한 그는 그것도 이미 재빠르게 계산을 마친 뒤였다. 사실 모르긴 몰라도 그녀는 꽤나 큰돈을 벌었을 것이다. 어쨌든 잘나가는 작가 중 하나였으니까. 게다가 소설을 쓴다고 하면 머리도 어느 정도 차 있을 테니, 어디 가서 멍청하다는 소리는 듣지 않으리라.

준성은 속으로 가소롭다는 듯 미소 지었다.

내 회사가 어딘지 안 이상 찌르자마자 넙죽 받아들이는 건 그녀에게도 꽤나 자존심 상하는 일이겠지, 라는 착각 속에 단단히 빠져서. 하지만 역시 작가라서 그런가 남편 있다는 대답은 퍽 재미있는 반응이었다.

그래, 그 가상의 남편 어디 한번 내가 봐 주마 하는 기세로 그는 윤수의 곁에 더더욱 어깨를 붙였다. 그런 준성을 피해 몸을 돌리며 윤수는 짙은 후회심에 입술을 깨물었다.

'역시 반지를 끼고 다닐 걸 그랬나.'

하지만 카이트가 준 반지는 너무 화려했다. 게다가 그 가운데에 박힌 다이아몬드가 정말이지 부담스러울 정도로 커서 그녀는 도통 그것을 착용할 용기가 나질 않았다.

사실 카이트는 그녀가 혼자서 이 세계에 올라와 따로 일을 하는 것을 그다지 반기지 않았다.

그만큼 자신과는 떨어져 있어야 했기 때문이었다.

하지만 여기서 가끔씩 어디라도 다녀올라치면 역시 돈이 필요했다.

물론 그 부분에 대한 해결책도 카이트는 시원스레 제시해 주었다.

페어라센의 성에 차고 넘치는 보석들이나 진귀한 세공품들은 어차피 죄다 진짜이므로 필요하다면 그런 것들을 가져다 이 세계의 돈으로 바꾸면 되지 않는가 하고 말이다.

그러나 윤수는 그러고 싶지 않았다.

그 언젠가 그의 성화를 못 이겨 딱 한 번 귀걸이 한 쌍을 감정받은 적이 있었다. 그때 전문가가 제시한 금액은 그야말로 천문학적인 수준이었다. 그 엄청난 액수에 혼비백산했던 순간을 윤수는 아직도 똑똑히 기억했다. 그러므로 그런 것들을 감히 돈으로 바꿀 수는 없었다. 게다가 함부로 팔았다가는 오히려 괜히 장물 취급받기 딱이리라.

그러는 새 어느덧 카이트와 만나기로 한 약속 장소 근처에 다다랐다.

덕분에 윤수는 또 다른 고민에 빠졌다.

카이트가 알면 이 남자는 진짜 죽을지도 모른다고 말이다.

안 그래도 은근히 질투가 심한 남자인데 이렇게 대놓고 자신에게 수작을 거는 놈을 그냥 가만두고 볼 리가 없다.

……하지만 그렇게 생각한 것도 잠시.

오히려 불똥이 인 것은 카이트가 아니라 윤수의 눈이었다.

저 멀리 꺅꺅거리는 소리와 함께 많은 여자들에게 둘러싸여 있는 붉은 머리 남자가 보였다.

*   *   *

"후우, 답답해."

카이트는 나지막이 한숨을 쉬며 쓰고 있던 모자를 벗었다.

길 가던 그 어떤 누구라도 잠시 서서 구경할 만큼 강렬한 붉은 머리가 뉘엿뉘엿 저가는 햇살 아래 아름답게 드러났다.

"아, 만약 정 갑갑하거든 여기서는 모자 벗고 있어도 돼.

카이트는 제게 그렇게 말한 윤수의 목소리를 가만히 떠올렸다.

과연 그녀의 말대로다.

그저 벤치 몇 개가 다인 작은 공터를 가득 메우고 있는 사람들은 저마다 굉장히 희한한 머리 모양을 하고 있었다. 그뿐만 아니라 그들은 머리만큼이나 이상한 옷을 걸친 채로 모여서 잡담을 나누거나 악기를 두드리며 노래를 부르고 있었다.

윤수의 말에 의하면 이곳은 그녀가 사는 세계의 젊은이들이 가장 좋아하는 장소 중 하나라고 했다. 그러므로 카이트의 붉은 머리도 조금 덜 주목받을 거라면서 말이다.

"과연 참 자유로운 분위기군."

저절로 마음이 편해진 카이트는 턱을 괸 채로 눈앞에 펼쳐진 광경을 하염없이 구경했다. 하지만 그가 튀는 건 결코 붉은 머리를 지녔기 때문만은 아니었다. 어느새 그의 주위로 낯선 여자들이 슬금슬금 모여들었다.

"실례합니다."

그때 난생처음 듣는 언어가 그의 귀에 들려왔다.

약간 딱딱한 느낌이 드는 발음이 참으로 희한하다고 생각했다. 그런데 이상한 일이 일어났다.

"당신 우리나라 사람 같은데, 아니에요?"

카이트 자신은 분명 그 언어를 모르는데, 여자가 말하는 뜻이 전부 이해되어 고스란히 머릿속으로 흘러들어오는 게 아닌가.

그는 눈앞의 여자를 바라보았다. 일행은 총 두 명. 그중 그에게 말을 건 여자는 도리스랑 비슷해 보이는 오렌지색 머리카락과 눈동자를 지니고 있었다. 하지만 그런 건 이 언어를 이해할 수 있는 현상에 대해 아무런 해답이 되질 못했다. 그녀에게 한번 이야기해 봐야겠다는 생각을 하며, 카이트는 묵묵히 고개를 돌렸다.

그가 아무 대꾸도 하지 않자, 그녀의 일행인 듯한 또 다른 여자가 다시 잽싸게 말을 걸었다.

그녀는 윤수와 같은 검은색 머리카락의 소유자였다.

"그럼 혹시 한국말은 할 줄 아세요?"

"너희들은 누구지?"

카이트는 무심코 그렇게 대답했다가 화들짝 놀라 다시 말을 정정했다.

"절 아십니까?"

여기서 그는 더 이상 황제의 신분이 아니므로 말투에 조심해야 한다는 것 역시 윤수가 신신당부한 내용이었다.

"아, 죄송해요. 외국분인 줄 알았거든요. 특히 이 친구가 자기 나라 사람 같다고 계속 우기지 뭐예요."

그녀는 그러면서 도리스와 닮은 여자를 손으로 가리켰다.

"어느 나라 사람이에요?"

쏟아지는 질문에 난감해진 카이트는 손으로 관자놀이 부근을 긁적였다.

"……글쎄요."

"한국말 되게 잘하시네요."

여자들은 어느새 그의 곁에 딱 엉덩이를 붙이고 앉아 수다를 떨기 시작했다.

이런 적이 처음이라 카이트는 조금 난감했다.

게다가 주위를 지나가던 다른 사람들도 어느새 자리에 서서, 너나 할 것 없이 자신을 향해 네모난 상자를 들이대고 있었다. 찰칵거리는 소리가 연신 귓가에 울렸다.

차라리 모자를 다시 쓸까?

그는 이 모든 사태가 자신의 머리 색깔 때문이라고 굳게 믿고 있었다.

그런데 그때였다.

"꺄아아악!"

엄청난 함성과 함께 길쭉길쭉한 남자들이 대여섯 명 정도 무리를 지어 나타났다.

"호오."

그들의 등장은 카이트에게도 몹시 흥미로운 일이었다.

그녀의 세계에서 본인은 결코 작은 키가 아니라는 것을 수도 없이 강조한 윤수 덕분에 카이트는 이곳 사람들은 전부 작은 줄로만 알고 있었다.

그리고 그건 사실이었다. 그도 그럴 것이 페어라센에서— 아니, 책 속에서 살다가 튀어나온 그의 눈에 비친 이곳 사람들은 남자든 여자든 모두 앙증맞기 그지없었으니까.

하지만 다 그런 것만은 아닌 듯싶었다.

눈앞에 나타난 남자들은 분명 카이트와 견주어도 될 만한 신체를 지니고 있었다.

"좋아! 아주 좋아! 이야, 끝내주는 사진이 나오겠는데?!"

그들의 앞에서 남자 하나가 계속해서 번쩍번쩍 불빛을 터뜨렸다. 그리고 그때마다 몰려든 사람들이 여기저기서 귀가 따갑도록 비명을 질러 댔다.

"꺄악, 어떡해! 여기서 기습 화보 촬영이 있을 거라는 소문이 진짜였어!"

"와, 진짜 실물 쩐다!"

"대박! 야, 빨리 애들한테 전화해! 홍대로 오라구!"

소란도 이런 소란이 없었다. 덕분에 궁금증을 참지 못한 카이트는 제게 말을 건 여자에게 이렇게 물었다.

"저 사람들은 뭡니까?"

"어머, 진짜 모델 아니셨어요? 저흰 오늘 저 촬영 팀과 같은 소속이신 줄로만 알고……."

모델? 그게 뭐지?

카이트는 고개를 절레절레 흔들며 재차 질문을 던졌다.

"그런데 사람들이 왜 이렇게 소리를 지르는 겁니까?"

"왜긴요! 요즘 방송 쪽에서도 섭외하기 힘들다는 최강의 승자들로만 구성된 팀이거든요!"

"최강의 승자? 무언가에 대단히 승리한 사람들인가 봅니다."

"그럼요, 당연하죠. 얼굴이 무기 아니겠어요!"

얼굴이 무기라니.

이곳은 알면 알수록 참으로 신기한 세계다.

오로지 검을 들고 싸우는 방법 밖에 몰랐던 카이트로서는 그저 감탄이 나올 따름이었다. 그런 카이트 곁으로 여자가 배시시 웃음을 지으며 바싹 몸을 붙였다.

"저기, 이렇게 만난 것도 인연인데요."

"네?"

"저랑 전화번호 교환할까요?"

카이트는 도대체 이 여자가 무슨 소리를 하는 건지 알 길이 없었다.

귀 뒤로 머리를 넘기는 손길을 그저 무심히 바라보던 찰나.

"여기서 뭐하고 있는 거야!"

누군가가 그의 손에 들린 모자를 잡아 채 다시금 머리 위에 푹 씌웠다.

"안 되겠어. 폐하, 앞으로 모자 벗지 마."

앞에서 씩씩거리고 있는 것은 윤수였다. 그런 그녀를 카이트가 함박웃음을 지으며 덥석 껴안았다. 그 틈을 타 옆에 있던 여자들이 슬그머니 자리를 피했다. 하지만 그럼에도 불구하고 하늘 높이 치켜 올라간 윤수의 눈썹은 내려올 줄을 몰랐다.

그럼 그렇지, 여자가 없을 리가 없잖아, 하는 말들이 귓가를 스치고 지나갔기 때문이었다.

"왜 이렇게 기분이 안 좋지?"

여전히 자신을 노려보고 있는 윤수를 향해 카이트가 의아하다는 듯 물었다.

"몰라서 물어?!"

그리고 그때, 또 한 명의 불청객이 불쑥 끼어들었다.

"안녕하세요? 아, 이분이 남편?"

윤수는 아차, 하면서 입술을 깨물었다. 그러고 보니 맹렬히 작업을 당하고 있는 카이트의 모습에 눈이 뒤집혀 자신의 곁에 붙어 있는 이 슬라임을 그만 잊고 말았다.

어쩐지 조금 창백해진 윤수의 얼굴을 바라본 준성이 속으로 또다시 코웃음을 쳤다.

'남편이라니. 이 외국 남자가? 이제 보니 되게 얼굴 밝히는 타입인가 보네.'

이로써 모든 게 확실해졌다.

윤수는 결혼한 유부녀이긴커녕, 그저 잘생긴 남자 꽁무니를 쫓아다니며 홀로 짝사랑 중인 여자가 틀림없다고, 준성은 완벽하게 오해했다.

"안녕하십니까? 저는 이런 사람입니다. 윤수 씨와는 웹소설 강좌에서 만났죠."

준성은 자기소개를 하며 다짜고짜 예의 그 '명함'을 내밀었다.

"누구지?"

감히 황후의 이름을 함부로 부르다니. 카이트의 목소리에는 이러한 불쾌함이 가득 깔려 있었다.

"아, 아무것도 아니야. 준성 씨, 미쳤어요? 대체 왜 이래요? 카이트, 그냥 가자, 응?"

윤수는 막무가내로 카이트의 팔을 잡아끌었다.

하지만 그는 무슨 생각을 하는지 그 자리에 가만히 서서 준성을 가만히 관찰할 따름이었다.

"왜 그렇게 쳐다보시죠?"

이거 한 대 칠 기세인가? 설마 진짜…… 애인 사이?

준성은 저도 모르게 위축되었다. 하지만 카이트 입에서 흘러나온 것은 그야말로 기상천외한―그러나 준성의 자존심을 건드리기에 매우 적합한―대답이었다.

"아니, 키가 너무 작아서. 신기해서 그럽니다."

'이 새끼 봐라!'

준성의 얼굴이 붉게 달아올랐다. 카이트는 그저 아무 생각 없이 떠오르는 그대로 한 말이었겠지만, 그 말은 평소 키 콤플렉스를 지니고 있던 그를 자극하기에 충분했다.

덕분에 준성은 물러서지 않고 좀 더 시비를 걸기로 마음먹었다.

뭐니 뭐니 해도 이 나이쯤 되면 남자는 무조건 스펙 아니던가. 이 외국인처럼 보이는 남자가 가지고 있는 것은 그저 한때에 불과할 외모밖에는 없을 테니 본인의 연봉과 학력으로 깔아뭉개 줄 심산이었다.

"뭐 무슨 일 하시는지는 모르겠지만 오늘은 가볍게 선전포고만 하고 돌아가죠. 언젠가 제가 윤수 씨를 빼앗을지도 모릅니다."

그러면서 준성은 끝끝내 카이트의 주머니에 자신의 명함을 꽂아 넣는 도발을 감행했다.

이 미친 자식이!

그 모습에 윤수가 주먹을 불끈 쥐었다. 그러고는 들고 있던 가방으로 한 대 후려쳐서라도 그를 쫓아 보내려던 찰나.

카이트가 그녀를 저지하고 나섰다.

"선전포고라. 지금 나한테 싸움 거는 건가?"

심상치 않은 말투와 잔뜩 구겨진 미간. 윤수는 정말로 겁을 집어먹고 말았다.

"아, 안 돼. 카이트. 그냥 무시하고 가자니까, 응?"

행여나 진짜 준성이 죽을까 봐 걱정되어서 말이다.

그러나 그녀의 어깨를 잡고 살짝 떼어 내는 그의 손길은 무척이나 부드럽기 짝이 없었다.

"걱정하지 마라, 이 세계에서 싸우려면 어떤 무기가 필요한지 이미 배웠으니까."

"도대체 그게 무슨 소리……."

하지만 윤수는 말을 끝까지 잇지 못한 채 그저 놀라서 멍하니 입술을 벌렸다.

왜냐하면 그가 말릴 틈도 없이 잽싸게 모자를 벗었기 때문이었다. 그뿐만 아니라 몸에 걸치고 있던 코트도 벗어서 한 손에 걸쳤다.

보기만 해도 가슴이 떨려오는 탄탄한 상체와 아래로 시원스레 뻗은 다리, 그리고 빛나는 붉은색 머리는 마치 노을과 함께 떨어진 태양을 그대로 담은 듯했다.

"와……."

아까부터 그의 주변을 떠나지 않고 서성거리던 사람들이 또다시 남녀노소 가리지 않고 순식간에 모여들었다.

"뭐 하나만 물어보지."

카이트는 근처에 서 있던 교복 입은 남학생들을 향해 이렇게 운을 떼었다.

"네, 네?"

"이 남자와 나, 둘 중에서 누가 승자이지? 얼굴이 무기라고 했을 때."

그러자 그들이 배를 잡고 웃으며 큰 소리로 대답했다.

"아, 형! 뭘 그런 걸 물어요, 잔인하게! 당연히 형이 다 발라 버리고도 남죠!"

"형, 근데 진짜 짱이에요! 완전 위너! 대승자!"

"……그렇다는데?"

카이트는 준성을 향해 슬쩍 입꼬리를 위로 올렸다.

가엾게도 번화가 한복판에서 생각지도 못한 엄청난 굴욕을 당한 그의 얼굴은 덕분에 거의 터지기 일보 직전이었다. 하지만 학생들은 그러거나 말거나 그런 준성을 뒤로한 채 카이트 곁으로 우르르 모여들었다.

"형, 연예인이죠? 연예인 맞죠? 우와, 대박! 사진 한 장만 찍어 주세요. 내일 애들한테 자랑하게요."

"저도, 저도 사진 한 장만요!"

그들은 카이트를 둘러싼 채 여전히 알 수 없는 소리를 늘어놓았다. 하지만 카이트는 자신의 귀여운 이 동맹군들에게 그저 고개를 끄덕여 줄 뿐이었다. 너무 잘생겨 보여 위험해 보이는 미소를 입가에 아찔하게 띤 채로.

한 차례 그런 일이 있고 나서 둘은 바삐 걸음을 옮겼다. 가야 할 곳이 있기 때문이었다. 윤수를 만난 곳에서 원하는 목적지까지는 그리 멀지 않았다.

대단하군.

주변의 광경을 바라보던 카이트는 애써 떨리는 심장을 억누르며 저도 모르게 휘파람을 불었다. 이제 이 새로운 세계에서 더 이상 놀랄 것은 없다고 생각했는데 오판이었다.

커다란 유리창 밖으로 보이는 것은 무시무시한 크기의 기체였다.

마치 새처럼 보이는.

저게 하늘을 나는 것을 자신도 두 눈으로 똑똑히 보았다. 하지만 카이트는 아직도 그 사실을 쉬이 믿을 수가 없었다.

이곳의 기술력은 도대체 어느 정도로 발전한 것일까?

팔짱을 낀 채 깊은 생각에 빠져 있던 카이트의 손에 저절로 힘이 들어갔다.

절반, 아니 삼 분의 일 정도도 필요 없었다.

새로운 세계가 지니고 있는 이 힘을 아주 조금만 차용해도, 페어라센은 모든 나라를 상대로 충분히 패권을 쥘 수 있으리라. 하지만 지금 이 순간은 황제로서의 욕심을 잠시 접어 둘 때였다.

윤수는 여전히 눈물을 멈추지 못하고 있었다.

"엄마, 흑."

젖은 두 볼이 반짝반짝하게 빛났다. 그걸 바라보는 카이트의 마음도 찌르듯 아파왔다.

"밥 잘 먹고 지내. 네 남편도 좀 잘 챙겨주고. 출장이 그리 많다며. 게다가 널 위해 이 낯선 나라에서 얼마나 힘들겠니?"

그러면서 절 향해 온화한 미소를 지어 주는 장모님을, 카이트는 무척이나 좋아했다. 그녀는 자신이 다른 나라에서 온 외국인이라고 믿고 있는 듯했다. 그 나라가 어딘지, 그리고 자신이 무슨 일을 하는지는 윤수가 알아서 둘러댔고, 카이트는 그저 거기에 말을 맞췄을 뿐이었다.

물론 거짓말을 했다는 사실에 마음이 조금 불편하긴 하지만, 그래도 다른 나라에서 온 건 맞으니까.

"도착하면 연락해, 이모한테도 안부 전해 주고, 응?"

윤수는 계속해서 어머니의 품에 파고들어 어리광을 부렸다.

오늘은 그녀의 부모님이 아주 먼 나라로 떠나는 날이었다. 아마 그곳에 살고 있는 친척의 초청이라 했던가.

그리고 바로 이것이 카이트가 황제라는 직책에서 잠시 휴가를 내기 위해 미친 듯이 일한 이유였다.

이번이 벌써 두 번째 장기 휴가였다.

첫 번째는 바로 그녀의 외할머니가 돌아가셨을 때.

세상이 무너진 듯 오열하던 그녀의 얼굴을 생각하면 지금도 가슴이 아프다. 그리고 그때, 카이트는 결심했다.

그녀에게 항상 의지가 되어 주겠노라고.

그곳이 페어라센이든, 페어라센이 아니든 상관없이 말이다.

그리고 그걸 위해서라면 시간이 제아무리 많이 필요하다 해도 괜찮았다. 황제의 대리 역할을 맡고 있는 페라트는 비록 눈썹이 휘날릴 정도로 바쁘겠지만, 그래도 계속해서 울먹이는 윤수의 얼굴을 바라보며 카이트는 역시 자신이 곁에 있어주길 잘했다고 진심으로 생각했다.

"자네도 잘 지내게."

이번에 카이트의 어깨를 툭 친 것은 조금은 무뚝뚝한 그녀의 아버지였다.

"나중에 만나서 또 한잔하지."

그는 자신이 한 번도 술로 사위를 이겨보지 못했음을 몹시 분하게 생각하는 듯했다.

그걸 생각하자 절로 미소가 지어졌다.

"모쪼록 건강 조심하십시오."

카이트도 정중히 인사를 건넸다.

그리고 그들은 그렇게 작은 유리문을 통과해 사라졌다.

커다란 저 기체가 곧 엄청난 굉음을 내며 날아오르리라.

그 모습을 떠올리니 카이트의 코끝 역시 찡하고 울렸다.

펑펑 눈물을 흘리는 윤수를 안아 주며 그는 생각했다. 같은 것 하나 없는 두 세계이지만, 아마 부모라는 존재는 차원을 가리지 않고 어디서나 비슷한 모양이라고.

*   *   *

부모님을 배웅하고 나서도 계속해서 훌쩍이는 윤수의 손을 잡은 채, 카이트는 넓은 건물 안을 쉴 없이 배회했다. 그녀는 마음이 허한지 좀처럼 발길을 떼지 못하고 있었다.

짐을 끌고 움직이는 사람들 사이를 뱅글뱅글 돌며 산책하길 수십여 분.

"이제 가자."

그제야 기분이 나아졌는지 윤수가 빨개진 두 눈을 쓱쓱 비비며 이렇게 말했다.

"그러고 보니 아직 이틀 정도 시간이 남았지? 이 기회에 우리도 어디 놀러 갈까? 멀리는 못 가도 차를 빌려서 전주 정도는 다녀올 수 있을 거야."

"그렇게 하지. 장소는 네가 좋은 곳으로 해. 난 어디든 상관없으니까."

카이트는 기꺼이 고개를 끄덕였다.

이틀 후에는 바로 페어라센으로 돌아가야 하니까, 이런 때에 그녀의 나라를 조금이라도 더 돌아보면 좋을 것이다. 그렇게 결정한 두 사람이 발걸음을 옮기던 찰나 앞에서 무언가 당황한 듯 우왕좌왕하고 있는 사람들이 눈에 들어왔다. 그 모습을 가만히 바라보고 있던 윤수가 그들의 곁으로 조심스레 다가갔다.

"무슨 문제라도 있나요?"

그러자 그곳에 있던 사람들이 반색을 하며 질문을 던졌다.

"아! 공항버스 타려면 어디로 가야 하나요?"

"바로 앞쪽 문으로 나가면 됩니다."

"정말 고맙습니다!"

우르르 소란스럽게 사라지는 커다란 체구의 외국인들을 바라보던 카이트가 혼잣말로 중얼거렸다.

"버스라는 것을 타려는 모양이군."

그 말에 윤수가 화들짝 놀라 반문했다.

"어?! 어떻게 알았어? 설마 저 언어를 알아들은 거야?"

"그래, 참 희한한 일이지? 실은 널 기다리면서도 비슷한 일이 있었는데……."

카이트의 모든 설명을 듣고 난 뒤에도, 윤수는 한동안 멍한 표정을 풀지 못했다. 그가 조금도 배우지 않은 외국어를 알아들었다는 건 그녀에게도 너무 신기한 일이었다.

그런데 그때, 대규모의 사람들이 그들의 곁을 스쳐 지나갔다. 단체 관광을 온 중국인들이었다.

"저건? 저건 알아듣겠어?"

이번에는 카이트도 조용히 고개를 가로저었다.

그때 윤수의 머릿속에 생각 하나가 퍼뜩 떠올랐다.

"아마 나 때문인가 봐."

"응?"

"무슨 뜻인지 알아들을 수 있다는 그 언어 말이야. 사실은 대학교 때 전공이었거든. 그러니까, 음…… 4년 내내 내가 그 말을 공부했었단 뜻이야."

윤수는 얼굴을 살짝 붉히며 이렇게 덧붙였다.

"물론 그 후 전공과는 하등 상관없는 일을 하고 있긴 하지만."

카이트도 그녀가 무슨 이야기를 하는 건지 금세 눈치챘다.

"그러니까 결국 내가, 네 손에 탄생한 인물이라는 점에는 변함이 없다 이건가?"

"그래. 내가 배운 게 전부 흘러들어간 거라고 생각해. 처음부터 우리가 문제없이 의사소통을 나눴던 것처럼."

"그렇군."

카이트는 손을 들어 윤수의 볼을 쓰다듬었다. 그런 그의 손끝이 어쩐지 조금 떨리는 것 같다고 느낀 순간.

"네가 보고 들은 것, 네 안에 간직된 수많은 생각과 인식이 어우러져 '나'라는 존재를 이뤄준 것일 테지."

감격에 찬 목소리가 그녀의 정수리 위에서 부드럽게 퍼져 내렸다.

"결국 나의 모든 것이 곧 너다. 나는 그런 너를 떠나서는 살 수 없어."

윤수도 카이트의 손등 위로 자신의 손을 천천히 포갰다.

그러고는 여전히 눈부시도록 멋진 자신의 남자를 조심스레 바라보았다.

이처럼 올곧고 강한 존재를 제가 이뤄 냈다니. 믿을 수 없는 소리였다. 왜냐하면 윤수가 생각했을 때 본인은 참으로 나약했고, 여전히 불안정한 사람이었으므로.

하지만 한 가지는 확실했다. 이제 카이트는 자신의 전부였다.

그녀도 그런 그를 떠나서는 살 수 없었다.

어느새 눈물을 단 채 살포시 눈을 감는 윤수를 바라보며, 카이트가 뜬금없는 제안을 해 왔다.

"너와 가보고 싶은 곳이 생겼다. 같이 가줄 수 있을까?"

그녀는 듣지도 않고 고개를 끄덕였다. 그와 함께라면, 어디든 가지 못하는 곳은 없었다.

*　　*　　*

여행을 가는 것도 좋지만 나중의 즐거움으로 미뤄두지.

그렇게 말하며 그가 그녀를 이끈 곳은 다름 아닌 윤수가 살고 있던 빌라였다.

바로 카이트를 처음 만난 곳.

얼마 전까지 이곳에는 부모님의 짐이 가득 차 있었다.

그녀의 부모님은 결혼한 딸이 카이트가 살고 있는 나라에 따로 집을 마련한 것으로 알고 있었다. 게다가 이 집은 곧 계약 만료가 되는 상황이었으므로, 그들은 이곳을 이민을 가기 전 짐을 넣어 놓는 창고로 썼었다.

"……."

현관에 서서 휑한 집을 바라보던 윤수는 알 수 없는 감정에 사로잡혀 좀처럼 입을 뗄 수 없었다.

텅 비어 버린 공간이 조금 서글프기도 하고, 한편으로는 무언가 새로운 것이 시작될 것 같아 두근두근하기도 한 이상한 감정이 마음속을 가득 메웠다.

"아직도 이 흔적이 남아 있군."

그런 그녀의 옆에 가만히 서 있던 카이트가 무얼 발견했는지 한쪽 무릎을 꿇고 앉았다. 그가 손으로 쓸고 있는 곳에는 커다랗게 파인 자국이 나 있었다.

자신의 인생을 망쳐버린 마녀를 찾아 왔던 흔적이었다.

"아, 그거."

윤수가 웃으며 입술을 오물거렸다.

"안 그래도 수리해야 해. 요 앞 골목에 있는 인테리어 집에 의뢰했는데, 곧 바닥 교체하러 올 거라고 했어."

동시에 그녀도 카이트와 처음 만났던 순간을 떠올렸다.

"그래서 이 나를, 촉망받던 차기 황제 후보에서 졸지에
모든 것을 잃어버린 3황자를 다시 황국의 황제로 만들란
말이다!"

그렇게 절망을 토해 내던 목소리가 아직도 귓가에 생생하다.

윤수는 카이트 옆에 털썩 주저앉아 슬그머니 그의 손을 잡았다. 그때를 생각하면 아직도 가슴이 무척 아팠다.

물론 지금은 어엿한 황제가 되어 누구보다 찬란한 나날들을 보내고 있지만, 그렇다고 해서 모든 것을 속죄받았다고는 생각할 수가 없었다.

윤수는 계속해서 바닥에 파인 홈을 매만지고 있는 카이트를 조용히 살펴보았다.

강렬한 빛을 품고 있는 두 개의 붉은 눈동자와 시원스레 쭉 뻗

은 콧대, 그리고 옅은 미소를 머금고 있는 입술까지.

그는 정말로 아름다운 남자였다. 그뿐만 아니라 누구보다도 강하고 맑은 마음을 지녔다. 그런 카이트와 사랑에 빠지게 되었다는 사실이 아직까지도 꿈만 같다.

시선을 눈치챘는지 카이트가 별안간 고개를 휙 돌렸다.

한동안 넋을 잃고 남몰래 그를 구경했다는 사실을 들킬까 봐 부끄러워진 윤수는, 두 눈이 마주치자마자 괜히 흠흠 목을 가다듬으며 딴청을 피웠다. 하지만 그녀의 턱은 이미 카이트의 손에 단단히 잡힌 뒤였다.

별처럼 반짝거리는 그녀의 까만 눈동자에 가만히 시선을 맞춘 채로 카이트는 술회했다.

"너를 처음 만났을 때가 생각나는군."

그의 입가에는 어느새 미소가 걸려 있었다.

생각해 보면 카이트는 언제인가부터 웃지 않은 채로 윤수를 바라본 적이 없었다.

"나도 비슷한 생각을 하고 있었는데."

"그래?"

카이트가 호오, 하며 잘생긴 눈썹을 슬쩍 올렸다. 윤수의 심장이 둥둥거리며 울렸다.

"난 약속 지켰어."

그녀는 붉어진 얼굴을 감추려 일부러 호기로운 목소리로 중얼거렸다. 그러자 카이트가 소리 내어 웃었다.

"그랬지. 결국 난 황제가 되었으니, 넌 참으로 믿음직스러운 마녀였어."

어느새 옆으로 모로 누운 카이트는 윤수의 팔을 슬쩍 잡아당겼다.

"나도 네게 고백할 게 하나 있다."

"뭔데?"

"실은 너를 처음 만났을 때……."

그 힘에 이기지 못하고 무너지는 그녀를 품에 안은 채 그가 열띤 목소리로 고백했다.

"가장 처음으로 든 생각이, '마녀 주제에 뭐 이렇게 예쁘게 생긴 거지.'라는 거였다."

듣기만 해도 녹을 것 같은 부드러운 음성이었다.

그 달콤함에 잠시 한눈을 팔던 새 그녀의 블라우스 단추가 하나씩 찬찬히 풀려나가기 시작했다.

"폐, 폐하."

아무것도 없이 텅 빈 집안을 둘러보며, 윤수가 당황한 낯빛으로 그의 손을 잡았다.

"카이트라고 불러."

하지만 그는 멈추지 않았다.

어느새 속옷마저 위로 불쑥 끌려 올라갔다.

이글거리는 눈빛이 훤히 드러난 상체를 샅샅이 훑었다.

그 열기를 이기지 못하고 윤수가 얼굴을 가렸다.

"여기 방음이 잘 안 된단 말이야……."

하지만 울먹이면서도 그녀의 호흡은 무언가 은근한 기대로 달떠 있었다. 그뿐만 아니라 어느새 붉게 달아올라 있는 흰 살결은 마냥 사랑스럽기만 하다.

덕분에 욕망은 이미 그의 안에서 커다랗게 팽창해 있었다. 무엇으로도 막을 수 없을 정도로.

눈앞의 이 사랑스러운 마녀는 그에게 있어서 이처럼 늘 절대적인 존재였다. 기억하고 있는 과거에도 그녀와 함께한 추억이 가득했고, 지금도 몸과 정신을 모두 빼앗겼으며, 미래에도 쭉 벗어나지 못할 것이다.

그는 열기 품은 입술을 아래로 내려 윤수의 몸에 짙은 흔적을 남겨가기 시작했다. 딱딱한 바닥에 눌려 등이 아프지 않을까 하고 걱정한 것도 잠시.

"아, 으읏."

제 몸 안에 갇혀 헐떡이고 있는 그녀에게서 가느다란 신음이 새어 나왔다.

그러자 그의 움직임이 이루 말할 수 없이 거칠게 변했다.

"……카이트!"

마치 달이 녹아 흐르는 것처럼 눈앞에 하얀 빛이 번진다.

그녀는 탄성을 내지르듯 그의 이름을 불렀다.

"사랑한다."

"나도, 사랑해. 아주 많이."

함께 이루어진 고백 뒤에, 또다시 시간과 공간이 어그러지기 시작했다. 이처럼 알고 있던 세계가 송두리째 바뀌는 것은 몇 번을 겪어도 놀라운 경험이었다. 하지만 그렇기에 비로소, 카이트와 함께 있다는 것을 깨닫게 되는 것이다.

그 사실에 이루 말할 수 없는 안도감을 느낀 윤수는 그의 목을 끌어안은 채 너른 가슴에 뜨거워진 얼굴을 묻었다.

이마에 입술을 댄 채 한참 동안 거친 호흡을 고르던 카이트가 퍼뜩 생각났다는 듯 고개를 들었다.

"그런데 말이야."

"응?"

"만약에, 정말 만약의 상황이라고 가정하면 말이다. 혹시 언젠가 아이……가 생긴다면 페어라센이 아닌 이곳에서 낳는 게 좋을 것 같군."

"뭐?"

그 말에 윤수가 번쩍 상체를 일으켰다. 그녀가 당황한 이유는 별것 아니었다.

만약 그렇게 되면 곁에 있어주지 못한다는 사실에 상심해서 눈물을 쏟아 낼 누군가가 생각났기 때문이었다.

"도리스가 무조건 옆에 있으려고 할 텐데."

그러자 카이트는 확고한 표정으로 고개를 가로저었다.

"그건 어쩔 수 없지. 도리스의 사정까지 고려해 주진 못해. 무엇보다 여긴, 페어라센과는 달리 뛰어난 의료 시설이 있을 테니까."

"게다가 그렇게 되면 폐하는 어쩌려고. 하루 이틀 올라와 있
어야 하는 게 아니잖아. 또 장기 휴가를 얻는다고 하면…… 아마
페라트 씨도 결사반대……할 거야."

윤수의 눈이 그새 가물가물하게 변했다. 졸음이 밀려오는 모
양이었다.

"그럼 그때까지 휴가를 반납하고 일하면 되겠군."

카이트는 그런 그녀의 몸에 춥지 않게 자신의 코트를 둘러 주
었다. 그러고는 잠에 빠져드는 윤수를 토닥이며 혼잣말로 이렇
게 중얼거렸다.

뭐, 어차피 먼 훗날의 일일 테니.

부끄러운 듯 코웃음 치는 소리가 들리자, 윤수가 눈을 감은
채로 따라 웃었다.

무언가 행복한 꿈을 꾸는 것임에 틀림없었다.

하지만 황제의 휴가는 생각보다 금방 주어졌다.

그로부터 불과 딱 10개월 정도가 흐른 후였다.

본인이 그토록 좋아하는 황후와 그녀의 아이가 태어나는 순
간을 지켜볼 수 없다는 사실에 화가 머리끝까지 치솟은 도리스
는 처음으로 황제에게 울며불며 반기를 들었다.

덕분에 그의 심복인 페라트는 황제가 자리를 비운 몇 달간 쉴
새 없이 밀려드는 업무로 인해 그만 인생 최저의 몸무게를 찍었

고 말이다.

그리고 카이트.

먼 시간을 돌고 돌아서야 겨우 또 다른 소중한 가족을 손에 넣은 그는, 그제야 비로소 자신이 정말로 무엇이 되고 싶었는지를 깨달을 수 있었다.

〈외전 끝〉